有一种力量，叫文学；

有一种美好，叫回忆；

有一种感动，叫青春；

有一种生命，在鲁院！

鲁迅文学院「百草园」书系

遗落是风

震海 ◎著

YILUO SHI FENG

江西高校出版社
JIANGXI UNIVERSITIES AND COLLEGES PRESS

那个年代父母离异是件"大事"，见不得人的事，这给小主人公心灵造成莫大的冲击和影响。所以小主人公一边逃学，一边筹划找他的妈妈。

图书在版编目（CIP）数据

遗落是风 / 震海著. — 南昌：江西高校出版社，
2017.4（2020.7 重印）
（鲁迅文学院"百草园"书系）
ISBN 978-7-5493-5179-4

Ⅰ.①遗…　Ⅱ.①震…　Ⅲ.①小说集—中国—当
代　Ⅳ.①I247

中国版本图书馆CIP数据核字（2017）第052278号

出 版 发 行	江西高校出版社
社　　　　址	江西省南昌市洪都北大道 96 号
总编室电话	（0791）88504319
销 售 电 话	（0791）88505573
网　　　　址	www.juacp.com
印　　　　刷	北京一鑫印务有限责任公司
经　　　　销	全国新华书店
开　　　　本	700mm×1000mm　1/16
印　　　　张	16
字　　　　数	220 千字
版　　　　次	2017 年 4 月第 1 版 2020 年 7 月第 2 次印刷
书　　　　号	ISBN 978-7-5493-5179-4
定　　　　价	43.00元

赣版权登字-07-2017-229

C 目 录
ontents

震海的海

王　松

对于一个小说家来说，现实生活就如同大海。

但面对这浩瀚无垠的生活之海，任何一个，哪怕是天才的小说家，也不可能肆意漫游。不同的海域，由于海床岩层的结构不同，海水的温度不同，海水中的盐分不同，也就决定蕴含的资源不会相同。生活之海也是如此。如果从这个角度讲，每个小说家，也就应该有属于他自己，或适合他自己的生活疆域。当然，哪一片疆域属于他，或适合他，是由这个作家的特质决定的。曾有一个文学评论家说，每个作家，都会带着他与生俱来的文学胎记。我觉得"胎记"这个说法很准确，可以说，一语道出了作家特质的独有属性。

那么，属于震海的生活疆域是什么，他的文学胎记又是什么？

这是我一直思考的问题。

先来说震海的生活疆域。其实这里还隐含着另一个问题。对于一个年轻的小说家来说，过早的确定属于他的生活疆域，也许不是一件好事。就天津而言，从年龄看，震海还堪称"青年作家"。因为天津这个地方的作家从整体说年龄都偏于太过成熟，相比之下，震海就显得很年轻了，甚至可以说是拥有令人艳美的金子般的年龄。而对于他这样一个拥有金子般年龄的年轻作家，倘若过早的认定在小说意义上属于自己的生活疆域，也许就被束缚了。这就像一条大马哈鱼，当它刚破卵而出时，如果就认定所处的淡水是适合自己的水域，那它就完了。它只有在回游的过程中才会渐渐意识到，其实真正属于它的疆域，是在大海的深处。

震海似乎对童年和少年时代的记忆有一种特殊的兴趣。他的几篇这类题材的小说，都很有意思。作品中渗透出的那种童年和少年时期的独特的迷茫，混沌的自信，空虚的无聊和由于好奇而对未知的探求，使小说弥散出一种雾一样的遥远的气味。同时，似乎还有一些塞林格的味道。我曾问过他，是否读过塞林格的《麦田守望者》。他说，读过。可是看他的样子，又似乎对这篇小说不是很在意。曾经有一度，我武断的认为，或许这一类题材，就是属于震海的疆域，至少在目前一段时间，甚至是相当长的一段时间应该是这样。

但后来，当我看了他的另几篇小说，又否定了这个想法。

我发现，在震海的小说中，还有一种思辨色彩。这与他这个人的性格有些不符。震海应该是属于那种不太善言辞的人，至少给人的感觉不是伶牙俐齿。可是他在自己的小说中，却又似乎挺能说，说能说还不太准确，是挺雄辩，或者说能言善辩。也许，这才是一个真正作家所应该具有的潜质。那种在生活中当着众人眉飞色舞的夸夸其谈，巧言令色，乃至哗众取宠的所谓作家，真到自己的作品中，也许就平庸的黯然失色了，正所谓一流的言辞，三流的文字。而越是修养深厚的大家，说起话来却往往木讷，甚至口迟得前言不搭后语。当然，震海现在还没有木讷、口迟到前言不搭后语的程度，不过看他的样子，似乎正在朝着这个方向发展；但是，他在小说中所表现出的那种机智与幽默，却远比他平时说出的话要精采的多。

由此，我得出一个结论，或许现在的震海还在试水阶段。

所谓试水，并不是说不成熟。有的作家写了一辈子，也写出了很多较有影响的作品，可是他不得不承认，直到晚年仍还在试水。一个有才气的作家，凭借着自己的才情应该是什么题材都可以写的。但是，尽管他什么题材都可以写，还是注定有一个领域，是真正适合他的。所以说，一个作家寻找这块真正适合自己的领域，也就是我们常说的寻找自己。

遗落是风

当然，在这个寻找自己的过程中，作家往往要与自己的灵魂对话。而这个对话的基点，也正是困忧了人类几千年的问题：我是谁，我从哪里来，要到哪里去。应该说，一切的一切，所有的问题，都是从这个基点出发，也是由这一点升发出来的。一个作家，只有建立起这个与自己灵魂对话的基点，也才能真正踏上寻找自己疆域的道路。

我觉得，震海目前也正面临这个问题。

下面，再来说一说震海的"文学胎记"。

要说清楚震海的文学胎记问题，先要说一说小说家的分类。对于小说家的分类，我相信一百个文学批评家会有一百种分法。但我做为一个只会写小说而不太会写诗的人，则认为小说家应该只有两种，一种是不会写诗的小说家，另一种是会写诗的小说家。震海自然属于后者。一个小说家，会写诗与不会写诗，表面看只是诗的问题，其实真正的意义却在诗外。

当年，那个首先提出作家的"文学胎记"问题的文学评论家，自然对他所说的文学胎记有自己的定义。但我理解，他所强调的应该是这个胎记在文学意义上的社会属性。现在，我却想说一下这个文学胎记的自然属性。再具体一点说，如果是一个会写诗的小说家，那么诗，就应该是他的文学胎记。这是因为，诗之于人，应该是一种天性。

不过坦白的讲，我还从没有读过震海的诗。

但是，当我读他的小说时，经常会有这样的想法，哦，难怪他会写诗。

有人说，一个写诗的小说家，自然会很在意叙述语言。其实远没有这样简单。语言只是外在的。诗就如同水，会渗透到小说的内心。我不知道震海有意还是无意，在他的小说中，似乎总有一种隐隐的忧伤。这种忧伤幻化成人物的行为，就构成了一种看似无聊却又沉重的情节。所以，在震海的笔下，很少能看到色彩明亮的故事，故事中的人物也很少有所谓正常的性格。而所有这一切，也就构成了他小说的一种独有的特质。

这种特质，可以称为诗性。

一个作家，无论是他的文学胎记，还是属于他的生活疆域，都有两重性。首先是内在的。这种文学意义上的胎记，与他的成长环境，经历，际遇乃至遭遇，都有直接的关系。而他在文学意义上的生活疆域，也同样与这几个方面有关。但是，就其外在而言，他所处的人文环境和文化背景，也是一个很重要的因素。不过有一点，还是值得注意的，做为一个小说家，一定要有距离意识。这里所说的距离，既包括形而上，也包括形而下。一件东西如果拿的太近了，放到眼前，就什么都看不清了，只有放远一点，有一定的距离，才会看的更清楚。

　　截至到目前，我还不敢说，震海将来会成为一个什么样的小说家。但如果把他比喻成一株植物，那么肯定是木本的。草本植物和木本植物在最初的时候似乎没有太大区别。但草本就是草本，木本就是木本。草本的植物无论怎样茁壮，注定只会是一株草，充其量能长到半人高。而木本植物则不然，它有可能长成遮天蔽日，枝叶繁茂的参天大树。

　　当然，其一还要风调雨顺。其二，也要靠自身的修炼。

　　在这里，只能说这样一句，震海，看你的造化。

2016 年 10 月 3 日　写于天津木华榭

2016 年 10 月 6 日　改毕

遗落是风

洞

　　大伯带润红和润青打北京赶来已是深更半夜。润红和润青是我堂兄，比我大几岁。记得上次见面时我们都还小，一晃七八年过去，我们现在都长成了半大小子。

　　半个钟头后，我跟大哥润红和二哥润青就打得火热。二妈闻声而来命令我们回屋去睡觉，我央求二妈要带他俩出去转转。二妈说这么晚了黑灯瞎火的出去转什么，赶紧去回屋睡觉！后来二妈把我们领进老婶屋，哄我们上炕，然后翻箱倒柜抱出一大堆被褥给我们铺盖。

　　快睡，明天大早还有要紧的事等你们去做。二妈带上门前对我们仨说。

　　这时我爸在房檐底下支起一根长竹竿，竹竿顶上拴了根很长的电线，电线末端挂着一只特大号的灯泡。特大号灯泡点亮后把整个院子都照得亮亮堂堂。灯泡发出来的光，透过老婶屋的确良窗帘，也把我们这间小黑屋照得跟白昼似的。我从窗台跳回床上，挤在我两堂兄中间，我仨仰面瞅着白屋顶，脑袋不时随映在屋顶上面的影子晃动。那一个个硕大的影像不停地变幻出各种奇怪的造型，有时放大成魔鬼巨人的模样，有时又小得像个苍蝇。反正这些黑黢黢的影子让我们无法闭眼。

　　你们到底还想不想出去？我问这哥俩。反正我睡不着。

　　想啊，我还憋泡尿想撒呢。二哥润青说。

　　茅房让二妈给占了，我看见二妈刚进去了，她一时半会出不来，我说，不如咱们上外面尿去。

我的建议得到他俩同意，然后我们提上裤子套件外套，便偷偷摸摸开门溜出院子跑到胡同。

可别让大人看见。我小心翼翼地说。

管他呢，咱们一会儿就回来。大哥润红说。

好，要是让大人们看见了就说一块去撒尿。二哥润青说。

我带你们上个神秘地界去撒尿。我说。

说着我带他俩朝胡同当间的防空洞跑去。那是五十年代挖的防空洞，如今早已废弃，听居委会大娘们说洞口马上就给堵上，可说归说直到现在还没有人去堵。白天好点，尤其到了晚上，黑漆漆的洞口打老远能把人吓得半死，路过洞口还能明显感到潜伏在里面的阴风出来钻进人们的裤管和袖口，让人毛骨悚然，每次浑身都起满了鸡皮疙瘩，汗毛也都竖竖的。再有，洞里还总散发出令人作呕的霉臭味儿，夏天能把人熏死。

呃，什么味！二哥润青问，一只手捂住嘴，另一只手掏出狗鸡。

快尿，尿完赶紧走，受不了。大哥润红也捂住嘴说。

嘻嘻，这就受不了嘞？我两手掏出狗鸡，离洞口最近，朝里面滋得也最远。

你进去过？二哥润青不含糊地问我。

怎么没进去过，我边尿边说，老进去。

骗人！二哥润青说，量你也不敢！

你们敢跟我进去吗？我边说边把狗鸡掖回裤裆。

里面都是水，怎么进去？大哥润红在屁股后面抹着手指头问。

哈哈，里面都是狗尿苔。二哥润青敲边鼓说。

你们都傻逼，胆小鬼！我说，用砖头垫哪，垫完捡起来再往前垫。

洞有多远？二哥润青摸摸后脑勺问。

应该问有多深？大哥润红纠正说。

嗯，挺深，我喘了口大气说，得有两百米！

嘿嘿，三儿吹牛，二哥润青说，你说这胡同有多长？这洞能比胡同长？小骗子！

唔，那就一百米，我更正说，反正挺长，听大人们说。

那三儿还是没有进去过，光蒙人！大哥润红冲老二撇撇嘴说。

不信，你们找砖头试试！我急了说。

那你自个儿进去。二哥润青说。

凭什么!? 我说。

我们俩不熟悉地形，大哥润红说，我们在外面给你递砖头，有情况喊你。再不行，我们跟你后头。

成！就这么定！我横下心说，让他俩别拿我当孬种！

那天夜里出奇的黑，云遮住大半个月亮，天上有时露出几只不起眼的小星星。我看了看天，你们可得给我守住洞口，万一有事一定喊我。大声点。我使劲吆喝他俩半天。

这时一辆自行车打马路上拐进胡同。前轱辘上的灯被踩得忽闪忽闪，车子摇摇晃晃到了我们跟前，只听骑车人磕磕巴巴说——

你，你，你们几，几个猴，猴……崽子……想想想干……干干嘛!? 黄三叔怒目说，眼睛直瞟码在他家门口的新砖。

甭理他！醉鬼！我悄悄对大哥和二哥说。

他是谁？凭啥管咱？二哥润青小声说。

醉鬼！下晚班，跟我爸一个厂的，准是喝多了才回来。我说。

你，你……们们几个……猴……

你才猴！……大哥润红不干了，顶他一句。

……你你们给我小小小心点！别碰了我的新砖！

哦，哦对了，黄磕巴又说，你，你们爷，爷爷，都都快，快死……死了，还，还不快……快，滚，回，滚回去，去……

你爷才快死了！二哥润青反唇相讥。

对！你爷才快死了！我跟着大哥润红又骂了他一句。

哈，我我，爷……爷早就就，死了，我爹，爹，我爹，爹，爹也死了……猴，崽子，快，快，滚滚回去，去听，听说……

黄三叔磕磕巴巴终于把话说完，然后跳下车，提起车把把防空洞对过的院门撞开，人和车一进去就听嘭的一声，大门就给踹上了。

反悔啦，怕死哩——我愣神工夫二哥润青激我说。

没那回事！我梗梗脖子说，小老婆养的才怕死！

那就继续，我们接着干。二哥润青又说。

就用那堆新砖，大哥润红手指黄三叔门口的新砖说，谁让他妈的说咱爷爷快死呢！

传，传。我蹲在洞口说。你们一定得跟上。我猫腰接砖时嘱咐道。

他妈的，润红和润青这两个猴小子真麻利，工夫不大，一人多高四五排的新砖全给他俩折腾到了洞口。我不得不硬着头皮往洞里钻，然后他俩再把砖一块块送进洞里。我抱着砖一点点往前面挪着步子。每踩在一块砖上，都要平衡半天才能站稳，要不就得掉进水里。

我手顺着黏糊糊的洞壁，又湿又凉，凉得有点刺骨。阴风从里面无声无息钻出来，围着我打转，它们像一把把锋利的壁纸刀，割破我的衣裤钻进我的骨头缝里。

当时我连大气都不敢喘，又得小心脚下乱七八糟绊人的东西。而且越往里走越黑，除了黑，眼前就什么都没了，似乎世间的一切都给黑这个鬼东西罩住了。洞里漆黑如炭，我一边摸黑往前走一边想，要是我小命丢在这个黑布隆冬的破地方，我妈能找到我吗？

我每往前蹭一步就回下头，或者转身看看，虽然什么都看不到，但我还是不由自主地回头望望。等进去好大一截，我突然感觉不对头了，我气喘吁吁脑袋有点缺氧似的发胀，眼前忽然分辨不清哪是头哪是尾。我觉得前后都一样，没啥区别。我嘀咕我是不是迷路了。在经历多次转身之后，我真的没了方向感。我赶紧喊了两声，接着打远处传来几声怪音，听不清是什么声音，就像是某种幻听慢腾腾爬进我的耳朵。还有，我视觉上好像也出现了一点问题——眼前产生了好多带颜色的几何形状的图案，和千奇百怪又红又绿的色斑。我知道这些玩意在黑暗中是不可能出现的。

当然，我独自一人猫在防空洞里根本没精力和时间想这些图形和色斑什么的。现在我一门心思只想出去，想让他妈的我那俩堂兄尽快把我弄出去。可外面一点动静都没有，万籁俱寂的，他妈的一点响声都没有！我边喊边不顾一切蹚水往外走，想赶快逃出去。结果走了半天连洞口的影子都没有摸到，后来觉得不大对头又往回走。这个洞可真他妈的长。走了几个来回，最终还是没有走到尽头。

现在除了黑，还是黑，再有就是一股股没完没了不知道从哪冒出来的倒霉的霉臭味儿（也许是我身上发出来的），反正到处都是噎人的气味儿。而且水里老是团着一大堆一大堆踩上去觉得稀巴烂状懒懒散散莫名其妙的东西，躲也躲不开，老是往我腿上贴，我开始怀疑和担心会不会是些腐烂的尸体什么的。

对了——砖头！紧接着我想起开头扔进洞垫脚用的砖头。我蹲下来伸手去摸。如果能摸见水里的砖头，我就能辨清离开这个鬼地方的方向。所以，那些没在黑水里的砖头，一时成了我心中的月亮……结果，我一块也没摸到。它们就像扔进白开水里的棉花糖迅速给溶解了似的。前前后后我摸了半个钟头，真是活见鬼，这些石头都跑哪去了？他妈的！他妈的！我心里面暗自叫着，差点失声痛哭。

我还真的哭了。随后我迎着阴风在洞里撒了泡尿，情绪才缓解了点。撒尿时，我又突然想起黄三叔磕磕巴巴说我爷爷快死的事——他怎么知道？简直是胡说！我怎么不知道！

过了一小会儿，远处传来一连串响声，响了半天。我仔细辨听是哪个方向。然后决定朝声音相反的方向跑去。

没过多久，洞里的水没了我膝盖，这时我看到了点亮光，而且就在前头不远处。我蹚水快步走起来，忽然水又落到我的脚踝处。我又撞上了一堵墙。我面对这堵墙大喊大叫，手脚并用又踢又打。墙缝里透出来的那点光照着我，无动于衷地照在我的小眼睛上。

混小子！跑洞里干什么？捉死哪！墙外有人喊我。

快回去，从那边出去！那人又喊。

我马上往回跑，水又没回我的膝盖，跟着落下了点，裹住我的小腿肚子。等快到那边的洞口，委实吓我一跳，这边洞口同样竖着一堵墙，结结实实里三层外三层，感觉比刚才的那堵墙还要厚。我扒着墙缝向外面大喊大叫。

我歇斯底里地冲墙大喊大叫，打老远传回我喊出的每一个音符，声音发飘，听上去不像是自己喉咙发出的，倒像叫千山万水滤过的一样。我边喊边听，边听边喊，声音回旋的余地与速度让我同自身一下产生了莫大的不真实的距离感，每个音节都别别扭扭模模糊糊变得难听不好懂，像妖怪在洞穴里难产发出的怪音儿。

我自己的声音像是被自己卷起来了，任何人听不到，只有我自己听得出其中的恻恻悲伤。除此之外，我亦能清晰地听到外面世界窃窃私语的声音——

三儿就要出来了，再垒一层！把缝都堵上，快堵上！

我听见润红小声指挥润青说话的声音。

哪儿哪儿？全堵上了，严丝合缝的，那小子长了三头六臂也逃不出来！把他憋死里面！

我听见润青恶狠狠对润红说。

还有砖吗？再堵一层，那个傻逼在里面喊绝对没人能听到。

大哥润红又说。

没啦，全用上了。再，再，用，就就，就得得扒，扒磕，磕，磕……磕，巴的墙，墙，头了。

二哥润青学黄三叔磕磕巴巴说，还听见他小声嘎嘎坏笑。

这时，我忽然感到外面有亮光闪过，接着听见咣当一声院门撞在墙上的声音。

你，你们，们，猴猴，猴崽子，不不不回，回去，睡睡觉，在这儿这儿瞎，瞎吵，吵，吵吵，啥，啥？

我听到黄三叔数落我那两个堂兄。

我们这就回去，我们这就回去。润红和润青两个马上装模作样说。

这时外面传来二妈喊我们的声音。接着听见我家院里传来撼天动地的哭声。

这时，黄三叔又磕磕巴巴说——

谁，谁，谁，让，让你，帮，帮我，我垒，垒上，上的，的防，防空洞的，的洞洞，洞，洞口的？

你你，你爷，爷死，死了，你，你知知不，不知道？跑跑，跑，跑洞，洞里，里里，干，干干啥，啥，啥去？还还，不，不，赶，赶赶快，滚滚滚，滚回家！

对对了，三三儿呢？

他撒完尿先回了，黄三叔。

我清清楚楚听到我那两个亲爱的堂兄异口同声对黄三叔撒谎说我先回家了。

把我弄弄弄出出来，我，我，我，在，在这儿——我，我，在洞洞里——这——黄，黄，三叔——

我拼命地喊黄三叔，磕巴不是我故意装的，我好像一下子成了磕巴，磕磕巴巴喊黄三叔救我。

好像没有人听见，因为我又清楚地听见润红和润青跑走的声音，还有黄三叔咣当一脚把门踹上的声音。

小卷毛

　　那年我十七岁，小卷毛死时七岁。小卷毛死后的第三天是礼拜一，楼下传来的哭声断断续续持续整宿。一早我挎上书包下楼时，听见小卷毛妈妈的哭声更加凄惨了。我经过三楼中单元时故意把脚步放慢，楼道里站着几个奔丧人，他们往墙边靠了靠为我闪开空隙。我没有从他们当中穿过去，而是停在门口。屋内二道门口闪出半张床，小卷毛穿着寿衣躺在上面，而我只能看到他的腿，和一动不动的脚。床脚下的火盆里正冒着燃烧殆尽的灰烟。现在又该烧纸了，我听见屋里有人对小卷毛的爸爸说。很快，新一轮烟雾又缭绕在屋子里。

　　我决定不去上学了出去走走。一大早深秋的凉意朝我袭来，我打了一个寒战，把手揣进上衣口袋。我没想好去哪，其实只要不去上学，去哪都好。但是我还是在凉风里迟疑了片刻，甚至有那么几秒钟的工夫我都想到了死，像小卷毛一样躺在他的身边。我一边想一边穿过楼群外面的马路。马路对面是一个穿梭不息的2路公交车总站。从上面往下看去，一辆辆公交车驶进驶出，一位位乘客打公交车上下来上去，还有几辆趴窝的2路懒懒地停靠在修理坞附近等着修理。

　　突然，一只大手有力地拍在我的后背上，紧接着那只大手又揪住我的耳朵，接着听见：

　　"这回就你一个？那个卷毛小子那？!"说着，他像拎兔子一样把我趔下公交车修理坞的房顶。

　　修理坞的房顶临近马路，半人多高，两臂一撑就能蹬上去。上周六我带着小卷毛上去玩时把人家的屋顶踩得稀巴烂。

"这回可逮着你了，那个卷毛小子呢！"那个人阴着脸再次问道。

"他妈的你把手松开！"我疼得吼道。

"他妈的你还敢骂人！小流氓，等着有你好瞧的！"说着，那人就下了死手，耳朵被他揪得火烧火燎疼得要人命。

"他死了，小卷毛他死了。"我央求般哭丧道。

那人这才松开手，转而掐住我的脖颈，并且连拽带拖地把我弄进了下面的修理坞。进去后，他松开手，找了块黑抹布蹭手上的油泥，同时命令我让我蹲在墙角的旮旯处。之后，他点上一支烟，猫腰钻进一辆公交车底下，在底下慢悠悠地对我说：

"卷毛那孩子死啦，我知道他死了。"一团烟雾缭绕着这句话从车底下冒上来。我没有料到他会知道卷毛的事。甚至有这么一瞬间我还猜想他可能会得意，毕竟礼拜日一整天我都看见他在我们踩漏的房顶上铺油毡。

"你怎么知道，"我问他。

"我就是知道，"他说，"我还知道那天是你跟卷毛在一块来着。"

"递我 17 号扳手，"我一时愣住，他又说，"在你左手，左边地上。"

我从车边兜过来，两只手抬着一个沉重的工具箱。"我不知道哪个是 17 号，你自己挑吧。"我说。

"他死了难道跟你没关系？"他两只雪亮的眼睛打车下闪出来冒出一道亮光。

我愣了几秒钟，支吾道：

"是啊，他开头是跟我在一块，后来就不在一块了。"我拾起他丢在地上的油乎乎抹布，斜靠在车门上，打算擦掉刚沾在手上的油泥，可是我越擦越黑，直擦到跟那块抹布一样的黑。

"我看你有点那个……怎么不去上学？"他又问。

"哪个？我怎么啦？……今天阴天，我一会儿就去。"我沉住气说。

"是你报的警，"那人打车底探出头问，"还说在我这？"

"什么在你这？"我说，"是小卷毛报的，不是我，警察真的来啦？"

"卷毛不是死了吗!?"

"喏，不是这么回事，"我说，"卷毛嘴笨，他肯定说错了地方，而且之后他才死的。"

"是你把他害死的!"

"不，不是我，怎么是我呢。你甭想从我嘴里套出话。"我使劲踢了脚车门，门咣当一声在我面前突然打开，跟着我跑出修理坞，跑到2路车站的院里，一辆进站的公交车正好打我身边嗖地驶过。万幸的是，那人没有出来追我。

离开2路车站，我踌躇该走哪条路，一共有三条路可走：一条是回家的路，一条是上学的路，还有一条是卷毛死的路。这事说起来挺怪，好像是小卷毛的亡灵有意吸引我，朝他死的方向走。那时的马路不像现在这样的宽绰。而且这里是城乡接合部，没有什么商店和值得看的招牌。路边荒芜着衰败的浅草，毫无生机地在秋风里瑟瑟抖动。眼前尽是灰白的景象，唯有裸露着枯枝和遍地随风滚动的枯叶。我的脚一路趟着这些干黄的枝叶，听着它们沙哑作响的低吟声。路上的行人已经稀稀落落，该上学的已在书桌前捧起课本，该上班的俨然已经开始工作。我，一处六层高的筒子楼，一片低矮仄仄的平房，还有一个2路公交车站外，似乎再没有什么可形容的或更壮观的事物了。早上没有太阳，天阴森森的，风力借着阴天之势逐渐加大起来，我蜷起上身，朝败叶滚动的方向独行。

这是小卷毛有去无回的那条路。实际上把这条路走完也就是在路的尽头，那里有一座名叫溪谷公园的公园，小卷毛就淹死在公园的湖里面。我走到公园的侧门，双臂勾住拦住我去路的铁栅栏，像以往那样把头伸进去。之后我原地不动，身子在外，头在里，让一阵阵凉风吹进我的脖颈，一堆堆垃圾围在我脚下旋转。这时似乎有谁在叫我，我把头迅速打栅栏里钻出来，声音却嘎然而止。我转身看空旷阴霾的远处，而那声音分明就在近处，却在我看不到的地方又响起来。

往回走的路上我一个人也没碰见。那人还趴在刚才那辆公交车的底下，修理坞还像刚才那样阴森可怖。我把书包从肩上摘下来甩到一张堆满汽车零部件的铁台上，然后把那些零部件倒腾到地上。我蹿上那个铁台，平躺在上面，像个尸体那样感受这块铁板带给我冰冷刺骨的滋味。我合上眼，过了一小会儿，忽然感到一只手碰到我的肘部，一个比黑暗还黑的影子正在我周围转悠。我朝那个影子挥起一拳。那个影子忽然攥住我的手腕，一个趔趄把我从台子上趔下来。我灵巧地将身体转个大弯，再次朝修理坞的大门跑去。正当我准备逃离这个鬼地方的时候，我却发现修理坞的大门上了锁，不知何时挂上了一个大锁头。接着那个人的大手再次抓住我的胳膊，把我押到刚才的角落里。其实我是想跟他搏斗，后来那人用沉闷低哑、语锋迫人的语调威胁我说：

"你要是再敢跑，我就弄死你……"我感到他的话说得令我绝望，不留余地，"或者，我把你交到小卷毛他爸妈的手上，让你跟他们低头认罪。"而这话听起来又让人心里发虚，我把握紧拳头的手慢慢张开，说道："你有什么权利不让我走?!" "我知道你会回来的，因为你心里有鬼，对不对?"他说。我看向别处，心里慌得很。这次，他笑了，他又点上一支烟，借着这支烟的亮光他在仔细端详我。

尽管说不出缘由，但是我确信他认定就是我干的，或者他的确掌握了某些对我不利的证据。随后，我告诉他当时我站在假山石上，我从假山石上看见小卷毛沿着湖边跑。"那么你承认了，是你干的了。"他说。

"我只是碰巧看到小卷毛沿湖边跑，"我说，"他也常去溪谷公园那里玩。"

"你不打自招啦，"他说，"听着，我可没逼你。"

"没有，不是，我没承认，你到底想知道什么!?"我说。

"我什么都知道，那会儿我正在湖边钓鱼。"他说，然后冲我狡黠地一笑。

"不可能!"我说，"你当时在房顶上铺油毡。"

"哦，也许吧，"他说，"咱俩来演示一下当时的情景。就是说，

小卷毛

你现在就是那个小卷毛，而我，现在，是你。"

　　上午我见到小卷毛的尸体前，从未产生过恐惧或着骇人的幻觉，另外对死也没有什么特别的想法。我曾经跟小卷毛一块弄死过邻居家的一条小狗，刚出生不久的一条小杂种狗。当时小狗在一楼院子里正睡大觉，我们从三楼阳台伸下去一条打好结的绳子，绳子套在小狗的头上，小狗一动，绳结就箍住了它的头，然后我们把它吊上了三楼。再后来我们怕它叫，把它淹进洗菜的池子里，小狗就这么活活给淹死了。那会儿我俩都无动于衷。

　　我想我要是死了可能跟小卷毛或小狗的下场一样，年轻没有皱纹的脸上会蒙着一块白麻布。现在，小卷毛的尸体就停在屋子当中，一盏长明灯在屋门口彻夜点亮着，照着一个个亲属们悲切灰霾的脸。依照习俗，屋内大衣柜的镜子早已被白麻布罩得严严实实密不透光。五斗橱上摆着小卷毛的遗像，两根粗粗的白蜡点亮了这个孩子生龙活虎的相貌。原以为他爸妈会让我进去，然后痛哭流涕地握住我的手，会为我揭开白色布单的一角，让我最后再看看我可怜小伙伴的遗容。或许，他们要是想起来的话，一定会问我小卷毛出事的经过？到时我该如何说呢？我还没来得及考虑清楚整件事的经过，而我怎么也想不起来当时我为何这样无情？当小卷毛的五官浮在水面上，天色像今天一样阴沉，朵朵荷花绽开的笑靥就摆在他的身边。寂静的湖面没有一丝波澜，过了一会儿，我才将小卷毛静静地推走，推到那些睡莲中间。继而，小卷毛成为她们当中的一支，他的胳膊和手像白皙的莲藕一般坠在水里。出于无知，我竟然没有感觉到害怕，同时我也没有意识到整件事会让我在惊恐、痛苦和彷徨中度过日日夜夜。此时此刻，只觉得那个人正在咫尺之外不错眼珠地盯着我看。从他的身上我还能闻到一股股难闻的油垢和令人窒息的劣质的烟草味道。我依然蹲在之前的角落里，头扎在怀里。那个人一凑近我，便像对待一只老鼠摆出轻蔑的架势说：

　　"有没有想过你杀人得偿命?!"我没有搭腔，抬起头，看着他漆黑如洞的眼睛。他把手里的17号扳手在我面前挥了挥。

"我可以走了吗?"我说。他在修理坞里走来走去。"你还不能走,你还没有把问题交代清楚。"他没看我,好像自顾自地说。

"我承认,是我给警察报的警。"我说。

"你终于承认了。你为什么跟警察说在我这发生的案子?"他蹲到我面前说。

"没有,我没跟警察说在你这发生什么案子。我只是一时害怕才想到你这,我害怕小卷毛死了没人知道。"我辩解道。

我不想多说话,怕对我不利。我把嘴闭上,仰头看着那人古怪的表情,就像看小卷毛溺水时的表情。当时我爬上那座假山石,上面有个洞,洞当然是后来造的景观。我叫卷毛跟我一道爬上去在洞里过一过山顶洞人的生活。可这个笨小孩根本不懂山顶洞人是什么玩意。他不肯上来,我生气了冲他大嚷大叫。过了一会儿他就跑了,跑到湖边。我没怎么在意,等我在洞里玩够后,才发现小卷毛不见了。我从几米高的假山石上下来,跑到湖边,看见卷毛的头发浸在水面上。我跳进湖里,把他翻过来,他溺水的表情实在太难看了。我报了警,却没胆量告诉警察真实的情况。上岸后,我坐在湖边直到天黑,等衣裳快干了我才回家。

夜里楼下乱成一锅粥,小卷毛的爸妈和亲属们在楼下大声吵吵,然后分头去找。晚上等我爸妈上夜班走了,我就走出屋坐在楼道里,等小卷毛爸妈把他的尸体找回来。说实在那天早上我压根就不该带小卷毛出来。可是他一大早就敲我家的门,门一开他便跟我说:

"今天礼拜六我不上课,你带我出去冒险吧。"可能是上次踩坏车站的屋顶令他对冒险产生极大的好奇。我们除在一块杀死过一条小狗,几乎没有在一块儿玩过。我没打算理他,想把他赶走,然后回屋去睡觉。我这么想也确实这么做了,可这孩子之后的不良行径却让我恼火。我刚把门关上就听见外面有动静,我以为他没走在挠我家的门。结果一开门却发现他正在冲门上撒尿。我想打他,可又怕他爸妈听见。我把他趔进屋得让他知道我的厉害。后来我往他脸上丢了块抹布命他把门擦干净。没想到他竟然听我的话乖乖地撅起屁股去擦。他撅屁股的样子委实让我喜欢上了他。

"你想去哪儿冒险?"我问他。他支吾半天不知道他想说什么。我失去耐心,连打几个哈欠。"我真的哪都不想去。真的,我只想回床上睡觉。"我对他说。"你到底想上哪儿去冒险?"我又问他一遍。

"你上哪儿我就上哪儿。"他晃着一头卷卷毛慢条斯理地说。这倒容易,我心想。"那你就当我的猎犬吧,跟着我。"我说。我想他一定会按我说的去做。对于大他十岁的人来说,我就是他的上帝,他会屁颠屁颠言听计从的。果不其然,他兴高采烈地答应了。

"我们还去上回那个车站,把房顶全都踩漏。"我说。

"恐怕不行吧,会让那人逮住的。"小卷毛还挺有心计,忽闪着一双大眼睛说。

"那你想怎么办?"我问他。

"那好吧,我跟着你,咱们先去车站看看。"小卷毛说。

我洗了把脸,迅速穿好衣服。"要是被逮住挨揍可别赖我。咱们提前说好了。"我嘱咐喜形于色的小卷毛说。他真是可爱极了,圆圆的脸蛋上嵌着两个深酒窝,脑袋上长着一头迷人的自来卷,眼睛那么大,一个顶我两个都多。我们俩一前一后下了楼,穿过马路对过就是那个 2 路公交车站。刚过完马路我就看见上次想逮我们的那人正在房顶上铺油毡。

"我说不成吧,你瞧上次那人正蹲在房顶上等咱们呢。"

"那怎么办?"小卷毛六神无主地说。

"什么怎么办。这回我带你上一个新地方去冒险。"我说。

于是我带他朝溪沽公园走去。他一声不吭,可能踩房顶的冒险落空了,让他有点失望。"踩房顶的事确实够刺激,但那人正在房顶上守株待兔呢,你懂不懂,守株待兔?咱们俩怎么能当两只倒霉的兔子呢?"路上我宽慰他半天,还给他形容溪沽公园里面冒险的地方更多。

我的腿脚都蹲麻了。我扶着墙起身站了会儿缓了缓。没想到那人根本没有注意我,我还以为他永远不让我站起来了呢。但我还是做好一切准备,拿出整天时间跟他耗到底,到底看他想干什么,扣我在这是什么意思？我决定来回走走消磨一些时间。尔后，我扒头探脑地看他修公交车。他没有看我，手上一直忙着，嘴里哼着小曲儿，算是默认我在一旁观看。我思忖他还会对我说什么话。果然，他一开口便说：

"等会儿，等我忙完了叫警察来把你带走。"他胸有成竹地说完又哼起小曲儿。

"为什么？叫谁来我都不怕！"我说。

"哦，是吗，待会怕了可别尿裤子。"他说，"最好先跟我说明白了，免得待会儿受罪。"

"受什么罪，凭什么要对你说。"我不含糊地说，"礼拜六你根本没去钓鱼，我看见你一直在铺油毡。"

"信不信是你的事，"他从车底下钻出来，点上一支烟说，"我就是知道你对小卷毛干了什么。"

"你为什么摸着黑干活，跟个睁眼瞎似的？"我笑他说。

"过些日子要比武，懂不懂？"说完，他把抽剩下的烟屁股弹到我脸上。

外面好像在下雪，透过房梁唯一的一扇通向外面的小窗户，我感到外面下雪了，好像有雪花飘进来，立刻加重了屋内凝重的气氛。不知什么原因，小卷毛的死令他如此上心，对我不依不饶。我一直花心思琢磨这件事。不知道这辆破公交车他得修到什么时候。我绕着车转，想给他捣点乱，却无从下手。我想找件工具趁他不备给他打晕，然后逃走，再去报警，说这人囚禁了我一整天。可是警察会相信我的话么？弄不好他会对警察说是我先打了他。我蹭到铁台子上，眼睛盯着他的背影。他蹲在不远处手里一直鼓弄从车上拆下来的零件，认真至极，猜不透他心里究竟想些什么。甚至我感到他身上有太多疑点，比我的疑点还多，这些疑点时不时在我脑子里转转，挥之不去。

"到下学点我不回家我妈肯定会出来找我，到时你可就惨了，"我说，"他们知道我爱在这附近玩。他们会叫我。"

"那我就把你的嘴封上，往你嘴上糊上油泥。"他站起来，双手叉腰，不错眼珠地怒视我。

"如果你敢喊，我就拿块石头塞到你嘴里，然后把你绑在洞里不让你回家。"这让我想起当时我恐吓小卷毛时说过的话。我的心跳开始加快，脑袋开始发胀，手也在抖。而在此前，我俩刚进公园那会儿，小卷毛和我还有说有笑呢。我愿意跟小卷毛在一起，小卷毛让我感觉到踏实，和没有威胁与不快。而且他确实深深地迷住了我。在某一瞬间，他确实成了我最好的小伙伴。还有，他令我莫名的躁动和兴奋。

"我们还买门票吗？"

"你有钱吗？"

"没有。"

"那拿什么买！"

我训斥他时觉得挺过瘾和满足。"那咱们怎样进去？""跟我来，我教你进去。"

我把小卷毛领到侧门的铁栅栏那。我先把头伸进去，头进去了身子也就能进去了。我没费事钻过铁栅栏，"快点，别跟娘儿们似的，快点。叫人发现可就惨了。"问题出在小卷毛的头太大？还是他不敢钻？"胆小鬼，"我说，"快点，先把头伸进来。"我伸手够小卷毛自来卷的大脑瓜，连挤再压硬是把他的头弄了进来，"这下不就行了，真是个大头，还是个胆小鬼！"我说。

进了溪谷公园，我们先上湖边赏荷。小卷毛说这有什么好看的。我们便往公园深处跑。我们俩一前一后踩着枯枝败叶，扰乱了公园里面的宁静。几只喜鹊几只乌鸦被我们的脚步和喊叫声吓跑，在高空中传来阵阵愤懑的哀怨声。

"你多少岁了？"小卷毛好奇地问我。

"你不知道我多少岁还跟我一起玩？"我打着秋千忽上忽下地说，"十七了。"

"那你有女朋友了吗？"小卷毛一边说一边拦住秋千不让我玩。

"哦，这个嘛大人的事，你不懂，明年我就有了。"我拨开他的手继续打着秋千。

"那我呢？"小卷毛认真地问我，"我爸爸总领一个阿姨回家，那个阿姨还总亲我。"

"哦，是吗，那你可够招人讨厌的，"我说，"还没有女人亲过我呢。不过我以后也不会让她们亲。我不喜欢女的。"

"里面有更刺激的，"我说，其实我是想把小卷毛引到公园深处隐蔽的地方，"跟我上里面看看，一定很冒险。"

其实那天我的想法和行动根本没有经过任何准备和谋划，这完全处于某种自然而然的冲动，或者说是某种连自己都说不清楚的诡异心态。当这种心态从我的心底突然升腾起来的时候，一不留神，我掉进一条小河沟里面，一只脚陷进了淤泥里。小卷毛奋力把我拖上来，而这都影响不了我刚刚欲罢不能的决定。此时，时间过得飞快，我所想到的那个隐蔽的地方就是那里有一座高大的假山石，上面还有一个黑不隆冬的洞。

"洞里有什么？"小卷毛激动地问我。

"你不是想冒险么？"这话让小卷毛兴奋得直叫。接着我说："上去咱们就知道了。"

"洞里是不是很吓人？"小卷毛说。

"那还用说，这得看你的胆量了，"我说，"到洞里你必须听我的话，言听计从，懂不懂？要不然麻烦就大了。"

那天也是阴天，连着三天都是阴天。雪今天才下，要是那天下就好了，假山石上覆着雪，我们只定爬不上去，小卷毛就死不了了。

"来，跟我一块儿爬，上去还可以看到湖里的荷花。"我催促小卷毛。

我爬到顶，以为小卷毛跟在后头。站稳后我朝下看，小卷毛压根就没跟上来，他还是站在老地方仰着头往上看。我叫他："懦夫，胆小鬼，大头，爬呀，往上爬呀。"这次骂他，不怎么管用了，他只会一声不吭地傻瞧我。

"妈的！你到底还想不想冒险？！"我有点气急败坏喊。

"我没以为这么高。"他在下面小声说。

"你以为我在哄三岁小孩玩吗！"我又气又急拿他没办法。

我扶在冰丝挂凉的石头上想了为了说服他达到我的目的，我必须平静下来，然后说：

"你不打算跟我过过山顶洞人的生活吗？"我说得肯定很勉强，但愿他能听懂。不料，他却说：

"你说的什么？什么是山顶洞人？他们是谁？"

我迟疑一下，"他们是几十万年前住在洞里的猿人，我们的祖爷爷的祖爷爷。"

"什么是猿人？"

听完后我都要崩溃了。带他来前我真该想想七岁小孩都懂些什么。"你得上来看看要不然你会后悔。"我耐心对他说。没想到我耐下心来的效果倒不错。最后他沿着我上来的路开始往上爬了。我给他鼓劲，讲给他冒险是一个男人必须有的勇气。直到他上来我握了握他的小手，朝他会意地一笑。看得出来，他也很兴奋为自己的成功很自豪。接下来他往洞里扫了一眼，噘起嘴失望的样子说：

"这里根本不是祖爷爷待过的地儿，他们睡哪儿呢？"

我猫腰钻进不宽但挺深的洞里，拾起几块石头，"你瞧，这是他们的骨头都成石头了。"

"我不信。"小卷毛干脆地说。待了一会儿我问小卷毛："热不热，看你满头大汗？"

"嗯，热，都快热死了。"小卷毛边抹汗，边扯衣领说。

"想凉快吗，我来帮你脱。"冷不防，我拽掉小卷毛的裤子，手掏向他的下体。

"不用你管，我自己会脱。"小卷毛使劲挣脱我的手，揪住他小鸡鸡的手。他意识不到我想要干什么，为什么对他这样。

现在，我只觉得两只黑乎乎的大手正朝我伸过来。但是我实在困的睁不开眼睛。没料到修理坞的铁台竟成为我梦魇里的温床。这场梦把我带到小卷毛的身边。我的手婆娑在小卷毛的裤裆里，感受着他的体温带给我无比惬意的冲动。再后来，一只手在我的背部开始揉搓，接着往下移动。我觉得裤子像小卷毛一样被人扒掉了，雪花落在我裸露的阴部，随着我的体温它们开始融化，变成水珠，往我身体两侧流。

记得我跟小卷毛在洞里扭打起来，就像现在我拼命拒绝那人覆在我身上黑乎乎的大手一样。我好像在两个梦里跟两个人打得不可开交。小卷毛在洞里哭着往洞外爬，眨眼工夫，他不见了从假山上摔了下去。我没能及时抓住他。我当时顾不上冷，几乎裸着也滑下假山，匍匐在小卷毛的身边。我摸摸他，轻轻地摇了摇他的肩膀。他没有动，我又摇了摇他，感到他没有了体温也没有了呼吸，整个人像一片刚掉下来的叶子静静覆在阴湿的土地上。这个场面仿佛持续了很久，所有那些我克制已久的念头，所有那些我未曾走完的路，所有那些我没能考虑清楚的人生，刹那间都仿佛显现在小卷毛的脸上。

我一惊，突然感到呼吸不畅，那人的手正用力掐住我的脖子。那人的头背着光立在我面前，淫笑着且狰狞着面目瞄着我。我吓得一时失去抵抗力。我把小卷毛的衣服整理平整，抬起他的上身朝湖边慢慢拖动。这一刻，周围出乎意料的安静，连吱吱呱呱乱叫的鸟们都没了踪影。小卷毛的后脚跟把松软的腐叶和泥土犁开两道笔直的痕迹。阴冷的湖水显得格外清澈，上面冒着丝丝凉意。我将小卷毛的身体轻轻放到水里。小卷毛被冰冷的湖水一激，突然醒来接着在水里疯扑起来。眼见他在呛水，他的小手在水面上挣扎，还有他一头漂亮的卷卷毛也浮在水面上。我立马跳进湖中，他两只小手像抓住救命稻草一样死死抓住我不放。尔后，我把他刚刚冒上来的头又重新按回到水里。我心里默数着：一秒、两秒、三秒，水泡猛烈地打水下扑腾上来剧烈翻滚着，数到七秒的时候，一切才归于平静。

那人手上的 17 号扳手重重地落下来，砸在我脑袋上。我似乎没有感到疼痛，便轻轻松松失去了知觉。就像此前我把小卷毛轻轻松松推向湖心，丝毫没有疼痛的感觉。小卷毛朝一朵朵睡莲漂去。不一会儿，他就到了她们的当中。

礼拜四，小卷毛在家里多待了两天才出殡。

遗落是风

1

最他妈的叫我感到不幸，是我过去的那些荒唐想法。相信你看完，就会明白，其实我想说的，那些混账想法，以后就不再混账了。

我想从不想上学那天讲起。也就是从把自己踢出学校那天讲起。反正是一所烂校，老师不稀罕我，我也不稀罕他们，但学校离我家不远，连过马路的机会都没有，我每天就怕家大人看见，看见我没去上学，在学校外面闲逛，那可就麻烦啦。

对了，我要说的是，我那年秋天要上的是一年级，不是什么初高中或者大学一年级，而是小学一年级。秋天没到，刚入夏我要上的学校门口就打出"欢迎新生"的标语。其实我特别讨厌"新生"这个词！他们凭什么叫我新生？我凭什么非得要当新生？我虽然还没有上过学，难道我就非得是他妈的"新生"？! 这个字眼让我觉得受辱，虽然我还不懂得受辱是什么滋味，总之我觉得这所学校没啥好玩的，连踢球的场地都没有，我的脚法白在吴家窑的泥地上练了整一春，现在竟没了用武之地。时间过得可真快，我不知不觉围着学校思忖了大半个夏天。最近学校好像在操持新生入学面试的事。我从用彩粉笔涂鸦的黑板上能猜到，他们这儿马上要来个游泳特长生。这样做无非想让学生家长们知道，这所烂校有多好，好让家长们放心，你们的孩子们在这所学校都能培养成人。

我姐和吴卫都是这所烂校毕业的，我肯定也得从这儿毕业。每次我从铁栅栏围墙往校园里面看，就觉得有点儿兴奋：我要是一入学，跟那些傻蛋们一样，假模假式背着个书包走进走出，该有多可笑！那些高年级烂女生们，叽叽喳喳总不知自己有多好笑？一想到这儿，我的气就不打一处来，看她们长着发育迟缓的身体，我就觉得好笑。

我正打算回家，有个光屁股的男孩儿打马路对过朝我跑过来。男孩儿是西里（胡同名，我家在东里，两条胡同并行挨着）的，夏天总见他光屁股抖着小鸡鸡乱跑，其实他跟我年岁一样，却跟个白痴似的。对了，他身上还长着好多难看的白癜风，这一块儿那一块儿，给太阳都晒紫了。

"吴卫！你们追他干什么?!"吴卫一边追一边喊："拦住他！别让他跑了!"男孩儿跑得更快了，打我身旁一闪而过。

"你比他妈的白痴还白痴!"吴卫跑过去回头骂我。眨眼间男孩儿就跳进前面路边的消防井里。井口没盖盖，井里满满当当的水都快溢出来了。男孩儿刚跳下去，就听有人隔着校园铁栅栏往外喊。这会儿跟吴卫跑的伙伴们光顾往前冲，谁都没理会。大家伙儿接二连三杀到井口，我也跑过去，站在最后，垫脚往里面看。这会儿喊声震天，大个儿正在为男孩儿读秒。除了我和吴卫，差不多西里的小孩儿都在，大个儿是他们西里的头儿。井水清得要命，男孩儿头发随着水波在井底飘摇。随后赶到我们东里的一群孩子，都跟吴卫一起拍手叫好，但西里大个儿的嗓门太高，他读秒声音把我们的喊声淹没了。吴卫是我们东里的头儿。

"有种的把东里的全叫来，"大个儿冲吴卫挑衅说，"咱比比谁猛子扎的时间长？"吴卫没吱声，龇出一副四环素牙冷笑。刚才校园里的喊声由远及近。一张阴森可怕的老黑脸突然出现在我们面前。她叫混账黑面神，我给她起的外号，她一过来就把我推个趔趄。跟着她就扎进人堆儿，冲大个儿和吴卫骂开街。

大个儿刚数到一百二十三，混账黑面神就喊："儿啊，妈来啦，我的儿啊！是谁这么狠心欺负你啊——”说着，她一撅屁股坐井沿边上哭开了。大概又过了五秒，男孩儿才从井底浮上来冒出头，朝他妈喷出一水柱。其实这个男孩儿，就是马上要跟我一起入学的游泳健将，他一口气能憋两百下呢。他妈拽他上来时，他还挺不情愿。

2

最后半个夏天就这么稀里糊涂过去了。我面试那天，爷爷拄拐把我送到学校门口，一进校，我就给黑板报上的图画吸引过去，老师叫我名字都没听见。接下来就发生了恐怖一幕：一个人揪住我耳朵，把我揪到一颗树后面，问我："是你把我儿子推下井的对不?! 你这个杀人犯兔崽子!"我吓得目瞪口呆，原来是那个混账黑面神，我半天不敢说话……黑面神嘴角咕哝着脏话，眼睛往死里盯我。后来她叫我认错供出同伙。我还是不敢说话，她就掐我，恶狠狠地说："你永远甭想上学! 叫你爸妈来学校找我!"之后她就端起本子，在我名字上打了个叉。我猜上学的事泡汤了，被混账黑面神搅黄了，不过这也是我想要的，不过中午我还得在学校等我爷爷，他满以为我考上了这所学校。

恐怕没人像我这样倒霉。黑面神把我弄得上不了学，准幸灾乐祸背地笑呢。这事换谁爸妈都得去学校去告状。对了，我忘了告诉你这件事：我爸妈早就离婚了，那年月这事不能提，会被人笑话的。我爸是船员，很少回家。我妈是玩具厂工人。爸妈离婚后，姑妈说我妈又嫁人了。所以，我和姐一直跟我爷爷奶奶过，姑妈住西里每天下班来看我们。那会儿我绝对是一个没人要的孩子。

开学典礼那天，我起得倍儿早，天空蓝蓝的看上去深远无比。我假模假式往妈妈托姑妈带给我的新书包里塞了点东西就跑出来。胡同口碰见吴卫。他正愣神，大概琢磨往哪个方向拐。右边是他刚毕业我正要去的那所烂校，左边是他新考上的新烂校，叫什么吴家窑子弟中学，旁边紧挨着吴家窑精神病院的停尸房。我趁吴卫没注意，想右拐，"上星期你干嘛不理我?"吴卫突然发话。"谁不理你我忙开学的事。"

吴卫单肩靠墙，一只脚落地，另一只脚顶住墙。这是他一贯姿势。他说话时露出两排四环素牙，让我恶心的要命，却对我有种约束力。"大伙儿都替你瞒，"吴卫坏笑说，"我跟西里大个儿说了，他那头也替你瞒。""瞒多久？""能瞒多久就瞒多久。"吴卫挺直腰，"咱们上马路对过说去。""我爷爷不让我过马路。""废话，有我你怕什么！"

其实马路并不宽，那会儿也没什么私家车，早晚自行车高峰后，横竖几条马路只有教练车转来转去。吴卫领我过马路，正叫我姐看见，喊我："二虎！上学去——今天发新书——"吴卫冲我姐竖中指，我姐没理他。"我给你弄了，"吴卫从军挎里掏出两本烂书，"从铁军家偷的。"铁军比我大两岁，还没上学，从小跟他爸拾破烂，卖废品挣钱。铁军住胡同口第一家。吴卫送我的两本烂书是《思想品德》二年级，另一本也是《思想品德》，五年级。"呃，我想叫你挑一本的，好像这两本都不对。""我不要，我要新的。"我拽给他。

一上午我跟吴卫就在马路中间走，走累了就盘腿坐便道上，看教练威风八面指挥学员开车。所有教练车都漆成一水军绿，有 212 吉普车和解放牌卡车。吴卫说，军队打仗就开这些车。教练车风驰电掣驶过后，尘土都落在我和吴卫的脸上，我俩倒觉得挺乐呵。吴卫说他中学毕业就去当兵，当个汽车兵什么的。他要把一卡车弹药全运上前线，然后下车跟越南鬼子拼命。我说我跟他想法一样，不过想去当海军，因为我爸是海员，上次他回家还跟我提过西沙打越南鬼子的事。吴卫好像听不懂，反正他就喜欢开车。快到中午，教练指挥学员把车停马路边儿上，然后跟学员们吃饭去了，我就跟吴卫在他们车前车后瞎转悠。后来吴卫选中一辆崭新的解放大卡车，从车头爬上去，我跟着也上去，机盖挺烫，我俩一直爬到车楼顶，在上面居高临下看了一会儿，怕人看到，就跳进车后的马槽里。结果还是给铁军看到了，他好像刚跟他爸扒完垃圾箱回来。铁军小脸蜡黄，小小年纪嘴上长着两撇八字胡，跟小大人似的。他朝我和吴卫张牙舞爪冲过来，"我教你们怎么玩儿，"铁军手里举着个长铁钉。我和吴卫跳下车，铁军已把铁钉扎进轮胎的气嘴。车胎顿时发出恐怖的撒气声，我吓了一跳，吴卫倒还镇静。"你想卸人家轮胎？"我问。"白痴！没工具拿什么卸！"

铁军说。"那倒是。"吴卫说。我们轮流给轮胎撒了会儿气，觉得没意思，就把铁钉给扔了。

这烂校铃响了半天。我头一回注意听铃响，以前学校的铃声跟我没有关系，现在可是提醒我该不该回家的铃声。我中午不饿，不想回家吃饭了。该死的吴卫又提书的事，"我想办法给你弄一套新的。"这会儿铁军闹饿，随手在地上捡了块儿废铁，一溜烟跑到他爸那换了六分钱。铁军带我们去买冰棍儿，三分一颗，六分两颗，吴卫自己独吞了一棵，我和铁军吃一颗。一边吃，吴卫一边说："我对这烂校门清，学校后身儿铁栅栏那有个豁口，咱们从那进去。"我们一边吃着冰棍儿，一边钻进了学校。吴卫知道一年级在哪儿上课，就带我和铁军猫到一年级教室窗户底下。吴卫偷偷往教室里瞧，小声说："嘿，你们语文老师，班主任!"我和铁军也小心抬起头，原来混账黑面神是语文老师，还是我们的班主任。"你怎么知道她是班主任?""我就知道，你甭问。"这会儿黑面神正给她的白痴小崽子喂饭呢。

午饭后，我是说混账黑面神给她的小崽子喂完饭后，剩饭还差一点泼着我们。就在这当口，我听见黑面神嘱咐白痴说："快回家睡午觉，路上谁也别理，天凉了不准再脱光衣服。快家去，妈一会儿回去陪你。"听完，吴卫龇出四环素牙说："二虎，你的新书有了。"我一猜吴卫就想这么干……我们仨打原路返回，站路边等那个白痴，我们站的地方是白痴回家必经之路……吴卫一抢完白痴的书包就往东里跑，我跟铁军拦住白痴不让他追。白痴急眉火脸的没法追就往家走了。过了一会儿，我和铁军就去找吴卫会师。白痴的军挎奖给了铁军，军挎里的新书和铅笔盒归了我。我小心翼翼捧着新书和铅笔盒，心里甭提多幸福了。

3

连着一星期我都骗爷爷下午没课，待在家里也不敢出去玩儿，我特别怕黑面神带着白痴儿子找上门来。还好，没有人来，什么事没发生。有一天吃晚饭时爷爷说："二虎，艳子，你爸来信了，今年年底才能回家。"听完，我美极了，我又能玩儿到年底，我爸回来打我可狠呢。我姐也高兴，爸爸在她就得睡奶奶的小厨房，那里夜里总有老鼠吱吱叫。而且跟爷爷奶奶在一块儿，我就能晚上跑出来玩儿，最多奶奶唠叨一句：小心卖小孩儿的把你拐走。

今年秋天倍儿冷，晚上冷得像黑面神的奶头。那天我只穿了件单褂就跑出来。冬天棉衣还在樟木箱里。开学前，姑妈提醒奶奶早把棉衣给我们拿出来晒晒，穿时就没有樟脑味儿了。这段时间也就姑妈管我次数多，不让我跟胡同坏孩子们一起玩儿。这些坏孩子包括：东里的吴卫、铁军、胡汉三；西里的大个儿、水枪、鸟蛋……嗯，当时我们最爱干的一件是什么来这？好像是"砸皇帝"（小孩子玩儿的游戏）。关键是蕾蕾总跟我一波，所以我砸得特别准。蕾蕾是胡汉三的妹妹，跟我一样大，她上的也是黑面神的那所烂校。我冻得唧唧索索跑出来，鼻头就快给冻掉了，手指也冻麻了。可是我心思不在这儿，所以有多冷我都无所谓。其实每天晚上我都跑出去，连我姐都不知我怎么想的。只有我心里明白。我是说我非常痛恨这个家和我爸妈离婚这件事。也许当时我心智还没有长健全，所以我天天夜里想我妈，想让我妈知道，她不要我，我心里有多难过。

运气好也不好，秋天的晚上实在冷，差点没把我冻死。我健步如飞，一边跑一边想，蕾蕾会不会多事，把我不上学和抢黑面神儿子书的事告诉她？所以我得尽快去一趟我姑妈家，让她知道抢书的事不是我干的，我也可以保证明天就去上学！我跑出东里，转个弯还有几步就跑到西里我姑妈家。另外，最重要的是我姑妈和我妈是一个工人的工人，从她那儿我可以知道我妈到底想不想我？

我一口气跑到姑妈家，停下喘一喘气，这两条平行的胡同，让我跑出了一身汗，就像从一个世界跑进另一个世界，我都不知自己为何要跑，跑的过程就像穿过一段真空，把自己跑丢了一样。天真是奇冷无比，我却出了一身汗。在我最初生命里，我总是这样，夜里独自一个人跑出来，想探听我妈的消息，跑啊跑，却好似总也跑不到终点。敲门前我早想好了，再这样下去我就该疯了，我一定要自己去找我妈。

我开始砸门。我真的冻坏了。我的手几乎没了知觉，却把门却砸得山响。我喊了几声,想叫里面知道我是谁。最后,姑父来开门了。我没礼貌地跑进院儿,然后推门进屋。这才发现我姑妈不在家,只有姑父一个人。

"二虎!"姑父气运丹田般喊我,"大冷天的还跑出来,冻成这样!"我觉得姑父比姑妈喜欢我。至少我觉得是这样。

我在屋里转了一圈,没啥好看的,我都来了一万回了。"姑父,姑妈呢?姑妈下班了吗?"

"我都给你转晕了,"姑父说,然后给我取出点心罐,"姑妈买的炉粽子枣泥陷儿的,还有核桃酥。"

最近我食欲不佳,接过罐子就把它放回桌上,然后拍拍手,像干了什么重体力活似的。姑妈要是在就好了,我可以一边吃点心,一边听姑妈讲我妈的事。

"坐下,二虎,别转了,"姑父命令道。

我转到第十圈,手和鼻头才有感觉,"姑妈呢?下班没有?"我又大声问,好让姑父听到。

"二虎,姑父不老,听得到,"姑父坐在躺椅上手举报纸,"这钟点儿你姑妈还没回来就是厂里加班,她说今天给你带东西回来。"

"姑父,"我说,"我想去工厂找我妈。"

"瞎说,"姑父说,"不准去找,工厂远得很!"

家里所有人都叫我不准去找,说我妈的工厂很远很远远在郊区。不过从我没上学那天,我就想好,我肯定要去找我妈,我必须亲自跟她说,最近发生的倒霉事。只要我准备好,就去找她。

从姑父家出来,我差点跟大个儿撞上。他跟一堵墙似的,黑不隆冬,大半夜我根本看不到他的脸。他一把耗住我头发说:"大半夜跑我们西里来干吗?!"接着一巴掌扇在我脸上。大个儿的确混账,他以欺负小孩儿为乐。"我叫吴卫来揍你!"没等我说完,他咣一下,又一巴掌扇在我头顶,"听着,叫声爷爷我就不打你,也不检举揭发你。"这当口,胡同口闪进一束光,是我姑妈骑自行车由远及近到我俩跟前。

"二虎,不在家待着,跑这儿来干吗?!"姑妈的喊声把混账大个儿吓跑了。

"我刚，"

"刚什么刚，奶奶叫你呢，我在这儿都能听见，快回家去！"

我支支吾吾刚转身，姑妈就把大门关上了。

<h1 style="text-align:center">4</h1>

转天早上我把抢来的书和铅笔盒装进书包，装模作样去上学。还没等我出院儿，奶奶就喊我，"天天走这么早？学校这么早开门？"我刚想编瞎话，奶奶回屋拿出两个面具，"你姑妈夜个儿给你送来的。"我接到手，两个面具一个是红脸关公，另一个是白脸曹操。这一定是我妈给我的。我高兴得要命，撇下书包，轮流把面具戴在脸上。我想起来姑妈给我讲过，我妈在玩具车间干彩绘专门给玩具画脸谱。我想这一定是我妈画上去的，多么惟妙惟肖。我既兴奋，又为妈妈感到骄傲和自豪。这更坚定我要去找我妈的决心。

我选了红脸关公戴上，胡同里上学上班的人都在看我。我还举着"白脸曹操"向他们显摆。胡汉三见了想找我要，我没给他。胡同口吴卫和铁军看见我的表情，就像我戴着面具一样可笑。我把"白脸曹操"送给吴卫，吴卫转手给了铁军。铁军在上面啐了口吐沫，然后用手去擦。我立马夺过来还给吴卫。吴卫没说什么，只说了句，"等没人时再戴，"算是收下了。

我们仨闲在难受，过马路时还差点给教练车撞到。过完马路，吴卫就让我想今天去哪儿玩儿？我想了想，"咱们去吴家窑吧。"我们这儿是候家窑，还有赵家窑，薛家窑、孟家窑……因为吴家窑那有一大片空地，过去是坟地，现在都给推土机推平了，听说要在这块儿地上盖新房。从我们住的胡同平房绕过，过两条马路再转个弯儿就是吴家窑。吴家窑之所以出名，是因为那有个吴家窑精神病院和它的停尸房。对，前面提到吴卫考上的吴家窑中学就在那儿，过去的坟地也在那儿。另外，可能因为那儿要盖新房，氛围又不好，所以前不久那儿突然冒出来一个公园。公园建好我们去过一两次，还是夏天的时候，公园里净是搞对象的，我们也懒得进去，觉得一对儿对儿搂搂抱抱特恶心人。

他俩觉得去吴家窑没啥意思，但也没有更好的地方可去，我们仨就闷头朝吴家窑方向走。前两天刚下过两场秋雨，到处都是小水洼，我们仨一边走一边故意往水洼里踩，然后跺脚想溅对方一身。很快吴家窑的那片空地就到了，"一大片空地，有啥好玩儿的？"吴卫说。我低头寻思。铁军说："诶，我有个主意，咱仨踢球吧？""哪来的球？"我说。"他说的让他去找去。"吴卫说。"好，你们等着，我去找。""他有这个能耐，他就是干这行的。"吴卫坏笑说。铁军也不顾眼前一片泥地，趿拉着布鞋跳了进去，一眨眼跑出老远。

铁军跑走去找球，我和吴卫无所事事地待着。这时大个儿和胡汉三从远处走来，似乎也来这片空地玩儿。吴卫把他俩截住，"踢球吗？""踢啊！"大个儿不含糊地说。"好，你俩等着，铁军捡球去了。"要么说铁军是干这行的，不一会儿这家伙就举个圆不隆冬的东西从远处往回跑。

"嘿，你们看我捡到什么啦？"铁军兴奋得要命。

"要么说是拾毛篮子（捡破烂）的，想什么能捡到什么。"吴卫说。

铁军还没跑到跟前就把那个圆家伙抛了过来。大个儿长得高，一把接到，跟着丢给胡汉三，胡汉三"妈"的一声拽给吴卫，吴卫一躲正砸在我脑袋上。

我也"啊"了一声，低头一看，天哪，一只骷髅人头！这时铁军跑了过来一脚又给踢回空地。"踢呀兄弟们——"铁军喊着，又第一个杀回空地，人头在他脚底下踢来踢去。

"冲吧，兄弟们，"吴卫一声令下，我们几个一块儿奔人头而去。

踢着踢着我们就变成了两波人马，泥地上我们跟战士似的对踢，杀得人仰马翻。忘记踢了多久，反正我们踢得热火朝天。后来我们还练了一会儿传切配合，玩儿了一会儿"斗牛"，长传冲吊、射门什么的。蕾蕾背书包从我们这儿路过，我都没顾上跟她说话。快到天黑我们才住脚，坐在马路边道上休息。再看我们面相，一个个跟刚出的土兵马俑。

吴卫给我们指，空地斜对面的那座灰搂，是他一天也没去的新烂校。

天黑下来，空地周围的建筑显得那么的阴森，"那儿是精神病待的地方和他们的停尸间，"吴卫说，"还有那儿，都是搞对象的。"吴卫越说越带劲儿，还站起来口若悬河地比划，就像牛津、剑桥归国的科学家，想把这个烂地方改造一番似的。可吴卫到底是吴家窑中学的收底生，这才符合他的身份。不过你也别小瞧他，最后他还是披红挂彩参了军去了老山前线为国捐躯了。当然这都是后话，谁也不可能料到的事。

铁军压根没拿吴卫的烂校当回事，连瞧也没瞧，他只顾他手里的这颗人头，当问我们这个人头能卖多少钱时？我正若有所思地望着眼前的空地。空地本来就是一片烂泥，被我们踩躏糟踏后烂泥更显得烂了。嗯，我要说的是，今年的秋天别提多冷了，只一会工夫，这片烂泥就冻成了奇形怪状的模样。远处还有一台推土机和一台挖掘机，我想天冷了，它们肯定也啃不动地了，得在那儿趴窝整个一冬吧。其实我还在想我妈妈，要是让我妈妈知道我现在还单衣单裤冻着，她只定会伤心。

吴卫把我送他的面具戴上又摘下，铁军在寻思他那颗人头值多少钱？大个儿和胡汉三已经回家……我突然冒出一个想法，说："嘿，世界越黑越精湛！"吴卫当即把我手里的关公罩在我脸上，"嘿，戴着它，我好给你送进精神病院！"

跟着吴卫一巴掌也把铁军手里的人头打飞，正飞到我鼻子上，跟着血就流下来。我一手捂住鼻子，一手拿着关公，吴卫起身拿着他的曹操，铁军拾起他的人头，我们就互相追打起来。

跑得我上气不接下气，后来路灯亮了，我们一直打到公园门口才住手。路灯的光能照进公园。大冷天公园里还净是搞对象的，虽然我不曾进去过，但听吴卫和铁军说过里面如何如何好玩儿。铁军引我们到公园门口，只定没按啥好心。铁军这个混账家伙坏心眼多得很，到那儿都能害人。

果不其然，铁军闹出事来，事闹得还挺大。当时情形是这样的：铁军跑在最前面，我跑在最后，眼见吴卫就要抓住铁军，却还是给铁军得了逞。他把人头突然举给蕾蕾看。蕾蕾一转身"嗷"地一声就给吓哭了。其实蕾蕾没跟他哥回家是为了去公园找她妈，转天吴卫告诉我这个秘密我才知道。眼见蕾蕾受欺负，我从后面追上来，把铁军

遗落是风

推倒，我俩滚在一起。

"看什么看，有什么好看的，滚！"吴卫朝公园门口看热闹的喊。其中两个搞对象的说："小流氓打架，屁大孩子，打不出啥。"吴卫捡起人头朝那两人扔去。搞对象的看有东西扔来，呼啦散开，接着有几个女的"嗷嗷"地吓跑了。

吴卫冲向铁军，那凶相像上战场杀敌似的。可想而知，铁军给吴卫打得多惨，铁军越求饶，吴卫打得越狠。最后铁军没动静了吴卫才住手。后来铁军是怎样走的？反正我和吴卫带着蕾蕾跑走了。到家我才发现，我衣服上全是血，不知是我的血，还是铁军的。姑妈看我被人打成这样，就要找人家去算账，最后说要带我去洗澡。当时我可是脏得要命，上回洗澡还是过年那会儿。我想好了，这次洗完澡，我就干干净净地去找我妈。

5

姑妈带我去洗澡的事我嘀咕了一晚上，我特别不爱洗澡，一洗澡就浑身刺痒。过年洗完澡我一直刺痒到现在……想着想着我就迷迷糊糊睡着了。早上我假模假式背书包去上学，吴卫也假模假式斜挎个绿军挎，一只脚着地，上半身倚在墙上在胡同口等我。一见面我就对吴卫说：

"我只能玩儿半天，下午姑妈带我去洗澡。"

"多久没洗啦，要么说这么臭。"

"还说我，你呢，你过年都没洗吧？"

"长能耐啦，问起老子。一年。你多久？"

"快一年。"

吴卫说他也要跟着去洗，我说那就一块儿呗，澡堂子又不多他一个。上午我跟吴卫没怎么玩儿也没啥好玩儿的，其实我心里一直想蕾蕾，也不知道蕾蕾书念得咋样？

"听蕾蕾说，昨天晚上她妈没在厂里加班。"吴卫说。

"你怎么知道？"

"你回家，我和蕾蕾聊了一会儿。"

"哦，没加就没加呗，关我屁事。"

"她还问你。"

"问我什么？"

"问你我打的又不是你，你鼻子干嘛流这么多血？"

"你怎么说？"

"我怎么知道？"

"我叫她问你好了。"

"听不出蕾蕾挺关心你。你小子真行啊，高兴不？"

"你爱怎么想就怎么想。"

"告诉你一个秘密。"吴卫说。

"啥秘密？"

"其实蕾蕾妈昨天晚上就在公园里。"

"你怎么知道？"

"咱们在公园外面打架，我看见蕾蕾妈跟一个男人从公园里面溜出来。"

"啥意思？跟男人在里面干什么？"

"在公园里相好呗，第三者插足呗。"

"什么叫第三者，插足？"

"外遇，就是外遇！"

"什么外语？外语是什么外语？"

"操！你这个鸟蛋！外遇，外遇就是他妈的外遇！就是蕾蕾快上不成学了，她爸妈快离了。"

"不懂！真不懂！"

"操！怎么跟你解释。就这个意思吧。反正蕾蕾的下场跟你一样。"

"跟你才一样呢，我妈离开我爸是因为别的事，你爸妈才有外遇快离呢！"

"你这个小兔崽子，不是挺明白的吗，欠揍！"

说着我看见蕾蕾背书包从远处走来。学校课间休息铃正打第二遍，蕾蕾踩着铃声走到我和吴卫跟前。

"蕾蕾课间休息你怎么跑出来了？"我说。

"懒得上，我爸妈一晚上没回来，困得我要命，我请假说肚子疼就出来了。"

然后她问我昨天晚上鼻子流血事，之后跟吴卫小声说话去了。其实我没在意，蕾蕾跟我好和跟吴卫好都一样。他俩说什么我也没在意。后来蕾蕾又眉开眼笑起来，笑得像朵花似的。

"昨天我看你踢球了，"蕾蕾说。

"不过，还是吴卫踢得好，你踢得第二好。"

我当时显得很激动，燕子说我踢得好，管她第一好还是第二好，反正她说我踢得好。我其实已经想好怎么说，可突然就给忘了。然后语无伦次地说了声："谢谢，谢谢你来捧场。"

说完我就后悔了，真不该说这话，多愚，跟个雏儿似的。我只好又突然说了句："听吴卫说，你妈有外遇了跟你爸要离了，"

"啊?! 没有的事！吴卫，你！——"

"什么?! 不是我，怎么可能是我！我什么也没告诉二虎！"吴卫辩解说。

蕾蕾夹了一眼吴卫，扭身就要走。

"哈哈。说着玩儿呢，逗你玩儿呢。我瞎猜的，对不对吴卫?"我也马上辩解说。

"反正对谁都不准说。你发誓，发誓，不准说。"蕾蕾冲吴卫说。

"好好，我发誓，发誓，再说二虎也不是外人。他爸妈不也是这样！"

吴卫说完，蕾蕾小脸就臊红了。我马上转话题问蕾蕾："蕾蕾你喜欢我的面具吗?"

"我什么都不喜欢，"然后转头跑到马路对过。

好一会儿，吴卫才把蕾蕾领回来。"我跟你们说件正经事。"吴卫一板正经地说。

6

三条长虫，两公一母。这就是吴卫要跟我和蕾蕾说的正经事。吴卫说的时候装得一板正经。我正纳闷，他俩突然哈哈大笑起来——

"逗你玩儿那。当真。"蕾蕾捂住嘴笑着说。

"真愚。逗你玩儿那。不识逗。"吴卫也这么说。

"谁不识逗！我没听明白！"我着急说。

"什么没听明白，你就是个猪脑袋，什么都听不明白。"吴卫说。

"谁是猪脑袋！到底啥意思！你们说的我根本没听见！"

我觉得蕾蕾不该对我这样，总跟吴卫站在一边，让我特难过。我可是真心对她好，她也该明白。

"别逗了，快告诉他吧，急死他了。"蕾蕾说完朝吴卫吧嗒一下眼睛。

"你属蛇，我属蛇，蕾蕾也属蛇。这不就三条长虫嘛。"

"两公一母呢？"我问。

"你他妈的真是不挨骂长不大！咱俩是公，蕾蕾是母呗。真笨！"

多年以后，回想起这件事，其实吴卫根本不属蛇，他比我和蕾蕾大四岁，怎么能属蛇呢。他净瞎编，想方设法取悦蕾蕾跟她好。

那天天空蓝蓝，已是深秋，天更冷了。中午也一样，有太阳也很冷。我们仨装作放学各回各家。一想起姑妈下午带我去洗澡，我就心惊肉跳。或许你认为我腻歪洗澡，那就大错特错了。我不爱洗澡是真的，但我更不愿意叫人家看见我的小鸡鸡。它长得是那么小，那么不讨人喜欢。看来一会儿洗澡的事，实在是妥不过去了，一到家奶奶就不再让我出门，怕我跑出去再也叫不回来。爷爷住个拐棍儿立在门口叫我等姑妈来。

快下午三点姑妈才来，蕾蕾也跟姑妈一起来了。因为洗澡的地方是蕾蕾妈工厂澡堂，有蕾蕾在我们就不用买澡票了。现在有大人在，我只在蕾蕾面前傻呆一会儿，没好意思说话就跑院子里玩儿去了。我觉得自己现在特别不安，好像还是洗澡的事，我真担心蕾蕾看见我脱

遗落是风

光衣裳的情景。要是那样的话可就麻烦啦，她要是看到我小鸡鸡，我非得自杀不可。一想到这儿，我心里就特别害怕，既想叫她去，又不想叫她去，这可咋办呢？

"都去——二虎、蕾蕾、艳子拿毛巾、胰子（肥皂）、雪花膏，换的衣服，都去。艳子别忘带把梳子。"姑妈开始喊我们。

我一激灵，哎，去就去呗，反正早晚都得让蕾蕾看到。我一边想一边把关羽和曹操面具带上，以防万一这样保险。

一走进胡同就看见吴卫和大个儿守在胡同口。快到跟前，这哥儿俩的嘴倍儿甜，一个劲儿地叫我姑妈。

"一块儿去。两个脏猴。"我姑妈说。

实际上吴卫和大个儿早做好准备，两人军裤口袋里各塞一条毛巾、一块儿胰子。

"带面具干啥？也给关公和曹操也洗澡？"大个儿嬉皮笑脸地问。

"哦，给蕾蕾带的。她说叫带。"

吴卫问蕾蕾："带面具干啥？"

蕾蕾说："你管那，和你有啥关系？"

我突然觉得蕾蕾又站在我这边。"你要哪个？"我问蕾蕾。

"我喜欢红脸。"蕾蕾笑眯眯地说。

说时又朝吴卫吧嗒一下眼。其实我顶腻歪蕾蕾对吴卫吧嗒眼！

"那好吧。我要白脸儿。"我气鼓鼓把关公交到蕾蕾手上。

"哟哟，两人交换定情礼物呐。"大个儿讽刺说。

"那又怎样，你管不着。"燕子说。

7

蕾蕾妈和她们厂领导外遇的事传得沸沸扬扬。蕾蕾爸来厂里找过几次领导，领导都不在。我们洗澡那天，蕾蕾爸正堵在厂办门口，这事弄得蕾蕾心情很不好。但她带我姑妈和我们跟看门大爷打完招呼，就走向锅炉房。男女澡堂并挨着，一个小过道左拐是男部，右拐是女部。我这才想起来，原来男女要分开洗，我和蕾蕾谁也看不见谁。我、吴卫、大个儿刚拐进男部，看澡堂大爷就冷不丁从我们背后喊一声："不准在池子里撒尿！"进去前我还回头看了一眼女部，蕾蕾也回头瞅了我一眼。

进男部有个高高大大的隔断，把浴池和换衣服的地儿隔开。隔断下面有一长条凳，我踩上扒隔断往里面看。这会儿正有两个流里流气的人坐在池子里，一边泡一边搓身上的泥。我跳下长凳，这看看那看看一直在磨蹭，吴卫和大个儿已经脱个精光，我还在磨蹭解扣子。突然我想起关公来。"关公还在蕾蕾那儿，怎么办？"我小声对吴卫说。"问蕾蕾去，问我干嘛。"接着吴卫和大个儿一前一后跳进池子。我赶紧把褂子脱下来护住曹操，怕给水溅湿。

我们男部和女部确实挨得很近，女部里好像人很多，泼水声，洗澡声，说话声，笑声，，骂声，连他妈的撒尿声，都听得一清二楚。我正要解皮带，就听姑妈喊："赵大爷再拿个板凳，不够使的。"我吓一跳，赵大爷是女的？我光着上身扒门往外瞧。赵大爷明明是男的，干嘛还叫男的给女的拿板凳，不全给看见了吗？赵大爷拎板凳进了女部，我也偷偷溜到女部门口。女部雾气腾腾，哗哗流水声响彻不停。我大气儿都没敢出，只见一帮光屁股的女人站在雾水里又是搓又是洗。她们那儿好像没有浴池，只能淋浴，当时我就想，光淋浴还洗个什么劲儿？

赵大爷打雾气里出来，差点没撞着我。"小流氓，没羞没臊，洗你的去，跑这儿看嘛！""你才是老流氓，你才没羞没臊——"赵大爷抬手要打。姑妈听见就在里面喊："二虎，不准没礼貌，洗你的去！"我猛躲过赵大爷的巴掌，跑回男部。

我他妈的用曹操罩住小鸡鸡走到池子边上，没把吴卫和大个儿笑翻天。"听说你耍流氓去了。""你这小玩意儿还能耍流氓。"这俩家伙泡池子里一唱一和地讽刺我。

我脸腾地就红了，也懒得下水了。眼见一池浑水，上面还漂着恶心人的白醭，白醭上冒着水蒸汽。

"下来啊，女的比男的洗得快，她们光淋浴。"吴卫说。

"啊，你怎么知道？"我诧异地问，觉得吴卫啥都懂。

39

遗落是风

"我啥不知道。我都多大了。"吴卫得意地说，"你下不下来，给你的曹操也泡个澡，跳下来啊。"

"别别，我可是个旱鸭子，别淹死我。"说完，我把曹操拿到池边空地上。这下两个混账家伙见到我的小玩意儿更笑开了，手还一个劲儿地拍水，脏水溅我一身，先前两个流里流气的家伙也跟着笑。

完了，我想，这下可暴露了。"你还笑别人？"吴卫击了大个儿一掌水，说，"二虎，我给你找到老伴儿啦——"

我一听，傻了，"什么老伴儿？——"

"大个儿啊，抬屁股跟二虎比比，"吴卫拽大个儿起身，龇出两排四环素黑牙，坏笑说，"大个儿比你还小呐，都快找不到啦。"

大个儿死活不抬屁股，结果吴卫急了，扇他俩耳光，他才乖乖站起来。哈——原来大个儿啥也没有，连毛都没长，就那么一丁丁点，基本看不出来。我也不敢大笑，跳进池子，怕大个儿报复我。

我刚坐进池子，就听见外面传来吵架声。原来混账黑面神也带她白痴儿子来洗澡，正跟赵大爷喊凭什么让他们买澡票？喊着喊着混账黑面神就突然把白痴领了进来。赵大爷也追了进来，黑面神叫他等着，洗完再买。没等赵大爷说话，白痴就脱光衣裳，跳进了水里。混账黑面神这才出去。白痴身上左一块儿右一块儿白癜风，就像一头花儿奶牛。我们见状躲得老远，怕给传上。

吴卫给我和大个儿使个眼神。我们仨噼里啪啦跳上岸。我和吴卫去淋浴，然后拧干毛巾擦身子。我猜大个儿"坏门"来了。果不其然，大个儿问白痴："嘿，小子，你到底能憋多长时间？"白痴没言语，捏住鼻子头没进脏水里。吴卫呲着四环素牙说："好样的，早晚淹死都是会水的，"突然黑面神打门外传来喊声："别理坏人呐，洗你自己的！"

这会儿大个儿又兴致上来问："嘿，白痴，上回憋到多少下，我给忘了？"

"一百二十三。"白痴冒出头来说。

"还能憋多少下？"

白痴在水里咂摸咂摸眼睛，好像算不过来。跟着他又扎到水里。

吴卫赶紧叫大个儿快数。跟着我和吴卫帮着大个儿一块儿数。

白痴这一猛子在浑水里好半天没有冒出头，我们一连数到二百下，就见白痴像泥鳅一样贴在池底下游。

还得说混账黑面神厉害，我们正在池子边逗白痴，黑面神再次闯进来，弄得还在泡澡的两个流里流气家伙一惊，把半张脸没进了水里。吴卫顺手拾起我的曹操罩住自己下面，我躲在吴卫背后，大个儿更是不敢起身。其实人家黑面神压根不屑看我们一眼，只喊她儿子，白痴这才露出头。

黑面神把白痴领去淋浴，这时女部又喊开了，好像出了啥事。

后来我们听见女部喊蕾蕾晕堂子了！吴卫和大个儿一人抓了一条毛巾，捂住裆跑出去看热闹。我拿起吴卫拽在地上的曹操，也挡住小鸡鸡跑了出去。

蕾蕾给我姑妈抱出来，赵大爷把男部长凳拿出来放在过道里，姑妈把蕾蕾平躺放在长凳上。"过风，让孩子过过风，"姑妈急喊："谁都别挡着！"这时有人知道蕾蕾爸正好在厂里，喊他去了。

蕾蕾皮肤可真细，光滑又好看。白得像宣纸。蕾蕾头发湿漉漉，淌着水珠，发丝绕在一起，像个电影明星。还有蕾蕾的腿，也好看得要命。关键还有一点，这是我第一次看到女人的身体，没穿衣服的女人原来长得这样，跟我想象的截然不同。虽然燕子平坦的小乳房还没有发育，但也给我触电般的一激。遗憾的是，我姐把关公罩住了蕾蕾下体，没能看到长得啥样，跟我们有何不同？但我还是能幻想出许许多多光怪陆离的形状和样子。其实立在旁边傻看的不光有我，还有吴卫、大个儿和白痴，他们也在抻脖瞪眼地看，恐怕也在幻想吧。姑妈看见我们几个在偷窥，便把我们哄回澡堂，随后叫我姐把蕾蕾衣服取来给她穿上。

很快蕾蕾爸跑来把蕾蕾接回了家。蕾蕾一走，我们就在男部里乐开了。"谁没起个儿？快说，否则以后就不准在男部洗澡。"吴卫说。

"反正我起个儿了，我也起个儿了。"我和白痴不约而同地说。

"就大个儿没起个儿！以后大个儿可以去女部洗了！"吴卫喊道。

然后我们哄堂大笑，接着吴卫就宣布：散堂！

8

　　到年底我终于洗掉存了一年身上的泥，奶奶和姑妈把我过冬的棉衣棉鞋找了出来，我换上它们别提多舒服也不冷了。我想我该去找我妈妈了，可是就在这当口，我没上学的事却败露了。一天下午，黑面神领着她白痴儿子终于打上了门。他们在外面一敲门我就知道是他们。果不其然，我爷爷给他们开开门，我立马躲进屋，这时就听一个男的说：

　　"是候二虎家吧？"

　　我爷爷说："是。你们是？"

　　"呵呵，我是候家窑一小的刘校长。"那个自称校长的男人说。然后他接着说：

　　"候二虎在家吧？"

　　"不在家！还没下学。"我奶奶站我爷爷身后说。

　　"您怎么知道候二虎没有下学呀？"

　　"他没下学就没下学，你们找他干嘛，他又在外面闯祸啦？"我奶奶说。

　　"呵呵，老人家您别着急，候二虎闯祸了倒也没闯祸。"

　　"你说的啥意思，到底我家二虎闯祸没闯祸？"我爷爷说。

　　"呵呵，我跟您说吧，可能您们还蒙在鼓里，候二虎一直没去上学，您们知道吗？"

　　"你怎么知道我家二虎没去上学！"我奶奶说。

　　"我怎么能不知道，我是校长啊，其实这事不赖候二虎，不是他的错，"

　　"你们又有啥事想赖我家二虎！"我奶奶说。接着我奶奶喊我："二虎你给我出来！你又在外面惹什么祸啦？！"

　　我吓得不敢出屋，害怕男人后面的黑面神，把我抢她儿子的书和铅笔盒的事，告诉我爷爷，如果那样的话，我爷爷的拐棍儿可不是好惹的。

　　"我跟您们说，您们可别着急，我们是上门来赔不是的。"

　　"赔什么不是，你快说，可别什么事都赖我家二虎干的。"我奶奶说。

　　"我跟您们说吧，学校开学候二虎就没去上过课，当然这事不全怪他，"校长还没说完，混账黑面神就接过话，说：

　　"怪我，怪我，二虎爷爷奶奶，这事全怪我！"

　　我躲在屋里，真真切切听到黑面神在跟我爷爷奶奶承认错误……长话短说，黑面神抽噎说不出来话时，刘校长才说明了整个事的原委。实际上混账黑面神是学校临时招来的代课老师，她一直认定是我把她儿子推到井里，所以存心不想让我上学，就跟学校编了一套我生病请病假，诸如此类的瞎话……刘校长一直跟我爷爷奶奶说到很晚，我姑妈回来又跟我姑妈说了一遍……最终，事情总得有个结果，结果就是我上学的那一天，混账黑面神给踢出了学校。当然她儿子还跟我是同班同学，别看人家痴傻呆捏，但在体育方面优秀得很，小学五年级就给市体工大队相中，练游泳去了，后来得过不少冠军。

　　我上一段时间学，期间，跟吴卫和大个儿他们还在胡同里瞎胡闹，直到吴卫真正辍学，他爸托关系找门路叫吴卫当兵去了，没想到一上老山前线就给炮弹炸没了，家里人成了烈士家属。后来西里大个儿和东里铁军在胡同里发生"火拼"，铁军给大个儿打坏了脑子，住进了吴家窑精神病院，之后死的不明不白，尸体一直停在精神病院停尸房，等大个儿归案才能有个了结。还有蕾蕾，吴卫死后，蕾蕾伤心过，也跟我好过，她爸妈离婚时，她判给了她妈，她哥胡汉三判给了她爸，她妈改嫁厂里领导后就把蕾蕾转学走了。

　　这个故事到最后就只剩下我一人，为什么说我上一段时间学呢？因为这个冬天还没有过完，我就去找我妈妈了。过完年，我爸走后，趁一天暖和我也走了。那天我把书包腾空，把关公和曹操塞进书包，佯装去上学，再没有回家。他们说我妈玩具厂在郊区，离这儿很远很远，其实再远我也不怕，因为我要找的是我妈。况且春天就要来了，再远也是春。

坠落的童年

　　我的童年恍惚如昨，每每想起就有一种坠落的感觉，而这一坠落过程，又让我恐慌和心悸。

　　夏日一天，几辆大卡车停在我家胡同口，后来又来了一辆起重大吊车，起重吊车长长的手臂，将卡车上一盘盘生锈的钢丝圈，吊到胡同口旁边的便道上，已是下午四点钟。我一整天都在看着它。等夕阳西下，工人们收工后，我才凑上前去，摸那些被太阳烤得炙手的钢丝圈。这些生锈的钢丝圈，摞起来得有一人之高，从上面看，好像一个个竖起来的井。

　　转天也是这个时候，我兴冲冲跑到胡同口，想把刚才发现的秘密告诉我姨姐。这时我姨姐已然站在最高的一摞钢丝圈上面，突然跳了下去。我赶忙爬上离我最近的一摞钢丝圈。立足未稳，就听见我姨姐撕心裂肺的叫声，着实吓了我一跳。然后我迅速跨向她跳下去的那摞钢丝圈。待我看时，我姨姐正蜷缩成一团，伏在"井底"。她的头贴近地面，地上有一摊血，血里有一摊东西，我姨姐浑身上下也都是血。

　　直到最近，我才清楚意识到，如果那件事没头没尾继续下去，那么这个故事的开头也就不值一提。那会儿我们还处在青春期，常把一些不是秘密的秘密当成秘密。所以谁也不会料到事情会进展到这个地步。否则，我一想到我姨姐那惊恐万分的眼神，也就不至于如此不寒而栗，猥琐不堪了。

那时我的童真已逝，梦遗也不再令我蒙羞。但我一直担心我姨姐会说出我们之间的秘密。假如果真如此，那么过去所发生的一切都将不复存在，都将被我视作永远的灰飞烟灭。对，那时我体内仿佛藏着某种"邪恶"。这种"邪恶"似乎一下子就能把我推向人生边缘，把我的意志变得坚不可摧。或者说，我体内的"邪恶"，完全是吴卫给我种下的，也是他让我闯入了这邪恶又诡谲的世界。

于是，那些荒唐、难以启齿的事，便发生在那年的夏天。有一天，吴卫正独自猫在自家后院看书，翘着二郎腿，坐在一把快散架的藤椅里。其实就是从这本书开始，这个故事才开始进入正题。就在这个时候，我像个幽灵，突然出现在吴卫面前，吓了他一跳。他扬起手扇了我一巴掌，还歇斯底里地骂我："张铁军！你丫的没爹没娘的种儿，吓我一大跳！以后再这样，我就打断你的腿，和你姐的腿。"

吴卫经常骂我，也不止一次打我。他总爱拿我撒火，揭我没爹没妈这块伤疤。奇怪的是，我从来没有计较过他这样，好像上辈子欠他似的。的确，我很小时候爸妈就死了，是姨妈姨夫把我养大。那天吴卫骂我打了我，我转天还是去找他玩儿。同样，他还在看那本书，我就乖乖站他身旁。他逗我，伸头挡住书，不让我看，接着他就龇牙咧嘴地坏笑说：

"唉，什么时候才能让你明白？你也真该到明白的时候了！"

吴卫的话一时让我摸不着头脑。从小我就是他的跟屁虫，什么事都听他的。而且我还特别崇拜他，就向崇拜董存瑞和戚继光一样。在我眼里他俨然是一个大人，任何事都清楚都了如指掌，比我懂得多得多。吴卫说完，就抓我的头发。嘿，他连欺负我的动作都利落和漂亮。这倒让我想起，前不久我被另一个人抓住头发的情景。

工夫不大，吴卫松开手重新拾起那本书。"书里讲什么？"我小心翼翼地问，"这书你翻过无数遍啦——都翻烂了。"我掂脚，伸脖瞪眼想看书里内容，内容是一幅幅插图画。

我们家胡同隔一条马路有一个小公园，我和吴卫常去那儿玩儿。所谓去玩儿，实际上就是去看大人们搞对象。上一次我被一个老男人抓住头发就在这个公园里……那天天刚一擦黑，我和吴卫就溜进公园，躲在一座假山石洞里等待目标。天很快就黑下来了，我们俩悄悄溜出洞，朝一对儿刚坐下来的目标接近。我们俩本想趴在目标身后的灌木丛。不成想，我眼神好，一下就看见目标老男人的手，伸进目标女人的裙子。本来好戏马上就要开场，就在千钧一发之际，我不自觉地咳了一声。这一声引起女人的尖叫："有人呐，是流氓，抓流氓呐——"女人的尖叫，把公园所有搞对象的都吸引了过来——"流氓！抓流氓啊！"她继续喊，喊得我胆子都破了。我以为吴卫得挺身出击。没成想，他确实挺身而出了，第一个逃出公园，像兔子一样跑到公园外面。而我被老男人抓个正着。老男人一把耗住我的头发，接着一通乱扇，还不解气地踹我。等我挣扎逃出公园，吴卫早就不见踪影。

那年吴卫比我大四岁。他家是拾破烂的，初二时他就回家跟他爸一起拾破烂。所以，吴卫看的书全是拾来的。正是这些"好看有插图的书"一天天勾走了吴卫和我的魂儿。不过这的确让我很早就知晓了成人世界里的秘密，给我带来了非常宝贵的经验，尤其那些耐人寻味的细节，更是让我乐此不疲地想象。当然，这些书让我和吴卫激动不已的同时，也让我们一同走向了悲催的开始。

吴卫把书页翻得乱响，我不错眼珠看着上面每一幅图。就在这时，我忽然看到书后面有一样东西正悄然蠕动，逐渐长大。很快那东西就明目张胆竖了起来，一下子把吴卫的裤裆顶得老高。说老实话，吴卫的老二突然立起来，我竟吓得像一只缩头乌龟，把头藏在了藤椅后面。待我再抬头看时，吴卫正用手旁若无人地摸着自己的下体。直到晚上睡觉，我还在想书里面的内容，整宿都在想也不知道自己睡没睡着。

所以有很长一段时间，我对吴卫都怀有一颗敬畏之心。尤其他刚用摸完自己下体的脏手敲我不怎么开窍的脑壳时，那些男女之事似乎也一同给敲开了。很快，上次他自顾自逃命的事，就被我忘得一干二净，而吴卫着实也没有一丝一毫的同情心或愧疚心。那个时候，吴卫的确是我心目中的英雄和楷模，在我心里占有不二的位置。

有一天，吴卫拿来一个用不锈钢做的金属爪在我面前炫耀。那时不锈钢本身就是一种稀罕金属，如果要是拿它来做东西，更是稀罕之物了。不锈钢金属爪在阳光下熠熠生辉，夺目刺眼。它的做工精良，又是那么逼真，几乎与人手无异，而且有同样的功能。我拿在手上把玩半天，吴卫神秘兮兮地说："这是他爸去 xx 工厂捡来的（实际上是偷来的）。"

"真是不锈钢的啊，你爸可真厉害！不过工厂做这东西干啥？"

"小孩儿玩具呗。"

这个做工精细、考究的金属爪，绝不是小孩儿的玩具，但在当时我俩也猜不出它有何用途？还有更厉害的是，金属爪各个关节、指头都是能动的，它们靠一连串小轴承连动着。所以金属爪能抓起和放下东西。

"真的，说实话，你想拿它干什么？"我问吴卫。

吴卫抓抓脑瓜，思忖半天才说："我想用它偷东西。你看把绳子拴在这个位置，绳子再穿过一根竹竿，就成了人的胳膊，能够东西了。"

我觉得吴卫想法奇特，有趣，就打算跟他一起偷，把偷来的东西一起分。吴卫听了我的意思，点了头。回家时，吴卫说要是平分的话，得有一个条件。我问他啥条件？他吭哧半天欲言又止，最后还是没说。

从此我和吴卫天天研究偷东西的事。比方说，遇到人了怎么办？被人家发现了怎么办？东西藏哪儿？如何卖出去换钱？还有踩点、把风等具体细节。这天，吴卫搞来一小包他爸抽的扫地烟丝，和一小叠烟纸、火柴。同时他还拿来一根老长的竹竿，一根手指粗细弯曲的铁棍儿，还有一团麻绳。他把它们丢在我眼前。

"喂，怎么样，这些够用了吗？你干，我教你。"

"什么意思，要我干什么？用这些东西干什么？"

"傻东西，你说干什么，"吴卫用脚拨弄了一下它们，说，"你要是装傻，不愿意干，我就单干，你可别后悔，咱俩定好的事可就拉倒。"

我猫腰拾起竹竿，"呵，这竹竿够长的，从哪儿弄来的？"我一边说一边眯起眼往竹竿里面看。

吴卫夺过竹竿，棒了我一下："傻啊你，看什么，还没通呢，看见啥！真愚！"

我捂头哦了一声，然后顺墙根儿蹲下，假模假式看别的，说"那你说咋通？"

"什么咋通？"

"你不是说竹节没通，那咋办？"

"那就通呗，问我干什么？傻东西。"吴卫说完，夹我一眼。又说，"把铁棍给我！"

我拾起铁棍没给吴卫，直接往竹竿里面杵。吴卫举起手，又是一掴，"说你傻还真傻，这样捅捅得开吗！看来你真不行，还是我教你吧。"

我气鼓鼓把铁棍仍到一旁。吴卫知道我小心眼又犯了，说："喏，给你带烟丝来了。光会抽，这是我老爸的，我偷的，你可别浪费啊。"

说着，吴卫替我打开严严实实的小纸包，"只能给你偷这点儿，不然老爸会发现的。"

那时我唯一比吴卫强的就是抽烟。因为我常偷我姨夫烟抽。他是妇产科大夫，常有患者白送他烟，而且都是市上紧俏烟。偷我姨夫烟是在他上班不在家时，从他写字台抽屉里打开的烟盒抽出一两支，他发现不了，然后进厕一边拉屎一边抽，谁也不会闻出来。这次吴卫偷他爸的破烟，我一点不稀罕，烟厂扫地烟丝能好哪去，没钱人才抽这烟丝。但吴卫能把他爸的烟偷来给我抽，也是看得起我了。本着无功不受禄原则，我猜他一定找我有事。

他贴着墙根也蹲下来，挨着我，哆哆嗦嗦从捻出一小点烟丝放在烟纸上，讳莫如深地递给我。果不其然，刚递给就说：

"哎，铁军兄弟，哥想求你一件事。"

"哎，哥"我一边用食指、中指、拇指夹住烟纸，一边说，"哥，你从来不这样，有啥事说吧。"

我知道吴卫一直在看我，他羡慕我会抽烟，看我熟练卷着烟。他顿了一下，忽又变成平时对我说话口气，刻薄地说：

"真的，你他妈还太小，说了你也不懂。你真的懂得什么叫搞对象吗？你肯定不懂。别看我带你去公园看过搞对象的，那你也不懂！"

我一时没弄明白吴卫想要我懂什么？但我还是故作明白地点点头。这时我已卷成一支像模像样的香烟，用唾沫封住口递给吴卫。吴卫却说：

"唉，老弟，我早就得了气管炎，你还让我抽烟，再说前些日子我的肺也给感染了，直到现在都没好，你又开始糟践我，是不？"

我知道吴卫又说慌，他根本没得什么肺炎，我也懒得揭穿他。他不抽，我就自己叼起烟，鄙视瞧他一眼，然后划着火点上。吴卫看我喷云吐雾的样子，兴奋地问我："嗨，老弟，我爸烟丝好抽吗？啥味儿？闻起来挺香呢。"

我猛吸一口差点没把我给呛死。扫地烟丝劲儿可真大，活活噎了我一口，我还得挺住，"唉，这个嘛，不错呢，比我姨夫给我的大前门还好抽哩。"

我还要往下说，我姨姐突然在家门口叫我。"嗨，不说了，我姨姐叫我呢。我得赶快回家，说不定我姨夫又发火了。"我正要把烟掐灭，"哎，多可惜呀，急什么？"吴卫急皮怪脸说。我起身："你没看见我姨姐叫我？""不准走！我还有正经事说。"不得已，我又蹲下。吴卫开始讲我俩偷东西不是真正偷，就是为了好玩而已……说到最后，我实在忍不住了，我姨姐一个劲儿地叫我快回去，吴卫才说起正经事，他说我跟他搭伙偷东西得有一个条件，那就是他要跟我姨姐搞对象，想要叫我帮忙。我当机说："哥，这破事没问题，你是我哥，包我身上，准给你说成！"当然说我是得这样说，但我心里可不这样想：吴卫这只癞蛤蟆，想吃我姨姐的天鹅肉，绝不能让他吃成！

转天午饭后，我又去找吴卫，吴卫正满头大汗在自家后院里烧火。炭火烧得正旺，里面插这昨天的那根铁棍儿。"学着点吧，跟我在一块儿净长学问。"吴卫一边说，一边拿个破纸夹板先给自己扇再给火堆扇。不一会儿铁棍儿就红了，吴卫说："你看着，待会儿我用手这么一撸，铁棍儿就能直。""哎呦，哥，您还有这能耐，练过铁砂掌？哈哈哈——手也不怕给烫退了毛？""呵，你小子还笑话老子！一会儿就叫你见识见识，什么叫真金不怕火炼！"

说老实话，我还真想见识见识吴卫赤手撸火棍儿的能耐。我又耐心等了一小会儿，铁棍儿彻底红透之后，吴卫端来一盆水，沾湿一块儿布头然后掐住烧红铁棍儿的一头，从火堆里把铁棍儿抽了出来，放在旁边磊好的砖头上。之后他随手拾起一把榔头，叮叮当当地敲开了，不时还给往铁棍儿上面淋点水。铁棍儿"疼"得兹哇乱叫直冒白烟。就这样，吴卫三番五次的砸，果真把铁棍儿给砸直了。

"嘿，哥，用不着这么直吧，当标枪使怎么着？"

"干活嘛，这才叫好活。傻东西，学着点。"

长话短说，吴卫用这根砸直的铁棍儿把竹节一节节全给通开了。接着又是拴又是穿又是绑……最后，一个长胳膊的金属爪果然成功了，一拽麻绳它就能抓起东西。

吴卫弄好已是下午两点多钟。我撺掇他出去试一试。这时大人们还没下班，留在家里的全是老人和小孩儿，而且都在午睡。我和吴卫像两只猫，沿胡同一侧往前溜着走。下午火辣辣的还高悬，把人能活活烤熟，胡同一丝风都没有，柏油地面都给太阳烫软了。现在家家户户院门紧闭。我和吴卫从胡同这头走到那头，一番侦查后只有一家厕所的通风口是开着的。吴卫压低声音说：

"就偷这家。"

"为啥偷我家？"我皱着眉头说。

"先偷谁家不一样，你姨妈姨夫又不在家，你家最安全。放心没事。"吴卫咧开嘴又坏笑着说。

"放屁！你家才安全，怎么不先偷你家！"

"唉唉，你这个小屁孩儿怎么不识逗呢，先练手呗，试一下工具好使不好使？然后咱俩再去偷别人家。"吴卫没皮没脸地说。

我想了一下，的确只有我姨姐一个人在家，没啥风险，我也就没再说什么。这时，吴卫骑马蹲裆式蹲好。我长得瘦小干枯，几乎没费什么劲儿就蹬上了吴卫的肩。我一只手扶墙，另一只手将金属爪和竹竿探进我家厕所。竹竿刚探进去，我就觉得够到什么东西。吴卫手拽麻绳一通乱拽。我觉得拽着了一样东西，便叫吴卫放我下来。

　　"哎，唉，屁股抬高一点，我要下来，东西好像够到了。"我一边说一边用后脚跟踹吴卫两肋。

　　正说我要下来，吴卫就挺不住了，他两条麻杆粗的腿直打颤，"我快不行啦，挺不住啦，"接着，便把我结结实实摔在地上。我胳膊和腿全给摔破了，血往外流，疼得我要命。这时吴卫趁我没注意，就把刚拽出来的战利品套在了自己裤裆上。那是一条血渍未干的布带子，我虽不确切知道它是干什么用的？但我偷偷看过我姨姐把它从裙子里拿出来，上面还有好多血。我想，吴卫这样做，无非是想在我面前显示比我懂得多。而正当他洋洋得意向我捎首弄姿时，他的裤裆却湿透了。显然布带是刚洗过，才晾在厕所里。这让我幸灾乐祸地大笑起来，吴卫见自己颜面扫地，便对我发起狠来，湿布带狠狠抽在我的脸上……

　　吴卫冲我撒完狠，便对我说："都是你惹的祸！偷啥不行，偷这玩意儿干嘛?!"

　　我似懂非懂点点头，而吴卫那倒霉的表情确实让我暗喜了一把。最后他还骂我：

　　"你真是个没爹没娘的变态种儿!"

　　这话实在太过分了，我当场就急了，吴卫在我心目中的地位也开始松动。那是我头一次跟吴卫急，"你他妈才是破烂货变态种！你才是你爸从土箱子里扒出来的！我有娘也有爹！你要是再这么说，我就杀了你!"从那以后，我好像就不怎么太"崇拜"他了。

　　天知道我做了一场梦就开始梦遗了？这事发生在那天夜里。夜里我好像听见吴卫在小声叫我，我迷迷怔怔跟他进了厕所，我姨姐也在里面。后来我姨姐就拿那根带血布条往吴卫身上系……接着我姨姐就害羞似的消失了。再后来，吴卫把我领到胡同的防空洞，这是我们一起玩儿的据点。可这次刚一进防空洞，吴卫就从背后扒我的裤子，摸我的下体。工夫不大，我下体就肿涨得要命，跟着就喷出东西来，我突然给吓醒了。

情急之下，我翻身压在我姨姐身上，去够拴在床头上的灯绳。灯绳突然被我拉断了。我姨姐一惊，怒气冲冲推开我，跳下地。黑暗中，我分明看清，她正用鄙视的眼神盯看我，而我那张猥琐的脸，似乎也正在我姨姐的瞳孔里放大。

再后来我和吴卫行窃游戏又持续一小段时间。这段时间我们运气实在不佳，偷来的东西没一样是值钱的，尽是些破衣烂衫、臭鞋和袜子，还有生炉子用的铁钩子、火筷子，诸如此类的东西。其实全胡同最值钱的东西就是黄娘家九英寸小电视机了。这还是吴卫先想到的。我说："对啊，我怎么没想到，还是你脑瓜聪明！"黄娘家的小电视机是黄娘男人从海外带回来的，黄娘男人是海员，后来死在了海上。黄娘还有两个儿子，去年都当兵去前线了，现在只剩黄娘一人在家。我和吴卫商量，觉得偷黄娘的小电视机还能多卖点钱。

那会儿，胡同街坊邻居都去黄娘家看过电视，当时我和吴卫还是常客，每晚必到。直到黄娘男人死后，黄娘就不让大家来看电视了，小电视机就一直罩个天鹅绒布罩，摆在三个樟木箱子上面。

为了偷这台小电视机，我和吴卫好几次来黄娘家踩点。有一天下午，我俩正踩点，眼见开来一辆 212 吉普车，停在胡同口的便道旁。之后从车里钻出三个军人，打头的像个军官，身后两个军人怀里各抱一个像骨灰盒一样的东西，上面蒙着黑布。走在前面的军官，一进胡同就找门牌看，后来敲了黄娘家的门。我和吴卫还以为是黄娘两个儿子要回来呢。黄娘打开门，三个军人一进院，就听见黄娘抢天抢地的嚎声……很快，居委会大娘们也都赶来。大概过了半天，三个军人才走，坐吉普车走了。

接下来，我们才知道黄娘的两个儿子都在对越反击战的"猫耳洞"里阵亡了。居委会大娘帮黄娘设了灵堂。直到深夜，人都走净，我还能听到黄娘的哭声，想必她的心都哭碎了，人哭成了泪人。

吴卫自始至终就像个冷血动物，对黄娘家飞来横祸无动于衷不说，没成想他还一门心思惦记黄娘家的小电视。我有点看不下去了，反正吴卫在我心里的形象所剩无几。我真的开始讨厌吴卫了，我怎么早没看透吴卫是这样一种人呢？

　　我对吴卫说过，咱别偷了，黄娘太可怜。吴卫却冷言冷语说："有什么可怜？有什么可怜？我就偷！"

　　"反正偷谁也不准偷黄娘的！"我说话底气十足。

　　"好啊，不偷，不偷你就兑现答应我的事！"

　　"我答应过你啥事？！"

　　"我和你姨姐搞对象的事。你这个混账脑瓜，你怎么给忘了！"

　　吴卫想跟我姨姐搞对象的事，我确实给忘了。其实我压根就没打算给他俩说和。这段时间吴卫总有事没事来我家瞎聊。我姨姐不怎么讨厌他，他俩年岁相仿，又是一块儿长大的。其实吴卫长得挺帅，不像我说的像只癞蛤蟆。他人细长高挑，面庞白净周正。只是他家里是拾破烂的，让街坊四邻瞧不起。而我这段时间确实觉得吴卫有点烦，虽说那会儿我还不懂得"没人性"这个词的含义，但这个词准在我脑海里形成了对吴卫的坏印象。其实我要说的，我是喜欢我姨姐的，吴卫是外人，我不想他和我姨姐相好！

　　为避免吴卫再跟我提跟我姨姐相好的事，我故意说："万一黄娘两个儿子没死，回来知道你偷了他们家的电视机，准把你毙了！他两人可有枪呢。"我之所以这样说，是因为过去黄娘两个儿子揍过吴卫。

　　"张铁军！你给我听好了，现在我可是老大，黄娘两个儿子已经死了！"

　　这时吴卫脸红脖子粗，眉毛都竖起来了，看上去要打我。

　　过了好半天我们俩才缓和下来，吴卫问我还偷不偷，我说偷，但我绝不偷黄娘家的任何东西。

　　结果转天黄娘就出事了。我寻思，准是吴卫当晚把黄娘的小电视偷走了，转天黄娘家来了好多警察。后来听说，黄娘的小电视早锁在樟木箱子里没丢，丢的却是摆在樟木箱子上的骨灰盒。另外最关键的是，黄娘上吊自杀了。邻居们七嘴八舌也搞不清楚是怎么一回事。确实，黄娘死了和一个骨灰盒丢了，有啥连系呢？

再转天一大早我去找吴卫，问黄娘出事的事？吴卫吓得面色如灰，咬定不是他干的，还跟我发了半天毒誓。吴卫边说，我边盯看吴卫的眼睛。不是说，眼睛是心灵的窗户，但我从吴卫的眼睛里啥也没看出来。况且，吴卫只想偷黄娘的小电视，偷人家骨灰盒有什么用处呢？

黄娘的死，街坊四邻一直在议论。黄娘跟邻居们处得都很好，所以大家希望叫公安机关早点破案，黄娘也好早点瞑目。

就在这节骨眼上，吴卫自作自受，终于尝到了偷东西带来的苦果。这一天吴卫又和我商量下一个偷谁家？这次吴卫又瞄上我姨夫姨妈家，他觉得我姨夫是大夫，有钱，好多人都给他送礼。所以吴卫死皮赖脸非要让我先去我姨夫屋侦查一下，看有啥值钱东西好偷？那天我趁姨夫姨妈没在家，吴卫在院外给我把风，我就溜进了姨夫屋。一进屋我就忙不迭乱翻一通，见没啥么好偷的，出门时就顺走了一盒大前门（香烟牌子）。

"刚拆包的，抽不抽？"跑出院我就给吴卫让烟，"你不抽我可自己抽啦？"

吴卫"嘘"了一声，"别闹，全给吓跑了，不抽！"这时吴卫正蹲在墙根底下抠蚂蚁窝。

"爱抽不抽。"我说。

"那给我点一支吧。"吴卫说。

"你不是不抽吗？"我说，"省省吧，你也不会。"

"我怎么不会！"吴卫鸡皮怪脸地说。

"得，给你点一支你可不准浪费。"

我从烟盒抽出两支香烟，并排叼在嘴上，划着火点上，随后递给吴卫一支。果然被我料中，吴卫接过烟立马就去薰那个该死的蚂蚁窝。

真是不幸，就是这么巧，正赶上我姨夫骑自行车回家，冷不防就出现在我面前，一巴掌打飞了我叼在嘴上的香烟，我的脸蛋顿时一阵剧痛。

跟上回公园里一样，我一挨打，吴卫就跑出了胡同。

"操！你这个怂蛋包。"我捂着脸骂吴卫。吴卫充耳不闻。等我姨夫一进院，他就幸灾乐祸地跑回来，然后装疯卖傻地问我疼不疼。

"操！就偷我姨夫！"我气急败坏地说。"偷什么？你不是刚偷了盒大前门吗？""再偷，这回你去，见什么偷什么！把他偷穷了才好！"我心头产生一种极端要报仇的欲望。

突然吴卫扬手，指我姨夫的自行车说："嘿，乖乖，看，那是什么？"接着他就跑了过去，从自行车后车架上取下一包东西，"嘿，傻蛋，我先看见的，归我喽。"

吴卫手提战利品在我眼前晃。战利品是一只网兜，里面用旧报纸裹着鼓鼓囊囊一大包东西。我佯装无动于衷，跟吴卫猜里面是什么东西？"你姨夫刚买回来的肉呗，那还用说。"说完，吴卫怕我抢，一溜烟跑回了家。

结果就是因为这包东西，才招致吴卫精神失常。

吴卫把东西拿回家，转天一大早，他就光屁溜来砸我家大门。回想起来，恐怕在他砸门前就已精神失常了……后来他爸送他去医院，还去了小道口医院，小道口医院是专治精神病的医院。夏天快过完，他爸才把吴卫接回家。后来他爸请来算卦先生。先生说吴卫是给"撞客"撞了，三年五载才能康复。算卦先生这么一说，吴卫爸反倒放心了，只要儿子不死，也没指望他有啥出息。自打吴卫回家后，精神时好时坏。好的时候跟正常人一样，坏的时候就疯疯癫癫，说话颠三倒四。不管怎样，吴卫只要跑出家门，胡同的街坊们就躲着他走。我还听姨妈说，神经病打死人可不偿命！

吴卫拿走肉当晚，我还跑到他家门口去闻味儿。那时全胡同有一家炖肉，家家户户都能闻到。可那天晚上我蹲吴卫家门口老半天，啥味道都没闻见，不成想，转天吴卫就给神经了。那天吴卫没穿裤子不说，还冲我嘿嘿笑，当时我睡得迷迷糊糊，一开门就问他：

"这么早干嘛？肉呢？自己独吞了吧？"没等我说完，吴卫就抱住我哭，还想咬我——"吃错药啦，神经啦，吴卫?!"我边喊边推他。后来我发现吴卫不正常，眼睛都是污涂的，没平时那么亮……再后来他就蹲在墙角，去抠他的蚂蚁窝了。

再后来，他带我去扒垃圾箱。胡同总共有二十几个垃圾箱，全给他扒遍了。他好像在找什么? 我问他，他说不出来。快到中午，他爸才把他带走，送去医院。

吴卫得病期间，没小孩儿跟他一起玩。只有我，他精神正常一点，就跟他搭搭话。可这当口，吴卫却为我做了一件英勇无比的事。

事情经过是这样的: 我们又去了一次公园，这次我找到一个绝佳位置，然后隐蔽起来。工夫不大，一个秃头男人和一个长发女人就坐在我和吴卫眼皮底下。一坐下，秃头男人的手就不老实，钻进了女人的前胸。我立马骂了一声——老流氓! 可吴卫却英勇无比地跳了下去——

"嘿! 丫的，两个混小子! 躲到树上撒野啊! 还掉下来一个!"

"老秃子——你才撒野!"我抱着树，居高临下放开胆子骂。事实上，秃子一抬头，我就认出他就是上回打我的人。真是冤家路窄啊。我一边骂一边朝秃子头顶吐口水。可吴卫却遭了殃，被秃子生擒后，一通乱打猛踹——直到秃子打没劲了住手。

"丫的，留你一个活口，回去叫你娘来收尸! 嘿嘿。"说完，秃子挟女人就跑了。我抱着树，望眼欲穿看趴在地上的吴卫，心七上八下，担心吴卫真的给打死了。

过了好一会儿我才敢下来。吴卫脸贴地，一动不动趴着。我喊了几声，吴卫没吭声。我大着胆子用脚去蹬，学电影里一脚把人蹬翻身，可吴卫像块石头死活蹬不动。再蹬，吴卫突然哇地发出一声怪叫，"别蹬啦，你丫的，蹬死我啦!"跟着吴卫翻身坐在地上。

吴卫没死，虚惊一场，简直可把我乐坏了。我笑他也笑，他一笑，我就觉得不对劲，他像是要犯病。我赶紧扶起他，拍拍他身上土，他咧了咧嘴，吐出两颗红牙，接着就控制不住了，病果然发作了……

打这之后，我对吴卫好了不少，我带他到处闲逛。有一天吴卫精神不错，忽然对我说偷黄娘小电视的事。我一惊！果然是吴卫！但我没动声色，听吴卫继续说下去——

"兄弟，要不是你对我比我爸对我好，我才不对你说呢。"

"快说，别废话。"我有点急，怕他一犯病再把话给忘了。

"操！那天晚上你不知黄娘屋里有多黑。一进去，我就给撞倒了，我一摸，妈唉，你猜是啥？屋当间儿吊着个人！当时可把我吓坏了，我赶紧抱着樟木箱上的小电视就跑——"

说到这儿，吴卫又要犯病，我分析是"回忆"又刺激了他。我迫不及待想马上问清事情原委："东西藏哪儿了？"还不错，他还能断断续续讲，大意是：他知道自己偷错了，偷的不是电视机，是一个大小差不多的木头盒儿，可他当时又没胆量放回去，就藏在了自家后院……知道后，我当晚就溜进了他家后院，后院满满当当堆着吴卫他爸拾来的破烂，还有苍蝇蚊子一大堆落在上面。让我受不了的，总能闻见一股股恶臭，像是什么肉腐败的味儿。

虽然我没有弄清黄娘真实死因，但我断定吴卫不至于为一台小电视机杀害黄娘。吴卫对我说了实情实属不易，因为他一说完，病情就加重了。他爸又把他送进小道口医院，一周之后才把他接回来。吴卫他爸为给吴卫治病，白天拾完破烂，晚上又去一家工厂看夜。所以一到晚上吴卫就赖在我家里不走。我姨姐觉得他可怜，就答应他跟我们睡一起。

自从我们仁挤在一张床上睡，就让我睡得不踏实，因为手淫没法让我再尽兴。一天夜里，我偷偷让吴卫摸他的鸡鸡，结果，吴卫却尿床了。我想，这下可完了，没救了，吴卫这事都干不来，以后还怎么娶媳妇？

连续几个晚上，我都想娶我姨姐为妻，还总想摸我姨姐奶子。可吴卫又有梦游毛病，经常半夜三更突然下地走动。有时我突然醒来，还发现过吴卫爬在我姨姐身上……那天晚上我突然感觉床在晃，突然咔嚓轰隆一声，床板给塌了，我们仁同时掉到地上。与此同时，我姨姐爆发出可怕的叫声：

"你不能再这样啦！……"

过去我没见我姨姐哭过，那天晚上她哭得非常伤心，都哭成了一个泪人，哭到天亮还抽抽噎噎没完没了。

转天，我和吴卫就干了一架，我们一直打到防空洞，谁都想把对方置于死地。吴卫力气比我大得多，没多久，我就招架不住了，只剩挨打的份儿。最后我不得不双臂交叉胸前说：

"停，停一下。别打了！"我气喘吁吁，"我有话说，先别打了。"

"有话快说，有屁快放！"吴卫拿出势不可挡架势。

"我问你，你凭什么欺负我姨姐。"

"谁欺负你姨姐啦！是你自己欺负你姨姐！"

"明明是你！我从小和我姨姐睡一起都没事。你一来就有事，不是你是谁!?"

"呸，你还有脸说从小睡你姨姐！不要脸！"

"你才不要脸！就是你，都怪我引狼入室，好心没好报！"

"我拿什么欺负你姨姐？你不都试过了吗？其实是你自己，呵呵，做梦都想摸你姨姐奶子，干完事还赖别人！"

"我和我姨姐天天都知道你梦游，就是你干的，你别嚼赖！"

"呸，你还撒吃挣呢，我们也知道！"

"呸，要是我干的，我姨姐早就骂我了。"

"反正不是我干的。是你姨姐自己干的吧，哈哈哈……"

吴卫说完就笑我姨姐，这笑声似乎证明不是他干的。可不是他，难道是我？我一下子给蒙住了，傻傻愣在那，脑袋里一片空白。不过有一点我承认，一旦抱着我姨姐入睡，就像抱着一朵睡莲，早上起床准会发现梦遗。

"你要是不敢承认，"我运了运气说，"我倒有个主意。咱俩可以比一下，谁输了就是谁干的。"

"好啊！什么主意，老子奉陪到底！"吴卫牛哄哄地说。

"你可是个傻子，别怪我欺负你，"我说，"你仔细听着，"这时我发现吴卫嘴角有点歪，像是要发病。我心想，一定得在他发病前结束这场战斗，好好教训他，让他永远知道我张铁军不是好惹的。想到这儿，我抓紧说：

"兜裆！"接着我补充一句，"兜裆，你懂不懂？看谁忍住疼。不准叫，谁叫了就算输。"

"嗯。懂。好啊。兜裆！"吴卫眉毛一蹙，毫不畏惧说，"谁先兜？先兜谁？"

"你先兜！"我撇了一下嘴，也毫不畏惧说，"你他妈的是个傻子，我让你先兜，要是不敢兜，你就是我孙子！"说完，我向吴卫挥了一下中指。

接着我准备好姿势，骑马蹲裆式，气运丹田，让他先兜。现在想起来，当时我脑子只不定哪根神经搭错了，短路了，被驴踢了，总之是出毛病了，乖乖劈开腿，愚蠢到让一个傻子先兜我，真是够讽刺的。

吴卫卯足劲儿，一脚正中我下怀，差点没把我兜死。接着他张开少了两颗牙的嘴，手舞足蹈以胜者为王的姿态，看我痛苦要死的样子。的确，我整个身子瞬间倒地，蜷缩一团……那刻骨铭心的疼，不可名状的疼，一辈子让我忘不了。

邻居们闻讯七手八脚把我抬进医院。医生诊断完，我就进了手术室，睾丸矫正手术是我姨夫托人给做的，他说比较成功，可好了之后，鸡鸡除还能尿尿之外，什么也干不成了。我想让它竖起来，它就是不听话。那段时间我痛苦地认为，长大以后，我一定像吴卫那样再也娶不成媳妇了。

后来吴卫拿我取笑说，我姨夫为了省钱，给我按了两个假蛋蛋。吴卫的话让我信以为真。所以我总趁姨夫姨妈不在家，偷偷溜到他们屋里，翻我姨夫书架上面的医学书。不幸的是，整个书架都给我翻遍了，就是找不到一本能让我鸡鸡竖起来的书。就在这个时候，我却意外发现了吴卫精神失常的惊天之谜。

还记得上回吴卫拿走我姨夫的那包东西吧？一天，我姨夫回家早，手里拎着跟上回一模一样的一包东西。一进屋他发现我正在偷看一本叫《两性秘密》的书，便勃然大怒，揪住我耳朵把我拎出屋。我出了屋，绕到姨夫家后窗，扒窗棂就往屋里瞧。

这时姨夫不紧不慢，把网兜撂到写字台上，拉上写字台前的窗帘，捻亮台灯。接着从柜橱里取出一只透明玻璃容器，一只搪瓷盆，和一个装有淡黄色液体的瓶子。他把液体倒入玻璃容器，然后去解那个网兜。网兜解开，取出纸包，然后一层层揭开。霎时，一件可怕的东西映入我眼帘。那是一团白花花的"肉"！……我姨夫把肉一样的东西放入搪瓷盆……我抹了一下眼睛，怎么看上去像一个死小孩儿?！我又抹了一下眼，没错！那白花花的肉，确实是一个死小孩儿的尸体！

我的心开始怦怦怦地跳起来，还起了一身鸡皮疙瘩。我的确能看清死小孩儿没有脖子，头和身子蜷缩成一团。好像死小孩儿五官没有长全，脸上只有一张小嘴，没有鼻子和眼睛？而且四肢都拳在胸前……最恐怖的是，虽然关着窗户，我还是能闻见一股令人作呕的气味。反正当时的情景让我吃惊不小。

我姨夫带上胶皮手套，开始摆弄那个死小孩儿，可怜死小孩儿的尸体被我姨夫把胳膊腿儿强行掰开，接着他便用手术刀去切死小孩儿的肚子……我把头缩到窗下，呼哧呼哧朝胡同口跑去，我看见我姨姐已经走出胡同，朝昨天刚卸下来的钢丝圈走去。

我一边跑一边想，吴卫肯定拿走是死小孩儿！吴卫精神失常那天，他带我去扒垃圾箱，恐怕就是想叫我也看到那个死小孩儿！

我兴冲冲跑向我姨姐，想把这个惊天秘密告诉她。可是她突然间就跳了下去……我姨姐的叫声从"井底"传上来……"井底"到处都是血……

最终我也没说出我破解的惊天之谜。随着我跟我姨姐的关系疏远，想说出这个谜底的时机已时过境迁，算不上什么秘密了。另外，我始终没能搞清，那天晚上到底是不是吴卫对我姨姐干的坏事？

至于黄娘的死，居委会大娘说，黄娘太过悲伤才走上不归路。再有吴卫偷走的骨灰盒也在吴卫家后院找到了。吴卫拿走的死小孩儿就在骨灰盒里面。而吴卫为什么又要带我去扒垃圾箱？我想，可能是因为他精神失常，忘记死小孩儿藏在哪儿了吧？

吴卫死时二十三岁，一日与路人发生口角，回家取来菜刀，将路人砍死，因其有精神病史，量刑不重，后来他还是给死了，死因不详。

末路魔方

　　我快速转动手里的魔方，像转动飞逝的青春。我无法找回魔方丢失的那角，即便我知道它丢在哪里。我点了三杯蓝山咖啡，十年前这里还是一座烂尾楼，毗邻我们的母校。现在我却坐在昔日的烂尾楼里，点了三杯蓝山咖啡。一杯给自己，另两杯等大可和顾雪出狱，让他们俩也尝一尝。窗外母校操场的围墙长满了蒿草，围墙下面依旧是那几株永远长不大也死不了的小树。我望着那几株小树，它们让我想起十年前的那个雪夜，就是在这个空旷操场的雪地上，朝我们奔跑过来的欧阳云燕，她奔跑的身段像银狐般绝色动人。当火光冲天之刻，这个楚楚动人的银狐，倏然间变成了一只在我们冷漠、孤傲和决绝的眼神里火舞的凤凰。与此同时也结束了我们那段美好又凄迷的少年时光。

　　大可是我中学时最要好的朋友。从初中一年级到他入狱。

　　那时大可总比我发育得早，他鼓出喉结和长出络腮胡子的时候，我的脸蛋还稚嫩得像个娃娃。从这一点他自然要比我更加讨女生们喜欢。那时，我们男女分班，学校怕我们出事，可是硬性分班是抵挡不住处于青春期的我们生理上的冲动。这个时候，女生们的第二性也在一夜之间绽放开来。她们的乳房变得像雪峰一样高耸、丰满和圆润，腰部连着臀也有了明显的曲线感。更加迷人的是她们变得大而忽闪的眼睛，冲男生们飞快一笑时，长长的睫毛，似要把我们揽到她们的眼里。

　　不知是怎么一回事，我的身体发育总比大可晚两个学期。所以我一直担心，如果有一天我要是看上了某个女生，或是叫某个女生看上，总怕自己呆头呆脑张嘴结舌地说不出话来。

高中二年级是我和大可最放肆的两年。大可爸妈离婚的事情对他是一个不小的打击。开头他显得郁郁寡欢，不爱讲话，甚至连跟我在一起时都不爱吭声。大可这种样子似乎没有持续太久，很快就恢复了他以前玩世不恭的模样。再后来大可的奶奶死了，他就搬进奶奶住过的小屋。这是一间八九平米的小平房，在一个死胡同的紧里面。后来这间小平房就成了我、大可和顾雪常待在一起的据点。每天放学，我抄近道翻过死胡同的墙头，跳进大可的院子找他去玩。这个时候，大可认识了一个高三四班的女生，她就是顾雪。顾雪是从上海来我们学校的借读生，人长得时髦，细眉大眼，身材高挑，身上的部位要哪有哪，发育得几近完美周正。在身体发育方面，我相信学校里的任何女生都比不上顾雪，只是顾雪长得有点不大好看。

自打我认识顾雪以后，从大可那里知道，顾雪一直跟她舅舅舅妈住在一起，好像也没有了爸妈。之后没过多久，顾雪就搬进大可住的小屋。顾雪刚搬进来那会儿，我有点不大习惯，毕竟屋里多了一个异性。直到有一天，我们躲在屋里看了一盘黄色录影带，这个黄片虽然让我们看得云山雾罩，却让我们懂得了什么叫做爱，怎样做爱，与此同时我也习惯了顾雪的存在。

顾雪高三没有毕业，大可念到高二下学期，他俩就一块儿辍学了。那时我还在学校苦熬。大可和顾雪虽然不再去学校了，可是他们的小屋我还是照常去，如果赶上下午没课或是上自习什么的，我就利用课间跑出来去他们那，跟他们一直待到半夜才回家。

我们仨待在小屋大部分时间都用来听歌，听温拿五虎的卡带，还有我用零花钱买来谭咏麟、梅艳芳、张国荣和伍思凯的专辑。听歌的时候，大可和顾雪有时当着我的面就亲热起来，一见他俩抱在一块，我就从书包里掏出魔方，然后转动个不停，直到两人亲热完我才停手。有时候我实在忍受不住了，就冲他俩不耐烦地嚷："嗨嗨嗨——你俩有完没完，中病了嗨——"这会儿他俩就会说："要不你也来，别光玩儿那个破魔方，跟傻子似的。"我一听就来气，"有能耐你俩谁把魔方对上，我就服谁！"我第一次跟大可和顾雪赌气叫板，把魔方拽给了他俩。说老实话，玩了这么久，我还从来没有把魔方真正地对上过。当魔方落到大可的手上，这家伙可真他妈的出彩！大可盘腿坐在床上，三下五除二没花两分钟的工夫，愣是把魔方的六面全对齐了。没想到大可还有这种能耐，当时他就把我佩服得五体投地，同时我立马转变了对大可头脑简单四肢发达的想法。还有，大可在我面前露的这手，让顾雪脸上也特有光彩。

记得一天傍晚，外面特别冷，天早就大黑下来，可是天空却是红彤彤的，像是要下雪。大可出去上厕所的工夫，顾雪突然打后面抱住了我，接着就开始亲吻我的脖子和耳朵。顾雪这突如其来的举动委实吓了我一跳，我手里的魔方掉到了地上，并且还磕掉了一个粉色、绿色，和黑色各一角，三个小模块像三个小精灵似的，瞬间朝三个不同方向滚去。

我挣脱顾雪，猫腰去捡掉在地上的模块。顾雪像是什么都没有发生，蜷起腿从容地坐在床上，然后翻开大可的枕头，从下面拿出一盒压得扁扁的大前门牌香烟，之后从里面抽出一支，划着火点上。顾雪深深吸了一大口，经过肺叶过滤的青烟，转眼变成白烟从她的鼻孔和嘴里喷了出来。然后她把抽剩下的半支烟递给我，我也深吸了一口又还给她。

"干吗这样较真呢？"顾雪说。

"可我从来都没对上过。"我说。

"你干吗偏要学大可，跟他一样有什么好的？"顾雪说。

"我没有。"我说。

"大可就这点出息，"顾雪说，"你不像他，别看你对不上魔方，但你准能考上大学。"

"哦，是吗？谢谢你的吉言，"我说，"可是我也不想上了，真的，怪没意思的。"

"我希望你能考上大学，"顾雪说，"你坚持一下就跟我们不一样了，要不到头就像我们一样，没出息。"

我眨了眨眼，说："这话口气特别像我妈，不像你。"

"是吗？"顾雪呵呵直乐，然后说，"怪不得我这么喜欢你。"

顾雪伸直腿，脚探到床外。这时我正趴在床铺底下去够滚到里面的黑色小模块儿。这时我觉得顾雪的后脚跟正抵在我的后腰上。我把屁股刚往旁边挪了挪，突然大可就推门进来了。

　　"你俩趁我不在搞什么？"大可踢了一脚我屁股，说，"你这是什么鬼姿势？顾雪让你这样干的？"

　　大可说完，乐得顾雪浑身直颤，都快要把床给颤散了。

　　"明摆着还问。"我抱着头从床铺底下钻出来说。

　　"一块儿出去么？"大可接过顾雪的烟屁股，嘬了最后一口，说，"外面下大雪呢，不过挺暖和。"

　　"我去我去！"顾雪开始吵吵。我抬眼皮撩了一眼顾雪，说："你别把床晃散了！"这时顾雪正双剪着手隔着贴身小薄衫系里面的胸罩。

　　"快来帮我。"顾雪瞄着大可说，"傻愣着干吗，快点。"

　　大可上去将手探进顾雪的薄衫，一把把里面的胸罩扯了出来。"带它干什么？外边又不冷！"说完，把胸罩捂在鼻子上嗅了嗅，"嗯，没有大海的味儿。"说完随手把胸罩扔到一旁的缝纫机上。

　　"操！"顾雪乐着骂道。

　　外面果然大雪纷飞。我把魔方揣进衣袋，然后叽叽缩缩地走出屋。鹅毛大雪正慢悠悠地打天上飘下来，落到我们的身上和脚面上。一抬脚，新的雪花又补在我们身后脏脏的泥泞地上。

　　"世上万物真他妈的有灵性！"我脱口而出，这话让我觉得特有诗意，也让我心里觉得踏实了些。

　　"你指什么？"大可问我，"指啤酒、白酒，还是羊肉串？"

　　"嗨嗨，大可你眼可真尖。"顾雪指着前面烤羊肉串的说。

　　我不知道接下来该说什么。"我提议搞点汽油。"我冷不丁又冒出一句。

　　大可和顾雪好像没有听懂。"弄那玩意干吗？怪难闻的？"顾雪说。

　　"我们要，要要要——来一个篝火不夜天！"我举着双臂仰起头，脸接着雪花快乐地说，"篝火、羊肉串、啤酒，多爽啊。快快快，你俩去捡树枝，要干点的，我去搞汽油，你俩把树枝堆高些，越高越好。快快。对了，别忘了买两瓶衡水老白干，要高度的。顾雪，你负责烤羊肉串，多烤点肉筋。"说完，我一个人先跑到前面的羊肉串摊位。

都到了这钟点儿，外面又下着大雪，根本没有人出来吃羊肉串。可是长条炉子里面的炭火还烧得挺旺，火苗蹿出老高，蹦出的火星把大团大团的雪花都击成了一个个小碎片。

烤羊肉串的是一个大胖子，脸被炭火熏得黝黑锃亮。胖子敞怀穿一件绿军大，前襟和袖口在炉子边上蹭得油渍马糊锃光瓦亮。胖子问我："吃什么？什么都有！"

"给我两个酒瓶子，"我指着他脚下的酒瓶子说，"等他俩来烤，烤熟点儿，多放点辣椒和孜然。"

"两个够吗？"胖子问我，随手拾起仨，举过炉子递给我。

我迎着雪花跑到一站地之外，那里有一个小加油站。我用零花钱灌了三瓶汽油，又从地上拾起几个塑料兜封住瓶口，免得让汽油飞走。回来时，大可和顾雪按我说的还在堆树枝。在羊肉串炉子旁边的空地上，树枝已被他俩堆得半人之高。这时的雪花，就像一只只翩跹的蝴蝶，飘飘然落在树枝上。工夫不大，整个树枝就挂满了蝴蝶的翅膀，这时再看上去，雪白的树枝堆就像一个端端正正坐在我们面前的雪人。

很快，羊肉串烤熟的香味就钻进我们仨的鼻孔。我扯掉罩住瓶口的塑料兜，先把两瓶汽油浇到雪人身上。顾雪叼着烟站在一旁看我，等快抽完时，她才将烟蒂弹向雪人。雪人立马燃起熊熊大火，火光冲天直把我们三个照得光彩熠熠。同时，火舌也毅然决然地把坠降的雪花不知不觉地吞噬在半空中。

我跟大可频频举起 68 度的衡水老白干，把瓶子碰得震天响。等老白干喝光后，我们又要了一箱啤酒，连顾雪，我们差不多把一整箱啤酒都喝得精光。而且我们还吃光了胖子烤给我们的所有肉串。一段时间，顾雪总是在不错眼珠地看我，几乎是在盯着我看。她光看也不说话。不过有时也抽冷子冒出一两句祝贺我的话。祝贺我什么呢？有什么好祝贺的呢？没过多久，我就把顾雪对我的溢美之词忘得一干二净。喝酒的同时我还注意到，顾雪这娘们儿挺耐人寻味。

我们围着火堆坐在雪地上，一同看炽烈燃烧的雪人。雪人突然间就没了骨骼，紧接着整个身子就坍塌了下来。在雪人可怜坍塌的一瞬间，我仿佛穿过雪人燃烧殆尽的五脏六腑。看到并察觉到，坐在我对过，与我朝夕相处的两位老友，灰暗而冰冷的心，连同他们与现实格格不入、不带半点血丝的脸。眼前的火堆，恍惚间，一下子把我们隔裂成两个渐行渐远的世界。在这两个都没有养分的世界里，我们的青春被迅速地凋零下来。

雪还在下。顾雪说："你觉得怎样？大海——我说你？"

大可把一只只空酒瓶子叮叮咣咣砸向不远处的垃圾箱，三更半夜爆发出巨大而骇人的惊悚声。接下来，我们轮流嘴对嘴喝干最后一瓶啤酒。大可吸干最后一滴后，把冰凉的啤酒瓶贴在脸上给自己降火。然后，我们在雪人的尸骸面前站了一小会儿，看它燃成骨灰的样子。

我们都没有立刻回小屋的想法。开头我们在原地转了两圈，觉得没意思就开始沿旧日大街朝学校的方向走去。顾雪紧贴着大可，手伸进大可的防寒服里。我在一旁都能感到顾雪呼出来的体温。现在雪下得又急又密，就好像是老天爷对我们三个人有意实施的惩罚。不知是何原因，我突然感到害怕起来，觉得心都快被冰冷的雪冻僵了，而且莫名其妙地不想再跟大可和顾雪走下去。我大口大口呼出哈气，吸进凉风，这似乎能让我感到舒适还能使我缓解一下紧绷绷的心。如果可能的话，我真想把最后一瓶汽油找个地方烧掉，暖和一下身体，哪怕烤烤手也好。我们沿着摇摇欲坠的灯影，沿着被暴雪掩埋得扑朔迷离的街道，歪歪扭扭地一路向前挪动着小碎步。现在我觉得雪花绝不像刚才那样圣洁和浪漫了，而是显示出它诡异和残暴的一面。就在暴雪密集地朝我们袭来之时，也就是在我盯看顾雪的那一刻，在我眼角的余辉里，突然闪现出奇怪的、从未见过的两尊雕像。这两尊一高一矮的雕像，就伫立在不远处学校围墙的下面，就像是两个正在躲避暴风雪，又被暴风雪盖住的人。他们就这样，一动不动，让人轻易察觉不到地隐匿在那。

"我们去那儿！"大可说。顾雪松开大可。"我认识那两个人。"大可说。

大可迎着嗖嗖的雪花上前跑了两大步，然后又气喘吁吁地停下来。"你不认识他们！"顾雪喊道。

"我认识。化成灰儿我都认识！"大可喘着粗气说，"我先上去，你们瞧着。"

"拦住他，"顾雪叫我，"别让他过去！"

"你甭管，"大可直起腰，叫道，"娘们儿，你甭管，你跟大海待在一起。"

"大可想干吗？"我问顾雪。"那女的是高二三班的，我认识。那男的是谁？"我问顾雪。

"你别管，就是别让大可去。"顾雪蹲在地上央求我。

"好，等着，我去把大可叫住，你待在这儿别动。"我说。

我和大可一前一后朝那两个雕像扑过去。快接近时，大可又慢了下来。那两个抱在一起的雕像终于松动了，像动物一样突然警觉起来，然后赶紧分开，四只眼一同观察蹲在不远处的大可和我。这时我也看清，那个男的身材挺拔，像个足球运动员，比在他怀里的女生高出一大截。女生是欧阳云燕，高二三班的一个破烂货。

"两个兔崽子。"大可一边说，一边蹲在地上大口大口喘出白色的哈气。看大可绝对是想吐的样子，可又吐不出来，满脸奇怪和痛苦的表情，现在只剩下喘气的力气了。

"大海——你不是一直想要一个么？"大可使劲挺起腰板说，"那女的归你，我跟那男的好好谈谈。听明白了吗？那女的归你，旁边那个兔崽子得让他跟我好好谈谈。"

我一把揪住大可，硬把他摁倒在雪地上，使劲儿拍他的后背。"你喝多了，吐出来就好了，我让他们滚。"我说。

这时顾雪从后面跑上来搂住大可的腰。

忽然那个破烂货欧阳云燕靠近我们一步说："我认识你，你是一班的孙智海。"

"你们需要帮忙吗？"那破烂货又说。

"不要不要，你们赶快走！"我挥手嚷道。

顾雪没看那女生，仰头一直看那男的。男的把脸扭到一边。我猜那男的想走，又磨不开面子。刚开始他也跟欧阳云燕上前一步，现在又向后退了一步。

"要不然我叫别人帮助你们？"破烂货又说，"你们想去哪儿？"

"你怎么还不明白？"我说，"叫你们滚就滚！"

"好，我们走，"那男的拉起欧阳云燕的手说，"我们走！"

大可好像不醒人事了，我和顾雪想背着大可走，可我也喝了不少酒，地又滑，站都站不稳。我和顾雪只得拖着大可走，走几步歇一会儿再走。

"你认识那男的？"我问顾雪。

"不认识！"顾雪斩钉截铁地回答。

"我一猜你们就认识，别骗我了。"我说。

"你有完没完，说了不认识，你还想知道什么?!"顾雪咬紧牙关说。

"我什么都不想知道，"我说，"我只想知道你为什么喜欢我？"

顾雪笑笑说："不为什么，有什么好为的，喜欢就喜欢呗。"

我停下来，"那样咱俩都对不住大可。"我说。

"你喜欢那女的吗？"顾雪突然转头问我。

"欧阳云燕？"

"嗯。就是刚才那个挺俊的女生。"顾雪说。

"喜欢也不喜欢，有什么好喜欢的。以前喜欢过，可她是一个破烂货，跟好几个男的搞过。刚才那男的是谁？我知道，你们俩准认识！"我说。

"认识。认识怎么了！别再提他了，再提我就杀了你！"顾雪咬住下嘴唇说。

"我都听见了，"大可忽然开口说，吓了我和顾雪一跳。"我先替你杀了那男的！你们俩在这儿等着。"

大可说完就倒在地上吐开了。我以为大可说完吐完也就没事了，也记不得刚才发生了什么。可是大可刚吐完，眉眼就抖擞起来，精气神也重新振作起来。完全看不出来，酒精还在他的体内发挥着作用。紧接着我还看到，从大可的双眸里射出两道光，两道让人不寒而栗的光，就像一头困在冰天雪地里饥饿难耐的野兽，要吃人的光。

"他们去哪儿了？"大可酒醒后问我和顾雪。

"他们好像绕到学校后面去了。"顾雪捋着他衣袖小心翼翼地说。

"他们早就走远了，算了，咱们还是回去吧，现在太晚了。"我劝大可说。

"你跟顾雪先回去，"大可望着刚才两人消失的方向，又说，"要么这样，顾雪跟我走，大海你翻过墙头从操场上面穿过去，想法帮我堵住那个男的！"

"他俩未必从那儿过。"我反驳大可说。

"他俩肯定从那儿过！"大可坚持说。

"他们不会走得太远，地上有他们的脚印，捋着脚印走，我确定他们肯定还没有走到烂尾楼。如果有情况，咱们在烂尾楼那儿碰头。大海，我一定帮你搞定那个娘们儿！"大可不解气地说。然后我们便分头行动。现在雪下小了点，但一点也没有减轻我心里说不出的恐惧和负担。

我这边一个脚印都没有，夜深人静，地上的雪反射出毛骨悚然的白光。我故意放慢脚步，不时回头看看自己留下的脚印。这些莫名其妙的脚印究竟意味着什么？我想大吼几声，想让大可知道我早就不喜欢那个破烂货了！但是我了解大可，他年纪轻轻的却固执得可怕。

也不知道还有多远我才能走到？也许就要到了。我心里一直在胡思乱想，想分散自己的注意力，想让自己安静下来不要紧张。这时我又想到顾雪看那男的眼神，要是大可见了，准能立马猜到顾雪心里想的什么，可是我他妈的却不能。当然他们之间的这点破烂事，我一点都不感兴趣，也没有耐心去搞明白。我寻思，现在真的该回家了，可是天下着大雪，我竟一时犯起糊涂，分不清回家的方向，而且我的头，突然欲裂般地疼痛起来，跟着眼前就是一片漆黑，我下意识地举起手，端起酒瓶喝了一口里面的汽油……真该死！全他妈的该死！要是刚才我们都醉死在火堆里该有多好！

停工两年的烂尾楼就烂在我们学校操场的边上。操场是一大块儿泥泞的旷地，四周围稀稀疏疏种着几株一辈子都长不成材的小树。小树们从来都没有人看管，春夏秋冬它们都是一个姿势孤独无助地立在那。要是不熟悉环境的人，准会在这样的鬼天气里，把它们误当成鬼鬼祟祟的坏人。

我没有按大可说的去做，我穿过操场径直走向烂尾楼。

"如果这是真的，你还要我吗？"我听见顾雪说话的声音。

接着，有两个人的身影时隐时现在同一根水泥柱的后面。我刚踩上烂尾楼的水泥台阶，这两人突然从水泥柱后面分别探出头来，是大可和顾雪。接着两人一左一右靠在水泥柱两侧，头不约而同地转向我，眼睛像猫头鹰一样，聚精会神地打量我。

"我没没发现他们。"我闪烁其辞地看着大可和顾雪说。

大可一只脚当支点，另一只脚的后脚跟始终在磕后面的水泥柱，过了一会儿，换另外一只脚又继续磕。"他们走不了多远，"大可信心十足地说，"这儿，是他们必经之路！"

这时顾雪要走。大可立马叫住她。顾雪两只手托着乳房，说："大可，我实在受不了了。我害怕。我不知道这样做对咱俩有什么意思？"顾雪说着委屈地就要哭。

"走啊！"大可怒不可遏地冲顾雪喊，"走啊，滚得越远越好！"

"你过来。"大可忽然上前一把，把顾雪拽到怀里。"你走了，我可怎么办？"大可说。

我终于可以趁机坐下来歇会儿。我坐在冰冷的水泥台阶上，遥望那几株傲雪迎风、摇摆不定的小树。忽然其中一株好像在朝我们移动。由远及近，与操场的雪发出咔嚓，咔嚓嚓有节奏的摩擦声。这时，刚才的暴雪像是下累了，细密的雪丝在空中重新集结成犹如降落伞的雪花，它们口衔泥土潮湿的腥味，一朵大似一朵地飘洒下来。"我还从来没有见过这样大的雪花。"我自言自语地说。大可和顾雪似乎没在听我说话，两人正聚精会神地关注另外一件更为重要的事情。这时我也看到了，且逐渐看清，操场上由远及近，跑的是一个上气不接下气的人，而且离我们越近，跑得越快，就像一只雪地里被猎人追赶的银狐。

好像跑了很久，欧阳云燕才跑到我们跟前。长距离的奔跑使她耗尽了体内全部能量。过了好久欧阳云燕都没有吭一声。而且她好像哭过，脸颊中间还挂着两道冻得明亮的泪痕。还有她湿润的眼底，红彤彤得就像此时的天空一样迷人。她半天都没有说出话来，只顾猫腰喘着粗气，两只手捂在腹部，时不时抬头看我们一眼，接着又俯身喘着粗气。

顾雪走近我，从我手上取走那个装满汽油的酒瓶。我以为她像我也要把汽油当成酒。其实我错了。她扯掉罩在瓶口上的塑料兜，慢吞吞地走向欧阳云燕，从容地审视着那张比自己娇艳又虚脱的脸。尔后，她双手擎起酒瓶，缓缓地举过欧阳云燕的头顶，然后瓶口冲下，像为婴儿做洗礼一样，将瓶里的汽油全部浇在欧阳云燕的头上。顿时，浓重的汽油味儿挥发到欧阳云燕的全身。

大可站在我身边，摸出他那盒压扁的大前门，抽出一支，点上，然后狠命地嘬了一口，迅速递给顾雪，顾雪也狠命地嘬了一口，紧接着把火红的烟头弹向欧阳云燕。

欧阳云燕上半身顿时燃起大火，像熊熊燃烧的雪人，只不过她没有一下子倒下，而是随着此起彼伏的火舌舞动起来，像火中涅槃的凤凰，撕心裂肺地跳起了舞蹈。不一会儿，她的骨骼就酥了，顷刻间坍塌下来，堆在雪地上。大朵大朵的雪花无能为力地停在半空，俯视着这个火中凄美的丽人，无能为力地将泪水洒向天堂，直到火光冲天，盖过天空所有红的那一刻。

后来，顾雪抱住我的头，脸贴在我的脸上，就像大可之前把冰凉的酒瓶贴在自己的脸上，为她不怎么好看的脸降降温。大可在火美人面前呆呆地站了一会儿。

顾雪在使劲抱我的时候，压碎了我口袋里的魔方。我把五个灼热的手指伸进口袋，把一个个仿佛受到惊吓的小精灵悄悄地拢到手心，像火一样团住它们。

后来我终于把魔方玩儿熟了，像大可一样，三下五除二就能轻而易举地将它们对齐。就算这样，我还是比大可晚，晚了整整两个学期才能做到。如果你问，不是还少了一个黑色小模块儿吗？那么，我告诉你，那个倒霉的骨碌到大可床铺底下的黑色小模块儿，至今还待在原地没动。

不在仪式中生就在仪式中死

　　天慧说她弟弟天鹏长得像美国影星汤姆·克鲁斯，我头一次见他冷眼看去确实有点像。我跟慧大学搞对象时认识的她弟弟天鹏。那时天鹏总是隔一段时间就换一个女朋友。他的爱好不光是频繁换女友，他还收藏她们送给他的 Zip。天鹏收藏了足足有一橱柜各式各样的 Zip，有五六十个之多吧。他说 Zip 都是跟女友分手前送他的。可是最近一个送他 Zip 的女孩却没有跟他分手。后来他把那个女孩总领回家，我和慧才知道，她是独自一个人跑中国游山玩水的韩国女孩，名字叫金喜善。

　　这段时间，他常跟金喜善去泡夜店，整宿夜不归宿。当然夜不归宿也不能全怪他俩。这里面有一个主要原因就是：我们四人只拥有一间极小的屋子，小得几乎容不下我们四人同时待在里面。不得已我们便这样约定：天鹏和喜善每晚待在夜店坚守到转天清晨再回家，那时我和慧也该去学校上课了。

　　有一天，天鹏莫名其妙地对我说：他喜欢这个韩国女孩，说女孩对他没有什么太多的要求（我想，一个打韩国来的女孩对你一个穷光蛋小子有啥要求？你不就是长得像汤姆克鲁斯吗）。而且天鹏还告诉我，他想跟喜善回韩国，离开他姐和这个破地方，一辈子都不想再回来。说完这话，我们又不知不觉在一起相处了整一年，天鹏没再提跟金喜善回韩国的事。等到一年之后，便发生了这件令人伤感、触目惊心、难以置信的事情。

遗落是风

本来定好我和慧走后他们俩才回来。可是天鹏和喜善两人总在天蒙蒙亮的时候就跑回家。一听到门外有动静，我和慧就赶忙从被窝里爬起来迅速穿好衣裳。这时，他们俩的小脸早已贴在了脏兮兮的玻璃上，朝屋里扒头探脑地看，看我和慧赤身裸体穿衣服时的情景。接着就传来那个韩国女孩金丝雀般的嗓音和坏笑声。

　　时间过得飞快。日子就这么零打碎敲地过着。眼见我和慧就要大学毕业了，而在毕业论文答辩的那天，一早起来，慧就突然告诉我，她怀孕了，并且不顾我的反对迫不及待地就要去医院做人工流产。不得已，我陪她找了一家离学校挺远的医院，待慧做完流产，我们论文答辩也随之流产了。接下来，我们就盼星星盼月亮盼着补考。补考那天终于盼来时，我和慧却鬼使神差地一觉睡到晌午头，完全错过了这次也是唯一一次补考的机会。眼看我和慧大学就毕不了业了，没办法我们只得天天上系主任那去磨。我们围着系主任整整磨了三天，系主任终于同意再给我们一次补考机会。可是直到领毕业证书的那一天，我们都没有等来补考。可想而知，我们等来的只是两张肄业证书。就这样，我和慧灰溜溜地离开了这所大学，一无所获地结束了我们学生时代的美好时光。

　　整个秋季天空都很晴朗。雨在夜里下。一到早晨，天就放晴。这段时间，我和天鹏总为一点小事情喋喋不休地争吵，直到有一天我们俩真的闹翻了。翻脸后我们谁都不理谁，像仇人似的别别扭扭地待在一起。有一天，我和慧正猫在屋里看杂志。天鹏领着喜善突然闯了进来。门被天鹏一脚踹开了一个大洞，吓了我和慧一跳，紧接着天鹏就朝我扑来，我不知所措地就跟天鹏打了一架。

　　从那天开始，天鹏和喜善也不再去泡夜店了。整天跟我和慧糗在这间巴掌大的小屋里。困了我们就分头倒在沙发或床上睡，醒来无事时，就听听温拿五虎的带子，玩任天堂的游戏机。

　　雨总在夜里开始下。下雨的时候，我们就背靠背坐在床上，八只眼睛一同盯看头上的屋顶。去年这个屋顶没能扛住暴风骤雨的袭击，一场大暴雨过后，整个屋顶漏得一塌糊涂。那天午夜暴雨狂泻的时

不在仪式中生就在仪式中死

候，我和慧光脚冒着瓢泼的大雨跑到胡同里去捡砖头，好把床、沙发和橱柜都垫高点。当我和慧像老鼠搬家一样忙活的时候，那个平时看上去温文尔雅的金喜善这时却一反常态，穿着一身黑色比基尼泳装，性感十足地跟天鹏跑到胡同里去淋雨水浴。那场暴雨下得奇大，黑不隆冬的胡同里一片汪洋，只见金喜善光着大腿露着胸脯和小腰，在胡同里呼喊乱闹。

等到转年一开春，我和天鹏就爬上屋顶把上面的碎石乱瓦收拾利索，然后买来油毡，又请房管站的师傅帮我们熬了一锅臭沥青，然后我们便像模像样地蹲在屋顶上铺开了油毡。等铺完之后，慧和喜善总觉得不放心，她俩又捡来许多砖头，让我们压在油毡的上面。油毡总算铺完了，就看能否扛得住今年的大暴雨？

最近夜里下了几场小雨，每次我们都担心屋顶会像去年一样漏得一塌糊涂。突然有一天晚上，好像凌晨四点钟的时候，放在窗台上的电话突然响了起来。我们的好梦突然被可恶的铃声打断了。天鹏把头蒙在被窝里骂道："哪个狗娘养的三更半夜打来电话？准没好事！"天慧跳下床，光脚跑到窗台边上抄起电话。电话里传来照顾天慧爸爸老护工的声音："是小慧吗，你和你弟赶快来一趟，你爸爸，快快不行了。"

过去慧跟我说过，她爸爸打她八岁那年就一个人过。后来他们租房搬过几次家，再后来单位盖了家属楼，分给他一间十来平米的小单元房才在里面安顿下来。分给他这间的把山墙的小单元房，朝向和楼层都不好，一到冬天西北风都能嗖嗖地穿透墙壁，屋里跟冰窖似的一样冷。到了夏天又西晒得要命，让人烦躁得苦不堪言。反正一年四季住在里面都没有个好时候。还有这间小单元房跟我们的小屋一样，逢雨就漏，外面大雨，屋里小雨，外面不下雨，屋里还跟来例假似的，沥沥拉拉滴答个没完没了。而且这个破屋顶，年年房管站来人修，修了他妈的快二十年了还是没有修好。常年干不透的屋顶现在被雨水浸得发霉湿渍斑斑。另外这个天慧爸还是个老烟枪，整天烟不离手，把整件屋子都熏得蜡黄蜡黄的。而且他一个人住，屋里又脏又乱，一些被褥堆在床上的一角，亮在外面的电视机、高压锅、沙发，上面永远布满灰尘。还有生锈了的衣帽架，成捆的废报纸、旧杂志都堆在墙角。另外，一碰就嘎嘎作响的大衣柜，上面的镜子还裂了一个大口子。最惨的还有一大堆书，金庸和梁羽生全套的武侠小说、法捷耶夫的《青年近卫军》、托尔斯泰的《战争与和平》、曹太庸的《中国菜谱》、《普希金诗选》、《怎样养花》，都快发了霉。再有就是一盆垂死的君子兰和一束永远盛开不败的塑料玫瑰，跟一堆杂物放在一块。据我所知，天慧爸天生胆子小，每天下班回家，先要把屋里的门统统锁上。连厕所的门在门外都按了插销（因为厕所里有一扇小窗，小窗下面是一条楼与楼之间的夹过道，为防小偷所以在厕所门外也按了插销）。甚至天慧爸胆小到睡觉前要我和慧回去帮他关上屋里的窗户（后来有了护工就不用我们关窗户了），因为窗户对过隔着一条马路是人民医院的停尸房。

慧说，天鹏七岁得了传染病乙肝，爸爸总在单位忙晚上不回来。于是照顾弟弟的任务就由她来完成（实际上爸爸是怕传上乙肝不敢回家）。一连数月，天鹏总是时不时地发烧，慧就陪在弟弟身边给他喂水喂药，洗衣服做饭。有一次，爸爸买来几块排骨，叫慧给弟弟炖了吃。等弟弟吃完，爸爸又要慧把弟弟吃剩下的骨头再啃啃不准她浪费。另外日常家务也由慧来做，尤其到冬天给爸爸洗衣裳，这可是一件特别难过的事。天冷水凉，洗衣服前慧想烧点开水，可是爸爸不准，说是烧水就浪费煤，冷水一样洗得干净。就这样，衣裳泡在冷水里，慧搓也搓不动，只得光脚丫站在冷水里踩。水冰冷刺骨，冻得慧浑身痉挛般地疼，小腿还经常抽筋。慧说，像这种事情多得很，以后会慢慢讲给我听。当我问慧，你爸爸为什么对你不好？不疼你？慧就讳莫如深地闭口不答，再就不理我。

慧一撂下电话就催我们起床，然后我们一块儿跑出了屋。这时东方的天际线上已微微露出点白光，周围一切还沉寂在昨晚的睡梦中。此时此刻我们身后好像有一双无形的大手一刻不停地推着我们前行。阵阵清风划过我的耳际，与发梢擦出几许亮光——忽然打我脑海中萌生出一个念头，这个念头好像一下子让我觉得，我所见到的一切都在逐渐地消退，而且从这些事物的身上还能让我体会到，眼前所发生的一切竟是如此地简单和寻常，仿佛所有人和所有事物都会终止在这半明半暗的街道上。同时，我们所面临的情形，似乎只有一种可能，会与另外一种可能相遇，而我们却看不到它。到头来，所发生的一切又都恢复如常，又都会在这无声无息和无色彩的状态中恢复平静。我们一路小跑，气喘吁吁地跑向天慧爸的住所，跑得我们浑身热气腾腾满脸通红。上楼时，喜善走在我前头，突然她把左手伸到背后，张开五指，楼道里虽然漆黑，但我还是看到她掌心上写着一行小字。我下意识地扫了一眼，紧接着她又拳上了手指。

当我把天慧爸面朝下的身体翻转过来时，天鹏正在楼道里训斥那个失职的老护工。我听见天鹏扯破嗓子冲老护工喊叫，这忽然让我想起，慧曾经对我说过，有朝一日要是爸爸死了，她才不会难过……我走到门外，看见天鹏嘴上叼着香烟，手指正激动地打着 Zip，好像 Zip 一旦打着，一把火要把老护工烧死似的。忽然，宽阔的火苗打 Zip 里腾跃上来，那个可怜巴巴的老护工忽然想起：快，赶快叫救护车。

医院就在马路对过，打完 120，工夫不大，救护车风驰电掣般就开到楼下。很快，两名年轻的医生快步走进屋，然后蹲在患者身前做心肺复苏的急救。自始至终我都守候在跟前，亲眼目睹两名年轻的医生卖力气地为垂死之人做最后的努力。结果天慧爸还是没能抢救过来，死于心肌梗塞。

接下来我们便手忙脚乱地将天慧爸的遗体往楼下抬，抬上救护车。救护车再次穿过马路，眨眼间就开进人民医院停尸房的门前。慧没有跟我走进医院，她一个人坐在马路对过的便道上，眼睛痴呆呆地望着地面。

停尸间里空荡荡的什么都没有，我以为停尸间里会有一个一面墙大的冰柜。冰柜由许多排列整齐不锈钢的四方门组成。随便打开一扇门，就会打里面冒出瘆人的白冷气。现在天慧爸的遗体就平躺在屋子中间一个四轮车的担架上。说老实话，我害怕死人，但绝不像天鹏，连自己爸爸最后一眼都不敢看。现在这个胆小鬼也不知去向！所以我孤身一人待在停尸间里守着天慧爸遗体。不一会儿，殡葬人员以为我是死者的儿子，便告知我该如何给死者净身，接着拿来一身寿衣，指导我给死者穿上。一切安顿停当之后，我便浑浑噩噩地走出停尸房。

后来我走出医院的大门，看见慧仍旧坐在对过马路的便道上，可是让我意想不到的是，她正用一种充满怨恨的目光正盯着我看，看我穿过马路走向她。现在我心里也有点埋怨她，她像一个冷血动物似的，对自己父亲没有一丝一毫的伤感之心。忽然，我听到不远处金喜善在笑，天鹏正把她拽到一边，接着就是一顿抽打。

三天之后，在我主持下天慧爸的后事终于料理完毕，慧这才主动而又冷漠地对我说："他不是我的亲生父亲，那时妈妈怀我时稀里糊涂地嫁给了他。之后又生下天鹏。后来妈妈得绝症去世早，继父就开始虐待我……"

所有的一切都恢复平静之后，我们又开始担心起小屋漏雨的事。这段时间只下了几场小到中雨。每次下雨，我们就竖起耳朵静听雨砸在屋顶上面的响声。一天夜里，起了风，风越刮越大，紧接着就开始电闪雷鸣。我们本能地都跑到屋外，看房顶上面的油毡是否牢靠。果不其然，大风把油毡豁开一道道口子，有几处虽然还服帖在上面，但已被风刮得卷起了毛边。甚至有些地方的油毡都是藕断丝连地在上面随风刮来刮去。过了一会儿，樱桃般大小的冰雹就从天上而降，叮叮咣咣地砸在小屋屋顶上。冰雹的重量加上它的加速度，很快把我们的小屋砸得千疮百孔，砸出一个拳头大小的窟窿。窗户也被冰雹砸碎了，碎玻璃碴溅到床上和沙发上。可是就在这倒霉的节骨眼上，不知为何，天鹏又跟我发怒，气势汹汹地跟我动起手来。

这间小屋我们实在待不下去了。雨过天晴后，屋外秋高气爽，屋内却狼藉不堪。一大早，天慧和天鹏就搬到爸爸的单元房去住。本来我和喜善也要去，可是却遭到他们姐俩沉默式的反对。

天慧这是怎么了？我不大理解，好端端的她为什么会这样对我？她怎么能拒绝我一起住呢？当我遭到天慧拒绝的时候，我的心都凉

不在仪式中生就在仪式中死

了。另外她离开时还似以嘲弄的口吻对我说："你懂得什么叫真爱么？"我一时被问愣，半天张嘴结舌没弄明白她这话的真实意思。难道我不爱她吗？还是她不爱我了？我们之前的爱情不算是真爱么？这到底是怎么一回事？我和慧之间出了什么问题？

现在那个韩国女孩跟我处境相同，但她似乎比我更坚强一些，也显得更沉稳和冷静。他们姐弟俩走后，我和喜善整个下午都在收拾屋子，直到傍晚，我们才拖着疲惫的身体分别倒在床和沙发上。现在又静下来，我忽然想起一件事，冷不丁地问喜善："喜善，你那天手上写的是什么？"喜善头枕床头，仰视屋顶上的窟窿，呆呆地说："我忘了不记得了。不过，你察觉到没有，他们姐弟俩都挺怪怪的？咱俩就象他俩的一对儿宠物似的……要是我没猜错的话……"喜善犹豫一下没有往下说。这时我觉得口干舌燥，起身斟了两杯水，递给喜善一杯，同时傻傻地对喜善说："来，为咱俩的各自爱情，干杯——"随后我碰了一下她手上的杯子。

就是这样，我和喜善整晚都在昏昏沉沉无所事事当中度过的。当天夜晚天空是那么地晴朗，成群结队的星星亮得像火焰一样撩人。璀璨的星群眨动着眼睛，打屋顶上面的漏洞窥视到屋里，一时竟让我有一种前所未有的舒适感和惬意感。今夜星光无比灿烂，我还是头一次，在天慧天鹏不在的情形下，跟这个女孩单独在一块儿。临近午夜，半梦半醒之间，我似乎听到喜善在对我小声说话。冥冥之中让我想起同样在这个魔幻般的小屋里，之前有多少个夜晚，我和慧也是这样窃窃私语。到了后半夜，我还是睡不着，转身冲向喜善。喜善似乎也整宿没有合眼，她看见我在看她时，不由咧开嘴，我也咧开嘴——我们两人的样子，就像两个落魄的乞丐，正准备讨论某件重要的事情之前，忐忑在脸上的那种诡异、叵测、和故弄玄虚的表情，不约而同地为下面要说的话在做着准备似的。

"你是谁？"我忽然问她。喜善笑着说："那你得先告诉我你是谁？"我也笑了。是啊，我们俩谁都不清楚对方的底细，何必非要现在搞清楚呢。

"那你说说你跟楚天鹏是怎样认识的吧。"我说。"很简单，"女孩说，"我们在北京爬香山时认识的。他一个人爬，我也是一个人，就这样认识了。哈哈哈。"女孩说着开心地笑了起来。笑声里充满某种让人不知所措的伤心失落的感觉。同时也让我感受到某种独特，或者说非常意外的新奇感。而过去那些平淡无奇的夜晚，倏然都化为乌有，成为一堆不复存在又确实存在的事实。

"有些事不知道你知道不知道？也不知道该不该对你说？"我说。

"好象没有我不知道的事情啊，如果你愿意说，我倒是愿意听。"女孩狡黠地说。

"楚天鹏在你之前有过很多女朋友，你知道吗？"

"是么？你怎么知道的？"

"他说的，柜子里面的 Zip 全是他的女朋友送的。"

"哦，是吗，我不在乎。"

"不是问你在乎不在乎，我是说这个足够证明他对你不专心，说不定他哪天也甩了你。"

"我知道这些 Zip 的事，我还知道这些女孩都想跟他上床。可是他不愿意。就是这样，所以……"

"所以什么？"

"所以——被甩的是他，而不会是我。"

"什么？到底谁会甩谁？你把我说糊涂了。"

"他不想跟人家上床，人家还不甩了他。"

"我还是有点糊涂。还有这种男人？那他为什么会跟你上床？"

"没有。谁说他跟我上过床！"

"——那我就更糊涂了，那么你为什么不甩了他？"

"嗯，可能是因为我太爱他，爱他——爱他你懂吗！你肯定不懂。"

女孩突然情绪激动起来，继而抽抽噎噎地哭了。

"可是，我确实搞不懂，他说过，他还想和你一块儿去韩国生活？"我安慰女孩说。与此同时，女孩的一番话让我想起天慧也是这样对我。我和慧相处一年之久，她也是只允许我抚摸和亲吻，从来不准我跟她做爱。而上次她怀孕的事，我也搞不懂是不是在她睡熟时，

不在仪式中生就在仪式中死

我一时冲动造成的——对啊，也就是在慧堕胎之后，天鹏就开始跟我过不去，没事就找茬打架，拿我当仇人似的……

这时女孩止住哭问："你爱她吗？""爱。"我斩钉截铁地说。"她爱你吗？"女孩又问。"爱。"我又斩钉截铁地说。

脸上还挂着泪花的金喜善这时却突然笑了，飞快的笑声把我弄得有点茫然和无措。她笑了，不该笑的时候她却笑了，这个令我匪夷所思的韩国女孩，真担心她会把今晚的事情告诉慧。与此同时，我对眼前这个女孩有所警觉起来。

"我真的全心全意地爱着慧。"我忍不住地又说了一遍。说完，我不错眼珠地看这个变幻无常的女孩。

她没有看我，也没有任何别的举动。过了老半天，她才说：

"等着瞧吧，总有一天都会水落石出的。感觉眼前的一切像梦一样。"

"为什么这样说，难道你知道了什么？"我问道。

"不知道，像你一样什么都不知道，我只是猜测，心里总有一种预感！也可能是太紧张了吧。谁知道呢。"说完，女孩的眼神里隐现出某种奇异的目光。

"什么啊？你预感到了什么？"我晕头转向地问。

"没有，说不上来，只是一种预感而已。不过，我可以告诉你，像你爱天慧一样，我也是真心爱着天鹏，如果他骗我，或从来就没有爱过我。"

女孩说得很干脆，但是说完眼泪又流了下来。随后她挺直腰坐在床上，好像自言自语地说：

"他从来都没有跟我做过爱，当初没有，现在也没有。他好像从来都没有对我冲动过，我就像他的瓷娃娃——"

这时的金喜善看上去比我还迷茫，而且有好多到嘴边的话又被她抽噎回去。

天亮时，女孩从床上跳上沙发，蜷缩在我膝上。而我心事重重地将手撂在她的肩头，脑子里一会儿空白，一会儿又想到她夜里对我说的话。

就这样，我和金喜善神不知鬼不觉地在小屋里相处了一宿。天大亮时，她说她想去找天鹏，但是工夫不大，她又说："算了，既然都这样，今天你陪陪我好吗？"我没有说话。之后我把门锁好，我们俩一前一后走出了小屋。

"本来我一直想告诉你，"女孩犹犹豫豫地说，"那天你一个人在停尸间里……"

"嗯，怎么了？发生了什么事？"我说。

"天慧一个人坐在马路便道上，后来天鹏走过去坐在她旁边，"女孩说，"我就从他俩身后走过去。当时他俩没发现我在后面——"

我和女孩走在腊肠般的胡同里，看见居委会的人正拎着白漆桶正往墙上刷字：一个老大的"拆"字又在上面画了一个老大的圆圈。"看样子，这儿要拆迁了。"我兴奋地说。女孩也兴奋地说："太好了，早该拆了，简直就不是人待的地方。"我问女孩："你们韩国没这个吧？""没哪个？"女孩问我。

"现在没人了，"走到胡同口，我说，"刚才你说他俩没看见你在后头。"

"我不是有意的，"女孩眨着闪电般的眼睛，说，"我听见天慧跟天鹏说，'你爸死了，咱们可以搬走了，以后再搬得远远的……放心……我没有对他……'当时他俩说话的声音很轻，而且断断续续地听不大清楚。"

"后来我从停尸间里面出来，听到你在笑，楚天鹏还打了你，这又是为什么？"

"不为什么，因为你呗，"女孩说，"天慧以为我在偷听他俩谈话，问我听到了什么？还威胁我不许对你说。我说我什么也没有听见，我以为天慧在跟我开玩笑，所以我就笑了。没想到天鹏就打了我。"

金喜善说完，让我更糊涂了，我也不想再问下去，我们俩就漫无目的地走在大街上，之间隔着一小段距离，好像两个陌生人各走各的路。我们好像一下子无话可说，脸上也没有多余的表情，只是若无其事地一个劲儿地往前走，似乎知道对方要去的地方似的。其实我和喜善除了刚刚离开的那间小屋，实在没别的地方可去。

　　我和喜善不知不觉地走到天慧继父生前的住所。我觉得这不是偶然，而是我们俩心里都存在一个谜，都想快点解开它，弄清楚这个谜底到底是什么。虽然昨晚金喜善对我说了许多她臆想或者猜测的话。但我还是想当面问清楚天慧到底是怎么一回事？现在喜善放慢脚步，慢吞吞地走在我的身后，我们走进黑不隆冬的楼道。一进楼道，外面的世界一下子变得出奇的静，几乎停滞下来。楼道里静得几乎能让我听到女孩的呼吸和心跳加速声。楼道真是又脏又黑，喜善在我身后扭动身子迟钝地迈上每一级台阶。倏然，我感到打四面八方扑来许多离奇古怪的黑影，把我和喜善团团围在里面。

　　这座破败不堪的筒子楼还是"苏联老大哥"时期盖的，四四方方像个超级火柴盒。走进楼里，就像走进黑暗冗长的矿井。天慧继父的小单元房在顶楼最里头那间，我虽然熟悉，但和喜善还是费了老半天劲儿才抹黑找到。

　　我们俩悄无声息地摸到单元房门口，然后把头凑过去耳朵轻轻贴在房门上。我和喜善就像两个鬼偷听屋里面的动静。过了老半天，屋里没有任何声响。我转身想走，金喜一把把我拽住，压低声音说："等一下，再听听，等一会儿嘛。""走吧，屋里没有人，他俩要是回来撞见咱俩多难堪哪。"我说。"有什么难堪的，"喜善说，"咱俩又没做什么亏心事。我一定要搞清楚这里面名堂，凭什么把咱俩给甩了？"

　　我抬手摸了一下门鼻儿，"咦，门没锁啊。"我说。"那他俩一定在里面。"喜善说。说完又捏紧我的手，把耳朵凑在门上——

　　没想到这次我和喜善把门顶开了一道缝儿，光线立马打屋里射了出来。我和喜善下意识地往旁边一躲——

　　"乖乖，他们真的没有锁门啊。"

　　"是呀，他们到底在没在屋里，怎么没有锁门呢？"

　　我猫腰，喜善两只手撑在我肩上，我们俩的眼睛再次不约而同地挤到门缝。穿过虚掩的门缝，我看到屋里面的陈设跟以前差不多。我以为他们姐弟会把屋子重新收拾一下，换换家具，请人修修屋顶，粉刷一下墙壁什么的。可是现在看来，屋里跟过去一样，没有任何变化，屋顶上面的霉斑好像又变大了，密密匝匝堆积着许多恶心人的小黑点。墙的颜色还是老样子，只不过多了一幅他们爸爸的遗像，挂在蜡黄的墙上显得极不顺眼。

屋里唯一跟以前不一样的是那张床，主要是床上的被褥全不见了，取而代之的是一堆堆码得像座小山丘似的废报纸、旧书和旧杂志，一叠叠乱糟糟地摊开铺在上面。这时，我猛然看到慧的蕾丝花边的胸罩，这个胸罩还是我送给她的生日礼物，现在却耷拉在满是灰尘的电视机上，慧的内裤则拽在电视机旁的缝纫机上，上面还撂着一本《普希金诗选》。另外生锈的衣帽架上挂着天鹏的裤子和汗衫。

突然床铺嘎吱嘎吱地晃动起来，忽然一只脚打一堆金庸和梁羽生的武侠小说里面钻了出来，接着一只手拨开摊在头顶上面的废报纸、旧杂志，紧接着放在床边的《中国菜谱》、《青年近卫军》、《怎样养花》、《战争与和平》、《安娜卡列妮娜》、《普希金诗选》……都稀里哗啦地掉到了地上，里面还混着一条男士内裤。

刚才那只手把压在身上的书、杂志、报纸拨掉之后，一个人的裸体便暴露在外，接着一翻身将手和腿压在旁边人的身上——

"是天慧和天鹏！——"金喜善几乎叫出声来。我赶紧捂住她的嘴，我俩同时把脑袋缩了回来。

"啊！——他俩！真的是他俩？——"我诧异地说。

"嘘，——"金喜善嘘了一下，让我闭嘴。

"这两个变态的混蛋！"金喜善恶狠狠地骂道。

记得，我突然看见姐弟俩乱伦的那一刻，我都不敢相信自己的眼睛，甚至以为自己在做梦。要不是喜善催我走，我还像个傻子一样愣在门口。

"我非杀了他不可！"金喜善红着眼圈愤愤地说。

我长吁一口气，说："这到底是怎么一回事啊？"

后来我和喜善跑下楼跑到大街上。我们就在川流不息的马路中间跑，汽车喇叭疯狂地朝我们呐喊，我们什么都没有理会只顾一个劲儿地向前跑。我的脑海里时刻闪现和回放着刚才所目睹的一切。我心不在焉地一路向前狂奔，此时此刻五脏六腑都好像被自己的脚步颠碎了。这一刻我脑子里一片空白，只觉得天慧不该欺骗我这样一个全心全意深爱她的人。而跟在我旁边的金喜善，却显得极度冷静和自信，好像不关她的事一样。这也可能是因为当初她的预感和猜测都被证实后，压抑在她心中的洪流突然间被打开的闸门泄洪了一样，使她的整个心灵都得到了解脱和释放。可是我呢，我委实被姐弟俩不伦之恋击得体无完肤，尤其在我毫无精神准备的情形下，天慧像个吸血虫，突然间就钻入了我体内，吸我的血，食我的肉，剜我的心。

我和喜善回到小屋。一走进这间阴凉潮湿的小屋，一下又让我想起，我和慧日夜缠绵于此的情景。他妈的，全他妈的是扯淡！全他妈的是假的！我一气之下，将屋里可摔不可摔的东西摔了一地。等摔完这些东西之后，我才感觉好些，觉得有点累，便倚在沙发上不知不觉闭上了眼睛。

一觉醒来，我看见金喜善正盘腿坐在床上。面前摆放着楚天鹏橱柜里的好几十个 Zip。喜善正挨个给 Zip 注油。她注油时的神态，显得非常专注和痴迷，脸上好像还挂着点笑容。

“你在干什么？”

“你甭管，一会儿就好了。”

“你摆弄它们干什么？”

“咱俩都是爱情的牺牲品！你说是吧？”

“我不知道，好像是吧。”我说。

这个女孩一心只专注往 Zip 里灌油，好像不想再说话了。大概一个小时后，她忽然叫我：“过来，躺在我身边。”

我犹豫一下，起身从沙发跨到床上。“躺下！抱着我！”女孩用命令的口吻对我说。

我躺下，然后抱住她，而且越抱越紧。这时，她腾出一只手把身边的 Zip 挨个打着，再将这些 Zip 稳稳地摆在我们两人的头顶和身体两侧。打 Zip 里腾出的火苗快乐地燃烧着，它们有时会碰到我们的身体，却似乎给我们带来一种前所未有的愉悦和莫大的灼烧快感。现在我和她都闭着双眼，一时间火舌猛烈舔舐到我裸露在外的皮肤，火烧火燎的疼痛霎那间刺入我的心脏。

"要烧着了!"我吼道。

"叫它们烧!烧旺一点。"女孩镇静地说。

"你疯了!"我说。

"他俩才疯了。"女孩平静如水地说。

"我受不了了!"我再次吼道。

"等一会儿,一会儿就好。"女孩说。

我真的被火烧着了,我迅速跳下床。燃烧的 Zip 被我碰倒。我以为女孩会害怕地喊叫。让我吃惊的是,她非但没有喊叫,突然把所有燃烧着的 Zip 全都弄倒——火立马烧着了床单,火苗一下子蹿起老高。这时女孩才从容地跳下床。火舌很快蔓延到了枕头和被褥。几十个燃烧的 Zip,顿时把床铺吞噬成火海。火越烧越旺,接着我触目惊心地看到,这个几尽癫狂的女孩将沙发上的衣物,橱柜里面的书、杂志、隔板、五斗橱的抽屉,还有她的化妆品、镜子、梳子、剪刀、毛巾……一切可燃不可燃之物统统扔进了火海。紧接着,她歇斯底里地把衣柜推倒在床边,把窗台上的电话机扔进了火里,把暖水瓶、玻璃杯、锅碗瓢盆、拖鞋、沙发靠垫全部扔到火海里……这个名叫金喜善的韩国女孩这才满意地拽着我跑出屋,跑到院子里。一支烟的工夫,小屋便罩在浓烟滚滚,火舌乱舞的世界里。

这会儿,天空也一下变得晦涩暗淡起来,大朵儿大朵儿的云块正往我们头顶上空聚集,赶在暴雨来临前,女孩领着我的手,冲出了密集嘈杂的人群。

闯入者

    夏雨、商意、苏珊娜和张娜拉，恍如我隔世梦魇里的鬼。

    没等我看清他们的脸，夏雨和商意就搂抱住苏珊娜亲热起来。坐在对面的张娜拉无动于衷，正直勾勾地盯着墙上挂的一面镜子，她是在看镜子里面的那只猫。我说，那是费老板的猫，别招它，凶着呢。张娜拉却装聋作哑没有理睬我。这时，不知夏雨还是商意故意把苏珊娜弄得尖声叫起来，我见到商意把手摸向苏珊娜身后，掏进她的后腰。

    你以为我不知道？张娜拉逼近我说。

    什么？你说的什么？我有点拘促地问道。

    那是一只野猫，她把手搭在我大腿内侧，又说，那只猫又不是老虎，不像费老板能把你吃得连骨头都不剩下。

    她的话一下把我说懵了，弄得我一头雾水。你说些什么？我搞不懂费老板干吗要吃掉我？我踟蹰地问她。

    当然是费老板的身子呀，她小声嗫嚅道，费老板的身子可软呢，多像那只猫。

    什么？我谨慎地问，难道你见过？

    我见过你们俩在这间房里……

    我抓了一下头皮，没再言语，转而像镜子里的那只猫，小心翼翼警惕着。

    过了一小会儿，进来两位侍者，两人陆续端进来两瓶黑方威士忌和六只高脚杯，高脚杯里荡漾着血红色艳丽的鸡尾酒，另外还有一大盘水果、一大桶冰块、一大堆听装雪碧和两打小瓶装嘉士伯啤酒，最后又摆上六支直筒形状的玻璃杯。

端这些东西来干吗？我没要啊，谁让端来的？我问侍者。

费老板让端来，让您和朋友们慢用。侍者答道。

可是我不认识他们啊。他们都是些什么人？他们不是费老板的朋友吗？我问侍者。

不知道，费老板说是您的朋友——其它我就什么都不知道了。侍者说。

来呀，伙计们，咱们先干它一大杯。苏珊娜挣脱夏雨和商意，粗野地说。

我这样以为，即便苏珊娜被夏雨和商意玩弄的那会儿工夫，她也是主动的，并未处于不利地位。这会儿她又举起自斟的半杯黑方威士忌一饮而尽，随后兴奋得像刚才一样又手舞足蹈起来。夏雨和商意也喝了杯中酒，跟苏珊娜一块儿摇头摆尾起来。跟着听到他们歇斯底里地吼叫声，至于吼的什么，我一丁点儿也听不清，我压根也没打算听清楚。这些既不是费老板的朋友，我又不认识他们，莫名其妙地就闯到我眼前，看上去就像刚打疯人院偷跑出来的疯子，委实让我心跳加速，忐忑不安起来。他们继续往嗓子眼儿里面灌着酒，这会儿，鸡尾酒已被他们扫荡得精光，一瓶黑方威士忌也见了底，说实在的，他们就像在沙漠里干渴难耐的罪犯，好不容易找到水源，便开始挥霍无度，毫无节制地在我面前争抢桌面上的酒，而且把酒喷得到处都是。

张娜拉跟他们三人截然不同，她闯进来后干掉自己杯中酒后，就没再碰桌上的酒，现在倒像只小鸟似的半依半靠在我怀里。我眼见他们三人一杯接一杯干掉兑了雪碧的威士忌，他们喝"威力加强版"的威士忌就像喝白开水一样猛。碳酸饮料与烈酒溶在一块儿便翻江倒海般腾上来无数细小气泡，眨眼工夫全被他们倒进了胃里。我把张娜拉的小手举到眼前，看她那块卡地亚腕表，夜光表盘上分针和秒针分明都在走，而我意识里看到的却是，秒针每往走一小步，分针就退后一大步。还有张娜拉那张合不拢的小嘴，总是说些似是而非的话，像

闯入者

在梦里对我嗫嗫喏喏，嘟嘟叨叨。

那一刻，费老板的猫一直寸步不离那面镜子，奇怪的是，我能够在镜子里看见它，却看不见自己，而它却能在镜子照得到的视野里，看到我们的一举一动。

这是三年前的一个晚上，我独自一人跑到三里屯一个酒吧间。一进去我就选了一处昏暗的位置坐下。接着费老板的猫看见了我，径直朝我走来，我抱起它摸了一会儿，然后把它拥在怀里。

二八月闹猫，费老板过来说，小心被它咬到。

呃，是吗，我把猫举到眼前，警惕地说，那我可得小心你点儿，前些日子我刚被前女友咬过，可别再给你咬了。

后来，那只猫随费老板拐进刚才那个包间。

来吧，看情形今天晚上人不会多。费老板说。

我跟她走进包间，难为情地说，我待上一小会儿就走。

喏，后悔啦？

不是，我来是和你见最后一面。

那你先坐，费老板善解人意地说，等一会儿我过来。

还是上回那个房间，走道右手的第二间。费老板一走，我坐在靠门口的沙发上，把门敞开一点缝隙。今晚喝酒的人确实很少，吧台前高脚凳上只坐着一对外国男女，他们慢慢呷着杯里的酒，慢慢欣赏着一个红毛歌手唱的外国歌曲。虽然歌手唱得挺卖力气，但听上去总觉得不像那么回事。

那只猫老是缠着我，总想往我怀里钻，我轮番几次把它拨弄到边上，可是它还磨磨唧唧地在我周围打转让我抱。后来我抱了它一小会儿，放下之后，这才乖乖地溜达到镜子那边去了。我一边看着镜子里面的猫，一边想着无关紧要几件事只等费老板回来。想起上回也是在这个房间里跟费老板度过销魂的一宿，完事之后，虽然我并不后悔跟一个既素昧平生又长自己二十几岁女人发生的一夜情，但接连数日都让我感到有点后怕。之后又过了好长一段时间，才消除我内心做贼心虚的顾虑。事实上直到现在也没有发生让我后怕的事情，虽然这件事完了，但我心里一直没有放下这个身处风月场的费老板。其实她是一个很正经很好的女人，我心里就是这样想的。自打上次一夜情之后，我还是头一次再到这里来，不过这次来的目的，我只是想跟费老板小坐一会儿，聊会儿天，再告个别，告诉她明天我就要出国留学了，以后可能不会再见了。

这时我听到外面开始上人，从门缝望去，几个牛逼哄哄的老面孔领着几个新面孔正落座酒吧前高脚凳上。他们坐定之后，费老板殷勤地上前去招呼他们。现在那个歌手又唱起费翔的"一把火"，一下子就把这些人的气氛调动起来。不一会儿，一升一扎的黄啤和黑啤陆续摆在他们眼前，有一个带头的举起扎啤先吞下一大口，然后站起身，搂住费老板在她娇嫩的面颊上狠劲儿亲了一口，在坐众人立马哄哄起来。而费老板也面带悦色，连推带搡挣脱亲她的那人绕到了吧台里面。我寻思半天，这会儿费老板该招呼完客人来我这儿了吧？顿时，打我心底产生一种莫名其妙的孤独感。我舒缓了一口气，然后转正身子，虚掩上门，抬起头工夫却猛然看到对过的墙上怎么多出一面镜子？对呀，刚才我不是一直看那只猫在镜子里面徘徊么？怎么却没意识到这面墙上多出一面镜子？难道上次跟费老板在这儿亲热，它就呆在那面墙上么？可当时我怎么没有注意到呢？说来，我从小就讨厌照镜子，因为我从小就知道自己长得其丑无比，所以直到现在都讨厌照。更何况，这次又是跟人干那种事，在镜子里多难堪呢。我站起身，走到镜子前，也就一瞬间，我好似被催了眠似地盯住了我自己。我赶忙闭上眼睛，可是从昏暗无光的镜中世界我还是能够清楚地看到我的嘴脸、眉毛和眼神，甚至连身上各个有效器官都照得一清二楚。我还能看到什么呢？在欲望驱使下，我意识到我已误入了镜中那个与现实世界平行的另外一个世界中，我成了那个世界中纯粹而唯一的物种，并且亲历了镜子与我之间的割裂与巨变。这当中，更加让我忧患和忧虑的是，我平生第一次感到了光的忧郁……恰逢此时，光芒一闪，一个似幽灵的女子，沿着光源，打破了镜子里面的寂静，闯入我的世界里来。

我先是愣了一下，再一愣，紧接着一个女人随撞开的门冷不丁扑

89

闯入者

向我，当时我头发根都竖了起来！她浑身充满酒气，像洪水猛兽一般朝我凶猛地扑过来……

张娜拉是第一个闯入者，一进来就扑向我，我躲闪不及，一下子被她扑倒在沙发上。我不知所措地将她往旁边推搡，后来她还是硬生生地搂住我脖子，憨皮赖脸地坐在我腿上，而且她的胸脯也朝我脸颊贴来……我被这意想不到一幕吓得不轻，正浑浑噩噩错愕时，费老板的猫"喵——哇——"一声突然蹿上我肩头，当时我都能觉到，它那愤怒的小脸是如何怒视那张意乱情迷的脸，紧接着猫伸出猫爪上去就要抓她。亏了我手疾眼快，挥手将猫拨弄到一边，否则她非得给猫抓破了相，这时她下意识地从我腿上抬起屁股。也就在这一瞬间，我忽然看到她裸露出来的两只乳房，就像两座浑圆的小山似的，正在黑暗中以不寻常的速度抖动……随着她起身，她那柔软凹曲的腰肢就像山峦之巅奔泻而下的流水，瞬间流到我眼前，整个身体也随之逼近我。这时她不忘将手中满满一杯"血红玛丽"喝得精光。待我还没有醒过味儿来，她迅速甩掉脚上的两只高跟鞋，一前一后朝费老板的猫飞去，只听见高跟鞋叮咣两声砸中了墙上的镜子。尔后，女人这才软绵绵地倒在沙发上，头再次枕在我腿上。

镜子里那人是谁？她迷迷怔怔地问我。

我舒缓了一下神经，由刚才错愕到现在不怀好意地看着她，但又怕碰到她，我把手矜持地高举过头顶。她还在问，镜子里面的人是谁？可镜子里哪里有人呢？她可能是在问我我是谁？而她的问话恰恰给我的感觉是，她根本就没认为我存在，可以说我是她呼出来的酒气，而不是人。后来我终于弄明白，她想问的是那只猫。对，镜子里面是有一只猫。她微张着眼睛，明确地告诉我她想弄清楚镜子里面的猫是不是我？

数秒钟之后，我猛然意识到，该把她撵走，赶紧。

我正思忖如何尽快把她撵走时，她突然坐起身，扬手打了我一巴掌！巴掌正中我左眼，这一下她可真把我火气勾了上来。我火冒三丈地捂着左眼恨不得立刻把她干了。而我正要挥手，她却翻个身换了个姿势趴在我腿上。

这时，苏珊娜、夏雨和商意也闯了进来。我原以为他们都是费老板的朋友。可是马上又觉得不大对头。新闯进来的三个人情绪几近失控，没等我看清楚他们的脸，他们三人就旁若无人地堆倒在沙发上，夏雨和商意一同搂着苏珊娜猥琐起来。这会儿张娜拉无动于衷，正死盯墙上的那面镜子。我说，镜子里面的猫是费老板的，凶着呢。没过多久，新闯入的三人又开始大呼小叫起来，苏珊娜挣脱他们俩，站起身拧开上衣几粒纽扣，猛然低下头，随外面暴躁的乐声摆动起她的长发来，随着摆动加剧，这个女人似乎疯狂了，而且越来越疯狂，到了癫狂程度。我觉得屋里的一切都随女人的长发飘了起来，一切都像要爆炸似的可怕。过了好一会儿，他们三人逐渐平息下来。苏珊娜气喘吁吁刚倒在沙发上的时候，又尖声惊叫起来，我看到商意的手掏进了苏珊娜的后腰。

……

我见过你们俩在这间房里……

……

过了一会儿，两位侍者端进来酒水、冰块和果盘。苏珊娜又主动让夏雨和商意抚摸了自己一会儿，之后他们一通畅饮狂欢起来。三个人粗野地叫着闹着，我的心脏命悬一线般局促不安加速地跳着。

事实上，这让我瞠目结舌的一幕，细想起来就像是再引诱我钻入某个设计好的圈套，或者至少说是让我有一种上当受骗的感觉。当时我是唯一有理智和清醒的人，我也多次冲他们大喊：你们他妈的都是谁!? 都给我滚出去! 可是没有一个人搭理我。

我一个人傻呆在房间的最暗处，就像那只傻呆在镜子最暗处的猫。他们胡作非为如入无人之境，只有酒精才能唤醒他们的欲望。现在酒精彻底把他们麻痹成涣散的、神头鬼脸的模样。后来我不再让他们滚出去了，我把嘴巴闭上，静下心来，像个侦探似的挨个打探他们的举止和行为，甚至还观察他们呕吐时的表情。他们的游戏一直在进行中，好像没有停下来的意思。而我越来越觉得这是一个彻头彻尾的圈套！有人蓄意要害我请我入瓮。现在只有费老板的猫显得一脸轻松，虽然它也像个侦探一直在观察。

侍者又推门送进来一大堆酒水，并且狡黠地冲我们扫视一番，然后迅速离开。这时，打我左侧传来一声猫叫，像是闹猫时的叫声，同时我听懂了那叫声，她是在说，我叫，叫苏珊娜，你你，们俩，俩人是是谁？

我，我是，是张娜拉。张娜拉懒洋洋地撑着我大腿说。

女人简短对话就像黑暗中听到杀人蜂隐隐在叫——

他他，呢？你旁旁边，边那个？苏珊娜踉踉跄跄地问张娜拉我是谁？

野猫，的——主人呗。张娜拉惺忪地说。

那，那你你，你也是野，野猫，的主人？苏珊娜抬起头问我。

不是！我斩钉截铁地说。

不是，不，是，什么？苏珊娜把食指放入口中，挑逗我说。

那只猫不是野猫，我也不是它主人！

唔，唔唔，呵呵，呵呵，那好，好啊，知道啦。她把手指伸出来，去够桌上的酒。

那好好啊，我们一块，喝，酒——，难得喝，喝，到一块儿，好，好啊，我们一块儿——干，干杯！

我才才是猫！张娜拉吞下一拇指不加冰的威士忌，郑重其事地说，我，才是女，女猫王！

操，操！女，女猫王！好，好啊，苏珊娜晃着脑袋说，大家家伙儿，一起，起，干，干了，为咱咱，咱们的，黑黑，猫警长，庆生！还还是，是一个个女，女的！

我，我叫，叫夏雨，一个小子冒出头说，算我，我一，一个，干，杯！

我是，是，商商意，不，不是上上，上衣裤裤子的，上上衣，另外一个小子说，我们，一一，起干！

她是谁？是你们一块儿的么？我指着张娜拉问苏珊娜。

我，我，怎么，怎么知道！苏珊娜说，她，她跟你，在，在一起，我，我怎么会，会知道？

我是猫咪呀，喵——喵喵——我是黑猫警长太太！张娜拉突然拉长脸清醒地自我介绍说。

你们到底都是些什么人啊!？我口干舌燥地咆哮道。接着举起酒瓶灌下一大口威士忌。我彻底被激怒了。

后来才知道，大概一个钟头前，苏珊娜走错了厕所，在男厕所遇见了夏雨和商意。他俩被苏珊娜瀑布般的头发给迷住了，然后他俩像揉搓女人身体那样揉搓她的头发，她还跟他们两人亲吻，然后就闯到我这里来了，其实事情就是这样简单。可是张娜拉，她又是谁呢？至今我也无从知晓。反正她跟他们仨不是一回事。自始至终张娜拉只依偎在我身边，一会儿躺在我腿上，一会儿又搂住我脖子低声絮语。后来他们仨出现了，看见他们猥琐在一块儿，便三番五次让我给她捉住那只猫，许给我像他们那样跟她做爱。

我哪里是猫的对手！张娜拉说完，我呆着没动。猫就在我身边走来走去，可我不想逮住它，因为我没兴趣跟她做爱。当猫出现在镜子里面的时候，我发现张娜拉也在照镜子，可令我惊诧的是，我能从镜子里看到猫的脸，却看不到张娜拉的脸。

再来一瓶沃特加！还要威士忌！再来点儿他妈的雪碧！我走出房间冲侍者喊。回过头，苏珊娜就站在我身后正冲我炫耀几粒圆嘟嘟淡青色的小药丸。我接到手，把可爱的小家伙儿们聚拢到手心，然后迅速送进嘴里，一仰脖，小家伙儿们顺势滑入我喉咙——一秒钟、两秒钟、三秒钟，数秒钟之后，呵呵，我喉咙里突然感到膨胀、苦涩、乃至剧烈疼痛，像是一把匕首插进我的喉管里——一下、两下、三下……当我数到二十的时候，一阵天旋地晕伴随恶心而来……我蹲在地上干呕了半天，一个钟头之后，我看到房间里所有的东西都飘起来了，猫在最上面，它脱光了毛发，祖露出女人的胴体。而且镜子也不再是镜子了，镜子长出了乳房，长出了跟我一模一样血红色蠕动的心肺，以及内脏器官，我明明看见它们都在啃哧啃哧有力地跳着。我站起身，走到镜子前，我开始摇头，剧烈地摇动起脑袋，我能够让它疯狂地摇摆，而且越来越快，越来越潇洒自如地飘。我还发现世上一切光源都聚焦在我身上，我身体内部各个器官被众人看得一清二楚。与此同时，我得意忘形地步入我的世界，这里再没有让我感到死寂般的孤独。我确信世上的一切现在都为我一个人所拥有……

快天亮时，我们喝光了一切能喝的东西。

再来点威士忌。苏珊娜说，随后她脱掉了全部衣裳。

嗯——我也想再来点。张娜拉说，她也脱掉了全部衣裳。

最后轮到我、夏雨和商意，我们衣裳被她们剥得干干净净。我们一块儿光着身子，把冰块玩命往嘴里填，然后大口大口嚼着——

不要冰——不要冰！拿酒来——快去！那只该死的猫呢？快去——快去给我们拿酒来——女猫王黑猫警长太太说。

红　松

　　米莉来看我。植树节那天我正要在自家的院儿里栽一颗树。树是公园或街道边常见的那种松树。是我从郊区的一个苗圃买来的，在买的地方我雇了辆三轮车然后把它拉回来。蹬三轮的是一个年轻小伙儿，他挺热心，帮我把树拖进院儿里，临走时也没顾得上喝口水，索性我多给了他点儿车费。这当口米莉来了。

　　这树从哪儿弄来的？米莉一上来就问我。弄它干吗？

　　我跟艾嘉离婚那年，米莉刚过完十二岁生日。我和艾嘉离婚后十年里，一直没有见过面。

　　大概四年前一天下午，那还是我跟艾嘉离婚后第一次见到米莉。米莉突然出现在我眼前时，吓了我一跳，我都快认不出她了。米莉的变化可真大，长得像大姑娘似的。

　　那天下午她陪我坐在院子里，我呷着衡水老白干，我们一直聊些她上学和考试成绩的事。有时她话里也带出点儿她妈妈的事，都都是些芝麻大的小事，我想她是故意说给我听的。到了晚上，我想留她吃饭，可是她说还有事情要办，说完起身就走了。之后，我一直盼着她再来。直到前年，隔了一年，米莉才第二次来看我，来的那天她对我说——

　　她说，我妈现在还一个人，你们有没有打算复婚？

　　她这么一问，把我见到她时的好心情弄得烟消云散，刚倒好的二

两老白干也被我一饮而尽，然后我对她说，

是你妈叫你来问我的？

不是，是我这么想的。

我沉思片刻，说，其实你没必要管大人的事。我跟你妈的感情早已偃旗息鼓了。现在大家各过各的，过得不是也很好？

米莉又说，假如这是我妈的意思呢？

我说，那跟你也没关系，你已经长大了，照顾好自己和你妈。现在复不复婚有啥意义？

米莉停顿一下，说，如果真是我妈的意思呢？

我重新把二两一杯的老白干斟满，说，我了解她，比任何人都了解她，她不可能有复婚的想法，那是不可能的事！

说完之后，我小口呷着白酒。米莉默不作声地坐在那。

后来米莉问我，当初你们为什么要离婚？现在又都没有再婚，怎么就不能重归于好？

我没有作声，闷头把剩下的酒喝完。

我妈想见你一面。她病了，卧床不能动弹了。要走的时候米莉才团着脸说。

那你赶快回去吧。有时间我去看看她。我说。

等一等，以后你也别来了。出门前，我又叮嘱她一句，然后又斟满酒。

米莉背冲着我，扬起手臂抹了一下眼睛，头也不回地说，我还会来的！

米莉前年一走，去年没有再来。我以为她永远不会再来了。直到今年开春，绿上枝头时，她又来了。

米莉站在我身边，我没告诉她树是从哪儿弄来的。我盯着躺在院儿里的树，正为这棵树伤脑筋。

米莉主动上前帮我。她帮我扶起树，我们一块把树挪进我事先挖好的坑儿里。她挺卖力气，干起活儿来像个小伙子。松树挺不好摆弄，松针扎在她手上和脸上，她就这么不管不顾地为我扶着。趁她还坚持得住，我抓紧往坑里填土。后来松树终于自己能够立着了，我用脚夯土的工夫，她进屋找来洗衣服用的塑料盆，跑厨房里面去接水。

我听见哗哗流水的声音，工夫不大，米莉端着满当当一盆清水走到树前，我帮她担起盆的边沿，我们俩一块儿把水倒进树坑儿里。跟着水冒起泡瞬间被树根一饮而尽，就像刚出世婴孩喂奶时，还发出吱吱吱吱的声音。米莉跟我前前后后忙活了两个钟头，最后米莉又帮我扫干净院子，这才恢复往日的平静。

后来米莉帮我搬出我那把老掉牙的藤椅，我靠在上面，米莉又找来一个小马扎就坐在我对面。

又是你妈让你来的？我问米莉。

不是，米莉说，其实上次、上上次，她从来没有让我来过。

……

我妈去年去世了。米莉坐在小马扎上低下头难过地说。

我听后没有吭声，回屋打开一整箱衡水老白干从里面取出一瓶。

你就跟我回去一趟吧，爸爸——。米莉用恳求的口吻说。说完，米莉委屈地抽噎起来……

你妈去世前跟你说了什么？

没有，什么也没有说她就走了。

米莉说话时泪眼朦胧地盯着落在院儿外不远处的几只麻雀。它们好像不慌不忙地在熟悉着周围的环境，然后蹦蹦跳跳地向我们这边试探性地走来……

我终于长大了，米莉望着麻雀说，可我妈却走了。

我想让你陪我给我妈选块墓地。米莉说着眼泪一个劲儿地往下掉。

我站起身，把藤椅挪出阴影，挪到太阳光直接能够到的地方，然后坐下来。那瓶白酒还撂在原先的地方，我忘记把它拿过来。

艾嘉去世这件事没能让我落泪。

当初，我把艾嘉比作天上无数云中的一朵。我问艾嘉，你看，天上的云有的看上去轻一点，有的云看上去重一点，有的看上去像是涂了一层颜色，有的又是那么洁白无暇，你是她们中的哪一朵呢？……在我眼里，我肯定把艾嘉看作无数云中最轻最白最好看的那一朵。这是上初中时候的事。

上高中二年级，我和艾嘉被学校劝退了。

辍学后我们各自在家赋闲了几年。后来，艾嘉在靠近县城的一家酒楼找到了一份端盘子工作。而我被家里扫地出门之后，就离艾嘉上班不远处租了一间带院儿的小平房先住下来，就是我现在住的这间。

那时，艾嘉每天要干到酒楼打烊才下班，然后还要去一个叫"勿忘我"的迪厅去当招待，也是端盘子的活。就这样，我每天在"勿忘我"等到深更半夜，艾嘉就跟我回到我那个小窝儿去。

那时，我整天游手好闲，没心思去找活干。另外，艾嘉老是能从"勿忘我"偷出若干小瓶装的洋酒，像龙舌兰、金酒、白兰地、白朗姆酒，等等。闲着没事时，我就把它们一个个打开来干掉，喝得一个不剩为止。

再后来，我们领了结婚证。不久，艾嘉怀孕了给我生下个小米莉。

有了米莉，我就以照看孩子为由天天宅在家里酗酒。有一回出了点小差错，差点要了小米莉的命，这都因为酒惹出的祸。

那天大清早，艾嘉去酒楼上班前，我们因为屁大点儿的事情动起手来。最终我狠狠把她揍了一顿，她跑出去之前，把我的酒当着我的面全给砸了，碎瓶子渣摔得到处都是，满屋弥散着酒气。

她蹲在大门口哭了大半天，我没去管她，后来她就消失得无影无踪。她走后我一个人坐在院子里面，一口气干掉手头仅剩的一瓶沃特加。你不知道那种感觉，靠在藤椅上，往喉咙里面灌着酒，人活着的时候，唯一的好东西就是酒，一闭上眼睛，就能叫你拥有意想不到的收获。

整整一上午，小米莉既没有哭也没有闹，怪安静的，家里除了我就像再没有别人，一切都出奇的静。

其实，酒精作用不光让人醉，还能在迷失自我瞬间突然清醒起

遗落是风

来。当我从藤椅上突然跳起来时，我猛然意识到，米莉呢？坏了！我的小米莉呢!？我立马感到不好，像是大祸临头的感觉。我站在那儿木讷半天，打艾嘉走后，小米莉一直都没有出声……

我跑进屋，等我发现米莉歪歪着小身子一动不动躺在床下时，她的手和胳膊都浸在一泊血里。当时可把我吓坏了，我忘记是怎样把小米莉从床下弄出来的，只记得她原本红扑扑的小脸蛋儿，已变得冷冰冰煞白得可怕。我摸她的脸蛋儿想唤醒她，可是她一丁点都没有反应，我想，小米莉啊你千万不能死掉！

……我跟艾嘉动手时，吓得小米莉钻到了床下，那些碎瓶子割破了小米莉的手腕，像割腕一样，血从小米莉身体里慢慢流出来。

艾嘉跑到医院时，米莉还在急救。艾嘉像个死人一样默不作声地守在手术室门口，我坐在离她不远的另一侧低头看着地。后来，一个小护士打手术室里面跑出来问谁是孩子的父亲？我说我是。小护士就立马领着我去抽血。小护士说要抽我800CC的血输给孩子，我当即说没问题抽多少我都愿意，这是我当父亲义不容辞的事。

来到诊室，护士先抽取我一小试管血拿去化验。问题就出在这一小试管血上——工夫不大，化验结果一出来，小护士就拿着化验报告问我，你真是米莉父亲？我说那还有错！我不是谁是!？小护士犹豫一下似乎不太情愿让我知道，我的血型与米莉血型不配！也就是说，米粒跟我没有血缘关系！……听完，我顿时懵了傻了眼。

一晃，米莉长到十二岁，十几年，艾嘉一直坚称，米莉绝不是别人的，就是跟我亲生的骨肉！那时没有DNA，我虽然无法取得这方面证据，但我咨询过医生也看过这方面书籍，无论如何艾嘉也是抵赖不了的。后来我不想再跟她争执，便从早到晚麻痹在酒精里，想从酒精里印证那些说不清楚的事实全是我的幻想，米莉就是我亲生的骨肉。

在米粒刚过完十二岁生日的转天，我跟艾嘉离婚了。

这次来我只想让你陪我给我妈选块墓地。米莉刚才的泪珠已经收住，这时又像断了线的珠子往下掉。

我站起身，把藤椅挪出太阳光直接能够到的地方，挪进阴影里，然后一屁股坐下来。我举起刚才忘记拿过来的那瓶白酒，瓶口对在嘴边，一口气吞下半瓶，现在我的味蕾明显已锤炼得麻木不仁，因为我还有意识把剩下的半瓶酒撂在原处。

我最后一次跟米莉对答是这样的——

你妈临走真的什么都没有对你说？

没有。她态度冷冷地最后一次答道。

临走，米莉把我屋里全部白酒都折腾到了院儿里，像她妈一样，在我眼前启开全部酒瓶子盖儿，再像对准我的喉咙，把整瓶整瓶的白酒都倒在了树坑里……顷刻间，整棵树，从根部到树冠，连同扎人的松枝，都变得红彤彤娇艳似火，像着了魔似的醉了。

兵不厌诈

那天是礼拜天，白红旗和王杰平一路跟踪、踩点，最终摸清萧伯纳的行踪和他在大同的家。萧伯纳的老婆早已带着刚满月的儿子，呆在大同家里等萧伯纳从太原回来。可是谁也没有料到，这个礼拜天，竟是萧伯纳一家五雷轰顶的日子。萧伯纳刚刚踏进家门，白红旗的一只脚就伸了进来，夹在门缝当中，紧接着白红旗四肢用力，前冲，将房门撞得大敞四开。白红旗这一猝不及防的闯入，委实吓坏了正抱着孩子从里屋出来的萧伯纳老婆。女人大叫一声，便原地定住动弹不得。与此同时，萧伯纳也吓了一跳，还没等他俩回过神儿，白红旗一个箭步跨到女人面前，将婴孩一把夺到自己手上，然后高高举过头顶，歇斯底里地喊道：

"快把钱给我，要不然我可就摔啦！——"

当初，我可不是这样嘱咐白红旗和王杰平的。

幺爻辞亲口对我说过，那四十万，我要是有本事讨回来，就全部归我，算是给我也开个公司的启动资金。我心里明白，这点儿钱对幺爻辞来说算不上什么，我讨回来归我，算是我跟幺爻辞多年的交情。讨不回来，权当我白玩儿，损失也不会跟他计较。

望远镜是在长途汽车站门口买的。那天天气热得很，我皱着眉头站树荫下等王杰平。这时，一辆"红字"打头的长丰猎豹 SUV 开到我面前，一个上身穿绿色军褂的小伙儿打开车窗探出头，手里挥着一架望远镜，对我说：

"兄弟，军用望远镜，带夜视功能，给点钱就卖，要不？"

小伙儿长得挺斯文，大热天的军纪扣扣得严严实实，不像是社会上的骗子，但是怎么看，也不像个正经八百的军人。而后，我瞄了一眼他军褂上面的肩章，肩章已被扯掉，扯掉的地方针脚上还明显挂着一点儿黑线头，其他我就什么都看不出来了。

"什么价？"

"给钱就卖。"说着，他将望远镜端在我眼前，手捂住镜头，像盖上镜头盖似的。我接过望远镜，朝里面望了一小会儿，真的很神奇，俨然被他的手捂住的镜头，居然还可以看到里面的景象，我所目及的一切，一下子都拉近到我眼前，显得异常清晰和真切。

我掂了掂，感觉到挺沉，我又假懂行似的，再次将望远镜抵在我的眉毛上。突然，有一个撑遮阳伞的女人从我身边走过。说老实话，我还是头一次从这么近甚至更近的距离观察一个女人的背影，同时浑然不觉地将望远镜对准这个女人的屁股。

我翻遍口袋掏出六十五块钱。

"就这些？大哥。"小伙儿皱着眉头说。

"就这些。"我也皱了皱眉头说。

小伙儿二话没说，伸手接过钱，然后脚下紧踩油门，SUV 真就像撒欢的猎豹，眨眼工夫就跑得无影无踪。

王杰平是幺爻辞叫来的人，陪我一起去讨债。我虽然不认识此人，但我明白幺爻辞安排此人的目的，无非是想盯着我点儿，干点儿给幺爻辞通风报信的事儿。反正，幺爻辞答应过我，钱只要讨到手，就是我的，就归我开公司使用。至于多一个少一个人，对我来说都无所谓，反倒成了我一个帮手，我又何乐而不为呢。况且，幺爻辞把王杰平吹嘘得天花乱坠，说他智商如何如何地高，说此人极其聪明，是一个绝对靠得住的人，对我会有很大帮助。

王杰平风风火火地赶来，看他面相，看不出他有何出众的地方。

他接过我手里的望远镜，不屑地看了一眼，"从哪里弄来的？"他问我。"就在这儿，等你时刚买的。""哦，这么巧，天底下真有这么巧的事。"王杰平说完，呵呵直乐。"什么这么巧？你笑什么？有什么好笑的？"我诧异地问。"哦，就是好笑。明天早上你就知道了。""知道什么？你最好早一点儿告诉我。"王杰平没再理我。买长途汽车票时我又问过他几次，他都把话茬引到了别处。

我们专门买了夜里最后一班开往太原的长途汽车票。上车之后，看见大家都在睡觉，我跟王杰平也无话可说，闭上眼睛，一会儿工夫就昏昏沉沉地睡着了。长途车开了一整宿，转天早上七点多钟，我们就到了太原市中心的长途汽车站。我拎着行李刚走出车站，王杰平就让我别动，"等着，"他说，"还有一个哥们儿，跟咱一道儿去，也在这儿下车。"

不得已，我又困又乏耐着性子边等边听王杰平讲他哥们儿的事。

王杰平把他哥们儿吹嘘得神乎其神。说他是如何如何骗走乡亲们的钱，之后去炒股和买彩票，结果赢了一大把钱，最后又是如何用这笔钱在村里筹办大学。听到这儿我都想笑，这种人还想办大学，自己可能连小学都没过关吧。后来咂摸咂摸滋味，觉得不太对劲儿，接着心里就凉了一大截，不等王杰平说完，我就郑重其事地对他说：

"咱们这次去可是去讨债的，不是去打劫，咱是有备而去，我手里可有凭有据，你懂不懂？"

王杰平是个绝顶聪明的家伙，他马上换了一种口吻说：

"听着，我还没讲完呢，我这哥们儿既能骗钱，又能为人消灾去祸，你就等着瞧吧，准能帮你把钱要回来。"

接着，他又聊起他哥们儿如何帮农民工讨回血汗钱的事儿。提到讨钱，这跟我此行还靠点儿谱。为了让我放心，王杰平不住地宽慰我：

"讨个百八十万，我哥们儿都没当一回事，何况你那几十万，对他来说小菜一碟，算不上什么正经业务，也就算帮咱一个小忙，一起玩玩罢了。真的，你就把心放在肚子里吧。"

"不是我不放心，如果你哥们儿是道儿上的，就怕他给咱惹麻烦呐。"

"不是道儿上的，他来干吗？不是道儿上的，怎么能把钱要回来？不过你放心，他有的是办法。"

等了快一个钟头，王杰平倏然站起身朝远处打了个招呼。"他来了。"王杰平洋洋得意地说。

我马上就认出王杰平哥们儿，他就是昨天卖给我望远镜的那个家伙，事情就是那么巧，他居然还穿着昨天的军褂。他走到我们跟前，王杰平把望远镜递给他，

"喏，嘿嘿，"他接过望远镜……我发现他跟王杰平对了一下眼神，俩人四目放电般地亮了一下。

王杰平跟他哥们儿走在前面，我在后面听见他俩在小声嘀咕。后来，我问王杰平："你俩一直嘀咕什么？"王杰平非常藐视地说："他说你傻逼……"

"什么？他妈的！"我骂道。

"你不傻逼，谁傻逼？"王杰平慢条斯理地又说。

我狠狠地瞪了他俩一眼，俩人对我的怒火根本无动于衷。

"告诉你哥们儿，别净干偷鸡摸狗的事，动点真格的，算他有本事！"

原来王杰平的哥们儿叫白红旗。而我对他的印象从始至终都不怎么好。没过多久，白红旗就一改求我买望远镜时的衰样，瓮声瓮气还不时带出脏话地跟我攀谈起来。他还解开军纪扣、挽起袖口，故意亮出从脖颈到手腕的纹身。说老实话，这还真让我心惊肉跳了一下。

"这是太原最牛逼的洗浴中心了。"出租车司机把我们带到一家洗浴中心门口说。

我们三人下车，不约而同仰头看了看被氧化黑了的"盛世华堂洗浴中心"几个铜字牌匾。

对，就是这儿。合同上公司地址后面的括号里还特别注明在这家洗浴中心对过。

"你们别介意，不是故意要让你们住洗浴中心，而是欠咱钱的这

家公司，就在对过这座写字楼的六层。"我解释道。

王杰平和白红旗顺我手指方向，朝洗浴中心对过写字楼望去。

"住宿随时可以洗澡，不另收费，想健身地下有台球室……按摩另收费，先议好价。"接待我们的女服务员介绍说。

"三位住三人间比较实惠。"女服务员又说。

"先看看房间再说。"王杰平说。

我扫了一眼比我家客厅大不了多少的大堂。大堂正中间摆放着几盆垂死的摇钱树。大堂的四壁和房顶又脏又破，还潮得很。房顶都被潮气沤得长满让人恶心得不行的绿色小斑点。墙角处有一张似乎被上万人坐过的杏黄色真皮沙发，现已变成令人作呕的黑油亮颜色。

女服务员带我们深一脚浅一脚走在毛茸茸的楼道地毯上，让人浑身直起鸡皮疙瘩。楼道唯一一扇通往外面的窗户，射进来的光线，正好能让人看清楚，长在地毯上绿绒绒的长毛。可能是为了通风，楼道尽头有一间房门是敞开的，从外面也能看到屋里的被褥、桌子、椅子、床铺、床头柜，也居然深陷在绿色的长绒毛当中，就好像里面的家具和被褥，都是长了长毛的怪物。

"这是最好的一间了。"女服务员打开二楼的一个三人间说。

王杰平和白红旗一前一后走进屋，我和女服务员站在门外没有进去。

"可以把三张床横着放，变成一张大通铺。"我冲女服务员挤挤眼开玩笑说。

"不行，楼层太低，'华'和'堂'两个字正好挡住对过写字楼的大门，"白红旗煞有介事地说，"到上面一层再看看。"

"上面住进客人了。"女服务员说。

"那么再往上。"王杰平说。

"再往上是顶层屋脊间了，房顶是两面斜脊，会碰头的，而且特别热。"女服务员一边说，一边带我们登上顶层。

没想到脊间里住着一群小姐，她们懒散地被服务员哄出屋，我们这才猫腰走进这个类似窝棚的脊间。进去后，我立马闻到一股呛人的劣质化妆品味道。

兵不厌诈

"就要这间。"白红旗果断地说。

"这可是四楼啊，兄弟，"王杰平说，"一旦有情况，这么高，可耽误事啊？"

"那就往下跳！"白红旗不眨眼地说，然后走到窗前推开窗户，趴头往下面张望。"我就从这么高的地方跳下去过。"白红旗又逞能地说。

"那好，你们哥俩就睡这儿，"我说，"除了小姐，费用全算我的。"

"那你睡哪儿？"王杰平狡猾地问。

"太原我有朋友，在监狱局工作，让他在监狱里给我开个房间，一块儿去吗？"我半认真半开玩笑地说，主要想震一下这个不知天高地厚的小子。

其实来太原讨债，这事决定得挺仓促。至于幺爻辞被人骗走40万的事，我也是前不久陪幺爻辞去了一趟北京才知道的。

记得上北京那天，天冷得要命，倒春寒的冷风把我们俩吹得透心凉，可把我们给冻坏了。幺爻辞个子矮小敦实，长着一张典型南方人的脸，跟我这个北方大汉站在一起，不怎么显山露水。幺爻辞跟人家约定的见面地点在使馆街附近的一家上岛咖啡。幺爻辞说这个地方好找，不常来北京的人一打听就能找到。

我和幺爻辞早早来到上岛咖啡，聊了一会儿天，这时幺爻辞的电话响了："上岛咖啡二楼，对，上来吧。"幺爻辞刚撂下电话，就听见噔噔噔上楼的脚步声。

工夫不大，两个年轻小伙儿，一前一后走到我们座位前。"幺总让您久等了。"走在前面的高个小伙儿俯身握住我的手寒暄道。

我没有站起来，幺爻辞事先嘱咐过我，对来人一定要保持警惕，还有要沉住气矜持些。所以，我也没有笑，谨慎地跟小伙子握了握手。跟在后面的小伙儿也上来冲我和幺爻辞点了点头，算是认识了，然后坐到我们对面。

跟我握手的小伙儿先自我介绍说："我叫萧伯纳，他是我的合伙人，乔强。"

接下来，萧伯纳就自命不凡地讲起他和乔强创业的事。幺爻辞始终没有插话，而我脑子里多半考虑的是待会儿怎么回家的问题。直到萧伯纳谈到马苏，这才让我有点儿兴趣。萧伯纳说马苏是北漂的，在北京挣了几百万，他们网聊时认识的。坐在一旁的乔强不时地点点头，萧伯纳夸乔强说："我这合伙人长的可不是一般人的脑袋，他都把动漫搞神了！还得过我们省动漫大奖赛的冠军。马苏要不是看在乔强是个动漫天才的份上，才不会跟我们合股搞公司呢。"

萧伯纳一边夸奖合伙人，一边在不停地按手机。我实在忍不住了，就问萧伯纳："你在给谁发短信？""给马苏。"萧伯纳说。

过了一会儿，萧伯纳又说马苏不仗义，之前说好了在北京见面，现在却连个面都不露！弄得萧伯纳六神无主。其实萧伯纳叫马苏来是要澄清一个事实：叫幺爻辞知道，他和乔强，甚至马苏，都不是骗子，都是正经干公司的生意人。

"再等一会儿吧，已经给马苏发了好几遍短信，他可能有事情耽搁了，我肯定他一会儿就来。"后来，萧伯纳又解释道："马苏在去年我和乔强正缺钱的时候，插足进来，跟我们一起在太原注册了一家畅游动漫公司。开头马苏这人够痛快，为注册公司一下子就投进百十来万，注册材料上写明，我当法人，马苏当总经理，乔强是监事兼技术总监，这都是马苏定的。"

接着，萧伯纳又算了一笔账：公司经营半年多，用于日常开支，包括人员工资、写字楼租金、办公座椅、网络等方面的开销，就花了近50万。后来问题就出在萧伯纳向幺爻辞订购的40万联想电脑、服务器和手写绘图板上。

幺爻辞跟他们见面就是想叫他们说清楚电脑欠款啥时能给！电脑供货合同是去年"十一"，他们两家公司在网上签的。按合同约定，转年，也就是今年春节前，货到畅游公司，之后30个工作日内将货款打幺爻辞的公司账户上。事情就这么简单，可是一直拖到现在，眼看春天过去大半，再往下拖，幺爻辞怕这笔款泡汤了。这事换谁，谁不着急上火？数月来，幺爻辞给萧伯纳打了无数次电话。萧伯纳终于答应并提出要在北京会面。原因是，萧伯纳认为，这笔钱该由投资方来出，投资方指的就是在北京北漂的马苏。另外，萧伯纳也想考察一下马苏的真实实力。可是马苏呢？马苏到底是何许人？他为什么投完资又不肯露面？这些问题，让萧伯纳和乔强滚轳辘车般地说了好几个钟头，也没有给幺爻辞解释清楚。反正到最后，马苏也没有出现。

幺爻辞突然站起身问萧伯纳："马苏不是给你们一百万吗？"

"注册时是有一百万，注册之后马苏就给转走了，"萧伯纳说，"最后留给我们60万用于启动公司的资金，刚才也算过花了快50万了，还有4万给你做了定金，其余的紧紧巴巴还不够我们日常开销呢。"

萧伯纳说完，幺爻辞也没再往下问。此前，大家各自点了简餐，现在都在闷头吃自己盘子里的东西……我正用面包擦盘子里剩下的鹅肝酱时，发现外面飘起了雪花，看着看着，就让我想起了窦娥冤——爻辞啊，老兄你怎么这么冤，赶上这么一个无头无脑的官司。

将王杰平和白红旗安顿停当，我再办理完入住丽华大酒店的手续，已是下午三点钟。今天可真是把我累坏了，一进房间，我就把身上的衣服全部扒掉，然后跑进浴室冲了个凉水澡。外面的天气就像下火，热浪一浪高过一浪，真的能把人给烤死。冲完凉，我倚在床边的太妃椅上，才觉得好受了些。

丽华大酒店刚开业不久，现在正搞酬宾活动。原价1600的大床房，酬宾期间打对折！虽然讨债费用全部由我掏，但我觉得住在这么好的地方，还是挺划算的。下午我舒舒服服地呆在房间里，躺在超级大的床上，享受中央空调吹来的凉风、冰箱里的饮料和啤酒，迷迷糊糊地看着电视节目……本来想等到六点钟去找王杰平和白红旗吃晚饭，可是这么一待，一直待到晚上八点钟，我就哪儿也不想去了，不想动弹了。最后我去二楼自助餐厅吃了一顿丰盛的自助晚餐，然后回到房间又泡了一个热水澡，晚上十点钟我就爬上床，很快进入了梦乡。梦里我跟白红旗为讨债的事而大打出手，我受了伤，跟着就噩梦不断，浑浑噩噩地一直熬到天亮。

早上起床我又上浴室冲了个澡，然后去西餐厅用早餐。我斯文地往烤得焦黄的面包片上抹黄油时，就在想，我怎么能跟王杰平和白红旗一样呢？我就该住在这儿，命就该如此。

快到盛世华堂洗浴中心，隔一条街，有一家名叫晋香居的早点铺，早上十点钟，早点铺门口还门庭若市。早点铺门外支着一口百年大铁锅，锅里熬着热腾腾的百年老汤，浑浊的汤上漂浮着几只不起眼的小肉丸子。大铁锅旁边还有一口油锅，一个老汉正把一根根又短又粗的油条下到油锅里……住在周围的老人、小孩，还有上班一族，都围在这两口大锅跟前，有滋有味吃着油条，喝着碗里热腾腾的百年老汤。看上去蛮不错的，我凑上前给王杰平和白红旗各买了一份。

我拎着八根油条和两兜儿老汤，跑上楼推开房门，便看见这哥俩还在蒙头大睡。我把他俩叫醒。俩人见我手里有吃的，便不管不顾地接到手里吃开了。我见他俩的吃相，心里就烦，甩手把剩下的油条扔到床上，转身下楼，到外面吸烟乘凉去了。

抽完两支烟，再回到他们房间，就发现掭马桶的掭子被立在了窗台上，白红旗正往上面绑望远镜。我觉得白红旗这点儿倒挺有心，他记住了我说的欠咱钱的那家公司就在对过写字楼的六楼，角上最大的一间。

待白红旗绑好望远镜，我走过去扫了一眼，然后宣布道：“咱们开始研究下一步的行动计划。”

“研究啥，冲进去给他俩揍一顿，钱就乖乖掏了。”白红旗说。

“那你还绑望远镜干啥？脱裤子放屁！”我说。

“呃，对过有个小娘们儿挺俊，我瞄瞄看。”白红旗说。

“甭瞎扯，说正经事！”我不耐烦地说。

“大楼里是啥构造？公司有多少人？”白红旗问。

“不知道。”我说。

“你啥都不知道，叫我来干啥？”白红旗说。

“别废话！我要是什么都知道，叫你来干什么？蠢货！”我说。

“你骂谁蠢货？”白红旗说。

“好啦别吵啦，都是自家兄弟，”王杰平说，“我先去踩点，你们俩等着。”

"也好，等你踩完点，回来再研究。"我说。

王杰平一个人去踩点，我跟白红旗在屋子里守着。没过多久，王杰平就跑回来，他把情况大致说了一遍：大厦有两扇门，前面一扇是转门，后面一扇是玻璃门。玻璃门直通楼后的自行车车棚。警卫室就设在玻璃门旁边的小屋里。大厦电梯只有一部，八楼到顶，每层楼道的天花板都装有摄像头。

"进他们公司了吗？"白红旗问。

"他们公司是钢化玻璃门，我从外面看，屋里还挺宽敞，人也很多。"王杰平说。

"看见那两个傻逼了没有？"白红旗问。

"我从来就没见过他俩长啥模样！"

王杰平和白红旗确实没有见过萧伯纳和乔强，光听我形容过，而那次北京见面之后，我对萧伯纳和乔强两人的印象也不怎么深刻了。

今天比昨天还热。到了中午王杰平和白红旗两人竟然没有闹饿，我以为是天气热的缘故，俩人都没有心思去吃饭。而且他们俩好像一上午，都在打蔫，没精打采的一句话都没有。所以整个上午，都是我一个人死盯绑在马桶撅上的望远镜观察对过写字楼的情况，累得我两眼直冒金星，眼皮都快要抽筋了。中午刚过，我正打算眯上一小觉，突然，王杰平和白红旗一块儿打床上跳下地，然后挤着上厕所。

"妈的！你俩还一块儿上厕所，搞什么？"我喊道。

一根烟的工夫，王杰平抹着嘴猫腰走出来，看样子好像是刚吐过。白红旗则是捂着肚子也猫着腰走出来。

"老大——你早点给我们吃的什么？"王杰平哼哼唧唧地说。

"人家都吃得好好的，你俩怎么就不行？"我辩解道。

整个下午王杰平和白红旗上吐下泻一直到晚上也不见好转，而且看情形越来越严重了似的。我跑到药房给他俩买回来痢特灵也不管用。白红旗腹泻得相当厉害，几乎提不起裤子来。王杰平看上去要好一点儿，能帮我把白红旗抬下楼。半夜我叫了一辆出租车，直接把他俩送到附近的一家卫生院。

接近午夜，王杰平不再吐了有点儿见好，可白红旗还是不行，小护士一直在为他输液。大夫诊断说，两人都是急性肠胃炎。虽然不会有大事，但也够折腾人的，让我虚惊了一场。哎，转念想想，当时我真是倒霉透顶，他俩还没给我帮上忙，我倒成了他俩的仆人，忙前忙后，端水拿药，伺候着他俩。

天刚发白，我又困又饿都要扛不住了，只得让王杰平守在卫生院，我赶紧打车回到酒店。一进房间，我先去洗了个热水澡，去去身上的晦气，然后换上一身干净衣服，来到西餐厅。临去前，我从房间衣柜里拿出一个手提袋，到了餐厅，我把多取的食物，偷偷丢进这个袋子，然后遮遮掩掩地走出餐厅，给王杰平和白红旗送去。

连续四天，整整四天啊，这两个混小子连续折腾了我四天，他俩的嘴都让我给喂馋了。

就这样，讨债的事先摆下来，这哥俩整天病病歪歪，也不提讨债的事，就像来太原住疗养院度假似的。还有，他俩肠胃好了以后，食欲大增，整天就知道吃，专捡好吃的吃，吃饱了就睡，睡醒了又吃，要么就到楼下去泡澡，然后叫小姐按摩什么的。

终于有一天，我的现金快花光了，信用卡也快刷爆了，我明显感到快顶不住了，当天我就叫媳妇给我汇过来点儿钱，然后我退掉了丽华大酒店的客房，背地里住进洗浴中心隔壁街上的一家快捷酒店。这家快捷酒店每天 55 元的费用，一下子让我摆脱财力不足的窘境，另外我也是故意离这两个小子近一点，能够时刻盯得住他俩，否则再让他俩给玩了，我可就该打道回府了。

"八一"建军节那天，讨债的事总算有了点儿眉目。这些日子要说王杰平和白红旗俩人啥也没干，也怪冤枉他俩的。这期间，王杰平打听到，我们刚到太原那天，萧伯纳和乔强刚好飞往了北京。现在已经回来，明天就来公司上班。

这一点点儿消息真是天大的好事，为了给这两个小子鼓劲儿，我特意请他俩到市中心的一家大饭店吃了一顿地地道道的山西菜。最后还给他俩要了酱油炒饭。没想到酱油炒饭受到他俩的热烈欢迎，吃到

兵不厌诈

俩人直打饱嗝为止。

而后，我们仨大肚翩翩地回到洗浴中心。一进屋，我就对王杰平和白红旗说："你俩该有点儿作为了吧？"说到正文，白红旗就蔫了，没精打采地倒在床上。这段时间，白红旗在我心里俨然就是一个屠夫，他动不动就要剁掉人家一条大腿、掰断人家几根手指什么的。当晚我对白红旗郑重其事地重申：咱们来这儿只是为了要钱，不要人家大腿手指什么的，咱手里有凭有据，所以没必要打伤人家，更没必要要人家的性命！不过，如果想威胁一下也未尝不可，但一定要拿捏好。否则真把人家打残打伤了，鸡飞蛋打不说，我还得陪你俩坐大牢。

诸如此类的事儿，我苦口婆心地叮嘱了白红旗一宿，生怕他一时冲动给我闯出大祸，到时可就一发不可收拾了。也不知道，白红旗的脑袋是肉、还是木头做的？看上去他压根就没拿我的话当回事儿，嘴里还嘟哝着非要给他们点儿颜色看看。王杰平的头脑倒是比较冷静，他说："咱先不要打草惊蛇，对方有钱没钱这还很难说，另外，他俩虽说也是俩人，但俩人手下还有那么多员工，如果真打起架来，咱未必是他们对手。所以，咱得先摸清他俩的住址，威胁他们的家人总比跟他俩较劲的效果要好。"王杰平说完，我觉得王杰平倒是一个挺有心计，说话办事还算靠谱的人。

当晚我没有回快捷酒店，而是跟王杰平糗在一张床上睡了一宿。这一宿我也不知道穿过了多少梦境，做了多少不知所云的梦，然后才抵达清晨。

当曦光洒满一地，我就预感今天的诱饵一定会被咬钩。我生怕错过盯梢的大好时机，早早地就从床上爬起来，穿戴整齐，也顾不上吃东西便猫在望远镜面前，等着鱼儿咬钩。

刚进八月的太原，秋高气爽得让人心旷神怡。从望远镜里我还能把蓝蓝天空上飘着的几朵白云拉到眼前，这真是件令人惬意、妙不可言的事情。而且我打开窗子的一瞬间，清新的空气沁人心脾，外面到处萦绕着鸟语花香，这一切无不令我神魂颠倒。久违啦这么好的天气，我觉得只要有好天气，就会有好心情，有好心情，事情才会干得好，才会有好兆头……继而我又猫下腰，眼睛对准望远镜，一动不动地盼望着奇迹快点发生。

果不其然，临近中午，奇迹终于发生了，准确地说，我看见乔强从对过的写字楼里走出来，他一露头，我就从望远镜里认出了他。

乔强还是那文绉绉的老样子，鼻梁上架着一副没有镜框的眼镜。他个头不高，四方脸，在他下巴、脖颈和锁骨上各长有一块明显的白癜风，好像手上也有。

我叫白红旗和王杰平赶紧过来，让他俩仔细看清楚乔强长的什么模样——

"看清楚了吗？"

"看清楚了！"白红旗冷笑道。

"还有一个呢，怎么没有露面？"王杰平说。

我又一鼓作气连蹲了三天，等到第四天的早上，上班钟点刚过，萧伯纳也出现了——

"猎物露头嘞——"我叫道，"你俩快过来——"

白红旗的小眼可真尖，"他妈的！——就是他啊，上星期我见过他，一看长得就不像个好玩意。"白红旗此言一出，气得我噎了一下。

"听我下一步安排，"王杰平说，"明天早上，也是这个钟点，白红旗你先闯进他们公司，之后见到什么砸什么，可别手软，但先别打人。然后我进去，假装拦住你不让你砸。之后大哥再进去。您进去后，二话不说就要钱。你们觉得这个方案咋样？"

"呃？那天晚上你不是说先摸清他俩人的住址，威胁他们家人吗？怎么现在又变主意了？"我说。

"是啊，那不是长线吗，慢啊，怕你等不及，所以咱先砸他个短平快，看看他俩有何反应，假如得手，咱不就省得去掏他俩的老窝了嘛。"

王杰平说得有板有眼，我也觉得可以先试试看。

"就这样，"我拍板说，"但是丑话说在头里，你俩只准砸东西，不准动手打人！"

我决定行动前再请王杰平和白红旗吃一顿壮行饭。这次给他俩专门要了酱油炒饭，回住处的路上，撑得他俩都快走不动道儿了。

　　转天一大早，我就跑到洗浴中心，见哥俩还在蒙头大睡，气得我一手一个把他俩从床上揪起来。白红旗怔怔地问我买油条了没有？我没搭理他。他挺不乐意地甩掉我的手，翻了个身躺下接着又睡。王杰平见我来了倒是马上下地，把窗台上的马桶搋拔了下来，然后摘掉上面的望远镜，又用力拔掉头儿上的胶皮搋，最后拾起白红旗的军裤在棍子上缠了好几道。

　　"这是干吗？"我问王杰平。

　　"找不到铁棍，这个裹起来别人就看不出里面是什么家伙儿什。"王杰平说。

　　王杰平说着把白红旗叫起来，"说好了，你先去——"王杰平把棍子丢给白红旗说。

　　白红旗悻悻地走下楼，我不安地趴在窗口盯着白红旗走进对过的写字楼。这时，王杰平则跑进厕所去厕屎。五分钟后，我喊王杰平："你快点儿！""急什么！都便秘一个星期了！""我怕白红旗砸出人命来。""不可能，我了解他。""不能等了，"我冲进厕所硬把王杰平从里面拽出来。王杰平提着裤子在屋里转了两圈，从一堆脏衣服里扒出一件皱皱巴巴的 T 恤衫套在头上，然后气哼哼地走出了屋。现在屋里只剩下我一个人，我紧张得一支接一支吸着手里的香烟，吸到第五支时，我心想，这样不行，我得马上过去……

　　我大踏步跑进对过的写字楼，坐电梯直达六楼，出了电梯右手第一间就是萧伯纳和乔强的畅游动漫公司。我走到公司的门前，两扇钢化玻璃门大敞四开着。我没有敲门，屋里的员工都井然有序地坐在从么幺辞那儿买来的电脑前紧张忙碌着。这里似乎一切都很太平，好像没发生过我所担心的事情。我蹑手蹑脚地踱到里间办公室，一探头刚好被坐在中间的萧伯纳看到。让我始料不及的是，王杰平和白红旗也都围坐在桌前，正跟乔强聊得带劲儿。而且白红旗的军裤也整齐地穿在身上，风纪扣扣得像军人一样严明，临来时手里的木棍儿也不见

遗落是风

了踪影。我觉得事情蹊跷，转身想离开，却被萧伯纳叫住——

"原来幺总也来了啊——"

上回在北京见面，萧伯纳一直以为我就是幺爻辞。这回我同样没有否认。

"唔唔，刚才出去办点儿事，让他们俩先过来。"我解释道。

"进来，快进来——"萧伯纳和乔强说着，一同站起身把我迎进屋。

白红旗也抬起屁股，规规矩矩给我让出位子，乔强又从外面搬进来一把椅子，让白红旗重新落座。我看到好烟好茶堆了一桌子。萧伯纳一边跟我寒暄，一边为我倒茶。乔强则敬给我香烟，并且为我点上。大家说了几句客套话，随后又都沉默下来。

我没敢贸然开口，也不知道白红旗和王杰平俩人出了啥变故？为啥没有按事先说好的干？我慢吞吞地吸着手里的香烟，小口啜着功夫茶，我把所有动作都有意放慢，只等对手先开口说话。

乔强率先打破僵局，说："一直都没有马苏的消息，这小子就像从人间蒸发了似的。"

"马苏到底是哪里人？"我问道。

"北漂的，我们也只知道他在北京一个人单干。"萧伯纳说。

"我问的是他老家是哪儿的？"我说。

"这个我们也不知道，其实我们跟您一样，始终没跟马苏见过面。"乔强说。

"怎么可能？"我说，"你们之间不认识，他就敢给你们投这么一大笔钱，神经啊!?"

"说老实话，我跟乔强也挺纳闷，"萧伯纳说，"可这是事实也千真万确发生了呀。"

"千真万确个头！"白红旗嚷道，"你俩别蒙人！肯定是你俩把钱给吞了！"

"稍安勿躁！稍安勿躁，等我把话问完，"我瞪了一眼白红旗，又问，"你们若是没见过，他又如何把钱撤走的呢？"

"转账、电汇。"萧伯纳说。

"难道你们没有报警?"我说。

萧伯纳大笑道:"干吗要报警?我们又没损失啥。"

"我可有损失!你们要是这么说,那我可就不客气了!"说着,我突然把桌子拍得山响。

"再有,马苏留给你们的钱呢!?"我又说。

"先把留下的钱全部掏出来!"王杰平吼道。

"上回在北京不是都跟您解释过了吗,马苏留下的钱早就花得一毛不剩了。"萧伯纳苦笑道。

"那眼下这几个月你们是咋干的?"我问。

"干点儿小活呗,挣点儿小钱。再就是我们从家里拿出点儿钱,补交点儿大厦的物业和水电费,不信你们可以去物业调查,他们就在顶楼中间的那间。"

"有什么好问的,你们都串通好了!"王杰平说。

"可我还是搞不懂,马苏到底为啥给你们投资为何又不露面?"我说。

"现在马苏的投资动机不是主要的,关键是马苏失踪了,您懂不懂?找不见了,所以很多事情就很难说清楚了,"萧伯纳说,"其实我们心里比您还不踏实。"

……

晚上萧伯纳和乔强尽地主之谊请我们吃了顿便饭。点菜时,白红旗顶没出息地跟我咬耳朵说:"多点点儿,多点点儿,照扣肉点,多吃他们点儿。"我气得要命,使劲儿乜了一眼白红旗。待酒足饭饱回洗浴中心的路上,我问王杰平你俩跑到人家公司出了啥变故?为啥没按咱们事先说好的方案行事?王杰平诡异地笑笑,"这你得问白红旗,他是第一个进去的。"王杰平手指醉得走起路来摇摇晃晃的白红旗说。

我一见白红旗就恶心,更别提跟他说话了,反正今天没办成的事儿明天还要办,问他也白问,其实我早就清楚,像白红旗这样的酒囊饭袋,不过是江湖上的一个小混混儿、一个光说不练的假把式而已。

转天一大早,我就召集王杰平和白红旗重新商讨对策。最后决定：王杰平和白红旗还是按先前制定的行动方案先去跟踪和摸清萧、乔两家的住址和家里人的情况，为威胁他们家人做好准备；而我则去动漫公司查看账目、合同，摸清回款和业务等情况。

没想到，萧伯纳和乔强的动漫公司真是山西省规模最大的一家。公司规模之大，麾下足足有七八十号动漫精英，真可谓人才济济。业务方面，靠乔强的才干，公司跟全国不少电视台都签有长期的动漫制作合同，其中最大一笔是跟南方某电视台长达五年之久、千万之巨的动漫创意合同。从这一点来看，动漫的确是一个大投入大产出，见效极缓的产业。

这期间，我天天早出晚归，像公司里其他员工一样，正经上了两个月班。让我自己都没有想到的是，两个月之后，我突然打算放弃讨债的想法。为什么呢？按下不表，我先说几件节外生枝的事情。一是，打我到动漫公司上班以来，萧伯纳就再也没有露过面。我问过乔强，萧伯纳怎么不来上班了呢？得到的回答是：他也说不清道不明；二是，我跟乔强接触一段时间之后，才晓得他原来也不是太原本市人，他老家在山西与陕西交界的一个偏僻的小山村里；三是，乔强每天就睡在公司的办公室里，所以我也干脆退掉了快捷酒店的客房，跟乔强住在了一起；四是，突然有一天，王杰平和白红旗两人音讯皆无，两人走时连声招呼都没有打。我想，这两个家伙肯定是一见讨债不成，没油水可捞，跑到别的地方挣钱去了。其实眼下没有他俩更好、更自在，有他俩反倒碍事，反正我压根就没理会他俩出走这件事。

我突然放弃讨债的想法，完全是因为我嗅到了动漫产业所蕴藏的巨大商机，而且看到乔强绝对是一个不可多得的动漫人才。想一想，如果把乔强招至麾下，岂不更好，更有钱可赚，况且现在公司里的运营资源又都是现成的。

想成熟后，我多次带乔强来天津考察市场。我的目的就是想让乔强把现成的动漫公司，整个儿端到天津自己这块儿地界上来，这样，我就可以守家待业，不必四处奔波了。乔强说，天津动漫产业环境很好，尤其看好滨海新区动漫产业基地。看得出来，乔强挺想来天津发展。于是，我择机向乔强提出收购他们公司的念头。乔强连想都没想，立马答应道："好啊，真是天大的好事，你收购了我们公司，咱们的账也就算两清啦。"

有一次在回太原的路上，我问乔强："我收购你们公司，萧伯纳会是什么态度？"

"我还没有跟他提过这件事，不知道他会是什么态度。"

"萧伯纳可是公司的法人啦。"

"是。那又怎样？反正他早就撂挑子不干了，也损失不了他什么。"

"他到底干啥去了？"

"回家伺候老婆生孩子去了。回大同了，他老婆是大同人。"

"靠你一个人，什么时候才能赚到钱还我？"

"最快，也得等到明年年底吧。"

"那可不行，我可等不了那么久。"

"唔，那你至少还得再给公司投进来一百万！"

"什么！一百万！想得美！你已经让我损失够多了，还想讹诈我！"

"不是，不是你想的意思，我是说，你有钱投进来，我就能赚更多的钱还给你。"

不管乔强怎么说，其实，我早就盘算好了，只要电脑能拉回天津，就算公司干不成，我把电脑转手一卖，也能赚个十几万，也就算我在太原这几个月没瞎耽搁工夫、没白玩儿。

我想先把电脑拉回来一事，竟遭到乔强强烈反对。"你把电脑拉走了，我们还拿什么干活挣钱！？要么你把我们一块儿拉走，要么你什么也拿不走！"

"你说这话是啥意思？还想玩儿不想玩儿！"

"啥意思？啥意思你到时候就知道了。"乔强说。

我跟幺爻辞通过几次电话，告诉他讨债的进展情况。没想到，听说我要收购他们的动漫公司，他竟比我还来劲头，并且鼓动我说："他们出什么价你都先应下来，后面有我给你撑着做后盾。" 幺爻辞这么一说，我心里就有了底，也踏实了许多。

乔强手下七八十号员工一听公司要解散，整个公司移到外地去干，一个个都跟疯子似的生怕拿不到自己的工资。写字楼一夜之间成了他们造反的据点。连日来，大厦六层的灯火彻夜通明，还不时传出拍桌子摔椅子的响声，最可怕的是，一到上下班的钟点，他们就齐声喊出"讨我工资，还我工作！"的口号。而且，员工们不离公司半步，一个个都守在自己的电脑面前，到了晚上大家就轮番吃住在公司里面。

原来，萧伯纳和乔强拖欠了员工们近两个月的工资。这还是我把乔强逼到了墙角，他才如实向我坦白的。我又仔细看了看财务台账：何止拖欠员工们两个月的工资，还有一大笔加班费和奖金没有兑现给大家。

拖欠工资的事等于把我也逼进了墙角。本以为公司就是我的了，已经板上钉钉的事儿，不费吹灰之力，乔强就能跟我回天津继续创业。可万万没有想到的是现在又闹出拖欠员工工资这让人挠头的事情来。我对乔强大为恼火的同时，也确实感到了束手无策，甚至到了山穷水尽的地步。晚上，我和乔强坐在盛世华堂洗浴中心的台阶上，仰望对过灯火通明的写字楼大厦，能够清晰地听到，七八十个阶级弟兄们在公司里面呼喊乱闹的声音——

我问乔强："假如把工资给他们补齐了，他们都能跟你走吗？"

"有点儿把握。"乔强勉为其难地说。

"什么叫有点儿把握？多少人能跟你走，你说个准数！？至少得保证公司正常运转吧？"

"本来人手就不够，干动漫的人才紧俏得很。"

"如果到了天津，包吃包住，家住在农村的倒有可能跟我走。"乔强又说。

"那你就给他们好好做做思想工作。"我说。

"试试看吧。"乔强心里没底地说。

"如果你先带他们去天津看看，让他们知道那里挣得多，吃住也比这里好，"

还没等我说完，乔强就拦住我，说："你以为他们都是傻子！你想调虎离山，等我带他们走了，你再把电脑弄走，想得美，你连大门都出不去呢。"

"这话是什么意思？我怎么出不去大门？"

乔强吭哧半天又说："公司还欠大厦四个月的房租、物业费和水电费没交呢。"

我一听就火冒三丈起来，骂道："你这丫的，屁怎么不早放！"

我跟幺爻辞电话里磨叽了快一个月，就是想让他打钱过来先帮我填上这个窟窿，解我燃眉之急。我算了算，总共给幺爻辞报了57万元的亏空。为防万一，我多报了七万元，主要是怕乔强再给我措手不及、生出幺蛾子的事。那个月我给幺爻辞打了无数个电话，每次幺爻辞都耐人寻味地说："好兄弟你先垫上嘛，回头少不了你的。"这话让人听起来有种空荡荡，没抓没落的感觉。后来，我想了很久，还是做出了一个让我抱憾终生的决定——

冬至那天，我请乔强吃饺子，饭桌上我几乎用央求的口吻对乔强说："你好歹掏出十万八万块吧，剩下的全部由我来掏，咱们赶紧回天津重新创业吧……"这话我是眼含热泪对乔强说的。

乔强最终掏出八万块，剩下的我东拼西凑总算替幺爻辞先垫上。我把大厦物业管理部和全体员工们的费用和工资结算清楚后，大厦经理一见我就低头哈腰地百般殷勤。员工们也亲切地称呼我幺董事长。这样一来，我在太原最后一小段时光里，自我感觉身价一下子飙升起来，一时间，就像蒿草一样，不停地玩命往上疯长。

稳当几日后，我研究了一下黄历，择了一个吉日准备搬家。在此之前，我给四十多个报名愿随我去天津发展的员工提前买好了长途汽车票，乔强负责带领他们一道儿走。出发那天，员工们的心气儿都挺高，帮我把电脑、文件柜和全部家当搬下楼，再装进我新雇来的闷罐车里。我们从早上一直忙到夜里九点钟才搬完弄完。之后，我们便分头启程，乔强带领员工们去了长途汽车站，我则一个人蹲守在车后的闷罐里，担起"押解"闷罐车的任务。

夜里车刚上高速，就赶上下大雾，不得已司机将闷罐车泊进服务区。我就挤在闷罐车的夹缝里不知不觉地睡到大天亮，等开门撒尿时，才知大雾早已散去，便催促司机赶紧赶路。

又到午夜，闷罐车终于驶入天津界。两个小时之后，我和司机已经将车上的全部家当卸进了幺爻辞的库房，这时我已累得筋疲力尽，但还是强打精神，兴冲冲地赶回家。这时，天光已大亮，进了家门，我就钻进久违的被窝，迷迷糊糊刚要睡着时，就听见外面一阵紧似一阵的砸门声。我一下子惊醒起来，赶忙跑到门口问是谁？砸门的人说："你是不是幺爻辞？"我说不是。砸门的人不依不饶地又说："你不是幺爻辞谁是！早就听说你把账要回来了，还不赶快还钱！"我一边解释这儿不是幺爻辞的家，一边让我老婆赶紧拨110报警……

这次警察来得非同一般的快，刚撂下电话，警察就敲门了。两名警察把我带到刑侦大队，让我主动交代去太原的情况。在刑侦大队经过一天一宿的煎熬，我才通过"内线朋友"知道，王杰平和白红旗俩人犯案了……原来王杰平和白红旗跟我不辞而别那天，他俩悄悄跟踪萧伯纳去了大同，后来他俩又在萧伯纳的家门口进行多次踩点，才瞅准机会王杰平在门口望风，白红旗一个人单枪匹马地杀进了屋……而钱最终还是没有拿到手，气急败坏的白红旗把人家洗劫一空后，还摔死了人家刚满月的儿子。

接下来又是一个难熬的夜晚，我向警官翔实陈述了整个事情的经过。警官又让我说明那架望远镜的来由。原来那架望远镜也成了白红旗和王杰平踩点时的作案工具。

转年春天，我在马路上碰巧遇上乔强。听乔强说，幺爻辞对他没有食言，任他为天津畅游动漫公司的总经理，还持有公司40%的股份……乔强看上去挺春风得意，问我为什么没有参与其中？我告诉他，人心叵测，世事难料，我还是想多歇一段时间，之后干点儿安分守己的事儿。自打那以后一年多时间里，到了半夜，我就恍惚听到，有人来讨债的砸门声，把门砸得震天响。

狼　趾

她像一只灰蝴蝶，第一场雪飘来又飘走了。

我想象着这个世界，院子漆红的大门已被我拆下来，把它们靠在院墙的两侧。门梁上那盏长明灯已点亮了三天了。我想象着门、长明灯和周围一切我所熟知或不熟知的事物，它们连日来都在随意且无限延伸着。空气里弥漫雪和泥土混合的气息，纷纷扬扬的大雪把房前与屋后的沟渠、树林、群山都覆盖得岿然不动。而我预先就把这些事物想象成某种生长在花园里的微缩生命。在园里，在枯枝和败叶的混沌里，在灰暗稠密的阴影与白色强光的交替中，我偶然完成了一场与她心灵的碰撞和交换，或者说，我与她纯属是形式上的交尾，因为我们都不知未来存在于何方；因为我们谁都没有真正的话语权；因为我们都享有从平静到极度畅想的自由，为了完成一场完美的自由，我们不得不小心翼翼地从平静中升华自己。我和她完全处于两种相悖道德的交汇之处来认知周遭的一切事物。比方说，我分明看到雪花不是在飘，而是在飞翔；她不是在笑，而是在焦虑中陶醉逝者的嘲弄；我亦分明看到事物无知的影子，只有它才使我重新寻回胆量和适合人与人共存的方式。

我形单影只地独居在这间房里，却形同于无。我透过窗户什么也看不见，除了雪，任何事物都看不见，院子里的一切都于雪光之中，岑寂。雪花如絮般飘到第三天傍晚，短暂停歇之后，于次日凌晨五点钟，又下了一场鸿毛似的大雪，之后，天才慢慢放晴。我推了推屋里的门，显然外面厚厚的积雪早把门堵得严严实实。我走到窗前，看到雪色中苍茫的生命，要么刚出生就已宣告夭折；要么活着也像植物人一样毫无生机。反正它们都很相像，都很中性，都是在狭隘中遭谴责的对象。谁说不是呢？有罪的树木，就像一个人，受到另外一个人不公正惩罚，在摇晃的一瞬间，全部果实打树梢坠落于地。我踩着一把椅子，身体探出挂满雪花的窗棂，像一片叶子迅速坠落到雪地上。我没有迟疑这非偶然的过程，站起身立马蹚着厚厚的积雪朝正屋走去。我打开正屋的窗户，忽然，一阵犀利的冷风卷起一颗颗靓丽的雪粒吹到屋子里，落到炕头上、被褥上、八仙桌上、樟木箱上、阿旺身上。

冰冷炕头上，阿旺睁开眼，双耳机警地立起来，观察四周围发生的情况。三天前也就是我离开这间屋的那一天，阿旺就趴在炕头上，从那一天雪开始下大了，直到现在阿旺一直守护着它的主人。当窗户被我打开的那一刻，阿旺的舌头不再舔自己前腿上的狼趾，后来它双眼通红，怒目圆睁的刹那，我仿佛从它红宝石的眼睛里，看到了什么，或者说，看到了它期待想看到的什么。

一座座坟就在离院子不远处。院子西面有一座小花园。花园外侧是一条从外界伸进大山的羊肠小路，这段路总能让我预感到，会有某些变异物种夜里打深山老林里走出来，来到现实世界中。

秋冬时节的夜晚，坟地上空总有趋蓝或趋绿的点点浮光闪现出来。有时这些光，被风吹散，散落在山路上、树林间、沟渠中、公园里。壮观时，它们成群结队聚集在一起，不熟悉的人看到这些影影倬倬的亮光，还会以为是萤火虫们出来活动呢。

她上身穿一件单薄的艳色外套，下面是一条磨白的牛仔裤和一双半高腰皮鞋。她从一辆迷你汽车里一钻出来，脚就陷到了雪里。她提起修长的腿，足尖在轮毂上磕了磕，刚磕掉雪的皮鞋，落下时，再次没到雪里。她看上去有点恼，她不再磕鞋上的雪了，大步朝我走来。

"你挡了门前的路。"我抢先说道。

"我怎么挡路啦!?"她不耐烦地说。

"你的车挡在了门前。"我手指她的车说。

"管你什么事!?"她说。

而后她走到院儿门口，站在长明灯下，光线从她头顶照射下来，瞬间与自然光合成一种特殊颜色，这种颜色把她的脸一下衬到暗处。

她摘掉头上扎蝴蝶结的毛线帽，弯下腰，黝黑细密的长发打她的头顶滑落下来，贴近雪，然后她伸出五指轻松地梳理它们。尔后她把长发甩到脑后，重新戴上扎蝴蝶结的毛线帽，某一瞬间，我看到她嘴角自然而然流露出两只狭窄的酒窝，除此之外，她脸上的特征都被那副与她脸型极不相配的墨镜盖住了。

"这儿没有旅馆，这儿是坟地，你走错了路，"我说，"去县城得绕过前面这座山。"

这时屋里传出阿旺瓮声瓮气的叫声，那叫声似要召唤谁?

她摘掉墨镜，露出一双细眉和小眼。她打长明灯下走开，回到车前关上车门，然后又像一只懵懂的小鹿，寻着自己的足迹，重新回到院儿门口。

"你是谁!?"她冷不丁地问。

我没有理睬她。

她把手伸进艳色上衣口袋，她的腿还陷在雪里，她单薄的上身看上去如此轻盈，宛如毛线帽上那只欲飞的蝴蝶，飞越这些坟、沟渠、树林，飞到大山的深处……她的手从口袋里伸出来时，握着一部手机。

"这儿没有信号!"我说。我还想说，这儿只有雪，雪下埋着死人……

她很惊讶! 同时吓了我一跳。"门呢?!"她尖声叫道，接着像头急红眼的狼目不转睛地盯看我。

我停下手里的活，"门? 让我给拆了，"我说，"喏，就立在那儿。"

她环视四周，目光落在院墙两侧。"你干吗把大门给拆了!?"她怒气冲冲地说。

我狐疑地望着她，站起身说："这儿是你家? 管你什么事!"

阿旺立在炕头，前腿扒住窗棂，头探到窗外，它的叫声连续且洪亮，让人振聋发聩，像是有要紧事情发生。

"你是谁?!"她问我。她拳曲手指凑到嘴边呼出哈气为自己暖手。

我拾起铁锹，铲院子里面的雪，我把雪铲到院子两侧，亮出一条雪道。

"我手冷，腿和脚好像也给冻住了，不听使唤了。"

她站在原地，孤零零地站在冰天雪地里，她不是接连不断一直往下说，而是断断续续，声音很低，只要远处传来一点声响，她的声音就几乎听不见了，被掩盖下去了。而我确实听到她的声音，听出她心悸时微弱的请求声。

"谁让你把车开到人家坟上。"

她转过身，望了望那些埋在雪下空灵的坟。"那又怎样?"她不屑地说。

"你说怎样! 不好呗，对谁都不好。"

"这儿我比你熟!"她傲慢地说。

"喏，是吗，也许吧，"我说，"不过这里没有活人，只有死人，难道你不害怕?"

"有什么好怕的，不是告诉你，我比你了解这儿!"接着，她喊道，"阿旺——，阿旺我回来啦。"

阿旺不再叫了，它一定听到她的喊声。阿旺伸出舌头又开始舔自己前腿上的狼趾，腑中还不时发出"呜呜呜，呜呜呜"低沉的叫声。

一阵风穿过院子，马上又是一阵风吹过。我铲出一条宽窄适中的雪道，铲到一旁的雪，被我弄上黑黢黢的脏土，我觉得对不起这些白雪，我玷污了她们的圣洁。

"帮我一下吧，把我从雪里弄出来?"她说。她换了一种口吻。

"你的腿和脚都会冻伤的，冻伤了皮肉就变得黢黑。"我吓唬她说。

"你吓唬我!"她说，"你别以为我没见过，我见识得比你多!"

"请你快点离开，把车开走! 停在这儿确实碍事!"

"那好，我把车开到院儿里。"

"你以为我拆掉大门，就是为了叫你把车开进院子？"

直到黄昏。

她一直坐在夕阳笼罩下的一根笔直的圆木上。这里是花园，圆木旁边的石灰凳上，有几只爪印，和某人画像般的图案。爪印很大，像是猛兽留下的足迹；画像也很大，在不大的花园里显得格外壮观，像是一个陌生人清冷的迷宫。还有，三五只麻雀在离她不远的地方凝视她，为不吓到它们，她故意眯起眼睛，像死人一样屏住呼吸看着它们。

我唐突地蹚过她面前的雪。我感到她在自言自语，她默默地在心中自由喧哗。她垂下眼睑与外界隔开一条峡谷、一条长河，仿佛许多物种都在峡谷和长河中暗涌。与此同时，我无从辨认，也不可能知道，她所实施的某种规则，似以一种预料之外的蛮力干预我，连同群山、树木、花园、花园里的那些干枝都被她的意志迟滞下来了。在她所属领域之外，幼兽们的足迹亦迟滞在固态的雪地上，惶惶惑惑地想要远离她，可又想听到她碎片式的记忆。

我本想停在那里不动，继续看她，继续我本性中的狡黠诡诈，但有一种恐怖一闪而过，随之我"粗暴"地向她走去。她的想法隐没在深邃之处，还有一些事物，也被她虚掩着，或许这些事物让她感到万分痛苦。当时她的眼睛并没有看我，我完全是被她内在沙哑之声吸引去的。她内心说话的口气在加强，微弱的目光饱含憎恶与忧郁在昏暗的光线里若隐若现。这语无伦次的声音委实催促我靠近她。事实上，这些声音听上去不是很美，也不温柔。我一时犹豫不决，想戛然止住脚步，但在我眼里，唯一触动我的就是她悲剧性气质的完美形象。她始终低着头，平静苍白的脸上看不出或悲或喜的痕迹。她的唇在动，周围的一切事物都让她变得神奇和虚构……我始终窥视着她。

越美的事物，越危险！我以为，她是冰天雪地里长得最完美的毒菌！

我仍然看着她，她脸色有点苍白，在这个地方，任何生命都注定有一种残缺的气质。"人人心存险恶。"她突然睁大眼睛认真地说。

"什么?"我怔怔地问,但我听懂了。"这里很冷,你到底想到哪里去?"我说。

"你错了,"她斩钉截铁地说,像是对一个罪犯进行最后的审判。这时她眸子里放出某种不确定性的光。她又说:"我是被阿旺从坟里刨出来的……"说完,她哭了,眼眶却没有湿润。

这是一场阴谋?她没能打动我。我甚至怀疑我们不处在同一时间的点上。她好像是凭空创造出来的一个奇迹!一朵打天外飘来的孤云。

"真的,我真是阿旺从坟里扒出来的,我没有撒谎,"她刻意压低声调平缓地说,"我趴在爸妈的身上,周围泛着绿色和蓝色的光,像萤火虫一样飞,它们一直在飞,接着把我头顶上空的雪融化成一个个手指粗细的小洞……"

她逐字逐句,我能听清她说出的每一个字。而且她一点也不犹豫,每一句话都像风一样围转着我低吟。我背靠一棵年长的树,她的话就像要把我领到世界的某个暗处。很快,夜拉下帷幕,我们之间的隔阂微乎其微了。

"死人的骨头发出绿色和蓝色的磷光。阿旺看见了光,跑了过来……"

她的出现,如同把花园、坟和时空,隔成若干条河流,她亦如某条河流上的孤岛。夜雾轻袭时,我仿佛看到夜晚的光芒夜晚的河,她冥冥就是我所追寻那条河流上的光。

"阿旺兴致勃勃地去追那些光,它跑过来发现我,还把舌头伸到洞里够到了我的眼睛。"

车里很冷,我们蜷缩在车里,我一定是丧失了判断力,那些属于我的想法,好像都在这冰窖一般的车里消失了,我们就像悬挂在冰窖壁上的两个钟乳,被迫等候动物嗅到我们的气味,然后把我们吃掉。我们最后的结局将在这似冥界的世界里无从谈起,甚至缺失了被审判和被漠视的痛苦,因为,我们正处在同一恐惧里战栗。

"当时我一点也不冷，不像现在这样冷，"她说，"厚厚的雪像毛毯一样盖在我身上，我就像待在雪的子宫里一样感到舒适、温暖。"

我轻抚车窗，她坐在一旁，我们的想法似在追逐，她可能冥想到的事情我在这一时刻同样冥想到，然而我们又彼此平行，在同一个时空里永不相交。有一段时间我们都不说话了。她看着我，我看着她。当我再次想起先前那条河流时，她却突然说："准是天气太冷了，车子才发动不了。"她接着又说："你真的不要相信我，也别把我当人看。"

我们又相互看着。我情不自禁伸出手，伸到车窗外，我感到外面的世界好大，许多星辰都在坠落，我仿佛踮起脚尖去够散落在深渊里的头发，"你说星星上面有深渊吗？"她问我，那声音仿佛像是从渊底发出的回声——天籁般浑厚的回声。趁我喘息之际，真的很幸运，我的目光已然碰到日月星辰万花筒般的天象……此时，她呼出温热的湿气，纯洁无暇，我看着它们飘移到各处，忽然，这个陌生人让我不经意地觉察到，隐藏在她恬静外表下，某种惴惴不安的渴求，这种渴求，就像是烙在她身上的某种擦拭不掉的徽案——刻骨铭心的徽案。

此时我无言以对，每一瞬间的奇迹又是怎么形成的呢？我无意揭秘她高大如要塞般的内在世界，并且她那"个性"的面罩是我们绝佳和最理想的屏障，无论她内心是光洁还是邪恶。我再没有跟她交谈下去，我不时注视一下她的眼睛，她把车窗打开又关上。虽然无从预料，但我确实看到了某种封闭已久贯穿她周身的光，那一闪而逝的光，就像她的皓白的牙齿，等到我沉溺探究它如何形成的时候，她就会闭上嘴巴把我想要知道的一切都隐藏到暗处。事实上，她隐藏的是她内心深处某种迫切需要救赎的渴望。

她推开车门跳下车，如梦方醒般冲天长啸。

我们重新回到花园，坐在刚才那根笔直的圆木上。我不经意碰到她的手，不由令我信服地以为：她内心如梦般忧郁和迷茫的深处，却是与我刚才思索相悖的，因为我忽然觉到她心房跳得如此从容和淡定，手温热无比。

我去准备篝火，微弱的火焰腾起那一刻，足够照亮花园里的一切，花园外面光秃一片，白雪泛起微红的光泽，褐色的枝桠被无尽的夜色吞噬殆尽，而她孤寂的眼神像是映出另一座孤寂的花园。这时，她走到离花园不远处的一座坟旁，拾起一根粗细均匀的树枝去刨那个坟……此时，夜空晴朗无比，火光已燃到半人之高，这时令人惊诧的一幕突然发生了：她从坟里拾起一根腿骨，然后拎着它回到篝火前，那根腿骨在她手中显得那么的轻。

　　"你怎么掘人家的坟！"我诧异地指责她。

　　"是我弟弟的坟，但不是我亲弟弟，小时候他被拖拉机碾死在花园外面的山路上，现在坟里只剩下这个了，其它可能都被野狗叼走了。"她镇静自若地说。

　　她还说："这一切可能都是心灵感应吧，我一猜老家伙就死了，要不然我也不会莫名其妙地回到这里。"

　　当晚，我的梦、我的身体、我的记忆，好像都被她陈年往事施了魔法。只恍惚记得，整晚，星空展现出她从未有过的灿烂。直到后半夜天上忽然飘起雪花，成双结对地飘下来，落到篝火里，落进大山、树林、花园，坟地，落进我们躯体里。现在她只顾看着篝火，身体已经濒于死亡边缘，她无法再后退一步，我注意到她迷惘无措的神情，时而振奋，时而陷入死亡的沉思。

　　"我恨他！"她最后说。

　　这进一步证实了我的思索：她一直活在某种痛苦的逆境中刻骨铭心地恨他。

　　她好像对任何事物都不以为然，尤其我们共同度过的时光，这一段非同寻常的时光，竟空无所有，她把时间全给支解了，无所作为，她宁愿不要它们伴随身边，她觉得它们是累赘，是在劳役自己，是永无休止周游中的绊脚石。尤其在她激动时，她弟弟的腿骨被她丢进火堆，紧接着火堆溅出的星火跃上她的指尖，她把指头贴在唇边，我亲眼目睹指尖骤燃的景象，可她却无情地把骤燃的火焰吞到了腹中。

　　"老家伙是看坟人。"她说。

"我知道。"我说。

"阿旺舌头够到了我舔醒我，我眯起一只眼，另一只眼从小洞里看见外面湛蓝湛蓝的夜空和数不清的星星，说明我还活着，"她说，"后来，老家伙上来把我从坟里拽出来……"

一瞬间，火，跳到她的身后，像是一股神奇的力量驱使她止住话语，她猛然将手伸向火堆，去够那根燃烧的腿骨，接着她把腿骨上的火苗和灰烬尽量磕掉。

那夜，她反复从起点返回终点，又从终点重回起点，过去的旅程一直在她脑海里周而复始，这反倒使她精神矍铄，使她在夜空中自由地投落两个影子：一是归罪于她命中注定难以逃避的身世；二是她美丽而又难于接近的世界，想要进入这个世界，必须适应和接受它残暴和无命运的下场。这两个投影都使我望而却步，我不断往后拖延时间，放慢时间的脚步，而时间一经过去，无论是谁，再要寻访那非同寻常的时刻，都要从历史中找回。

她说："后来，我成了看坟人的童养媳，但他儿子短命死得早，再后来我就成了他的性奴……从此，我每天活在恐惧中，每天我都在死亡与逃避死亡的幻觉中徘徊……白天他带我去坟地，还有阿旺。一走进这片令我胆战心惊的坟地，我就怕死人从地下突然蹿出来夺走我性命。还有，他这人非常恶毒，几乎每座坟都被他刨开过，搜罗里面值钱物品。如果坟里什么值钱的东西都没有，他就气急败坏地把人家的坟亮着不去管，等野狗来把死人拖走吃掉。另外，他贪得无厌还经常拿走给死人上贡的白酒，晚上喝多了，就强暴我，往死里打我！我恨他，诅咒他！诅咒他有朝一日也被野狗们叼走吃掉，最好一根骨头都不剩！"

"那你怎么不逃走？"

"到了晚上他就把我锁在樟木箱里，去坟地的时候就用一根麻绳把我拴在他裤腰上。不管白天还是晚上，我怎么哭怎么喊，来坟地的人都以为我在哭丧呢。"

她还想继续说，欲言又止。她低下头，看着地上，忽然一切又沉入静寂无声、停顿凝止状态之中。我漠然看着她，渐渐感到她弥漫开来的那种情绪正悄然抬升我面前的景物，夜色愈显凝重了，零星雪花仿佛在夜色微澜中飘然起舞。她那明闪闪红褐色的面庞正以一种激奋狂情的姿态冲击着我。事实上，天空已渐清渐明起来，现在雪花只零星飘下来几朵，而我只等着篝火燃烬。我的确不想再听她说话了，或许，她什么都不是，她只是在我无聊时候意外闯入我生活的一阵风、一场游戏、一场梦。不管她以何种方式出现在我眼前，不管我从中获取多少使她慰藉的回忆，我都不想再往下听了，她只会耽搁我，扰乱我的思维，况且她还会把我从现实世界剥离出去。而我只希望她是一个普通过客，夜宿这里，与我消磨一段时光，调侃几个《天方夜谭》里的故事，哪怕是耸人听闻的故事也罢。

真的，我决定不再跟她谈下去。

现在我已经做好最坏的打算，我甚至必须把生命都当做赌注压在其中。

清晨六点钟，我忽然睡着了，在此之前我感到周身麻木，一种悲哀从中袭来。现在花园里已经没有任何可燃之物了，我双臂交叉在胸前，紧紧抱住自己。我知道，我总不说话她会感到不安，半梦半醒间，我试图让她不要走远，并且想告诉她我的想法。

清晨车里寒冷异常。梦，有时也能让人感到舒适和可靠。可是这一切却似乎预示着不祥，或存在某种欺诈与被欺诈的可能。我该跟她谈清楚，我会为她着想，但不会为她做具体她想做的事情。但是她让我难以觉察的心思和举动，委实让我别扭，让我有一种说不出来的顿惑和焦虑。我甚至难以辨认，我真的是快要走到悬崖的边缘？

我说："我有这样一个想法……"

她笑了，不让我继续说下去，然后专注看着我说："别担心，我只是想见一见阿旺而已。"

她还想解释，我冲她笑了笑，为舒缓一下她紧绷的神经，和消除对我的戒备，我随之重新回到了睡梦里。

我继续对她讲有关这种恐惧的问题。

下第一场雪的那天，西伯利亚冷风长驱直入这间屋子，像是要把整个屋子变成一个巨大的真空容器。但是阿旺还是不离不弃日夜守候着主人不准任何人靠近。

阿旺是一只狼性十足的苏联红。前不久，我见阿旺跟一群刨坟的野狗撕咬在一起，最后是一死三伤的结局。最终还是阿旺获胜了，但阿旺的狼趾也被野狗们咬得血肉模糊。

阿旺抬着被咬伤的前腿一蹦一跳地回到家，那段时间，阿旺看上去总是昏昏沉沉、萎靡不振的样子，后来它又变得越来越暴躁，没有人的时候也会突然间狂吠不止，再后来，有几次它竟突然倒地像被电流击中那样抽搐不停。"阿旺恐得了狂犬病？"有一天看坟人这样对我说。没过多久，那天看坟人在给阿旺缝合狼趾上的伤口时，阿旺突然回头咬了主人一口。

就这样，看坟人被阿旺咬后不久便开始发高烧，而且高烧不退，死前还口吐白沫，浑身剧烈抽搐好一阵子，才咽了最后一口气。

"他是一个十恶不赦的魔鬼！活该被阿旺咬死！"她说。脚下的雪被我俩踩得嘎吱作响。

"那你还来找他？"我说。

"他该补偿我！"她说。"我恨他！他罪有应得！"她愤懑地又说。

……

我们两人一前一后，走在白雪覆盖的坟冢间，让人感知生与死之间的过程是按一种矛盾方式"活着"，有灵性，也有理性，而且都是自然与时空不可或缺的细胞。由于它的连续性和经常性，会让生和死附有相近的恐惧含义。换句话说，生与死终将终止于恐惧的终结。同时摆脱了痛苦给她带来千万种形式上的失衡，这对她乃至我这样一个旁观者都是无法承受的。她终于把造成恐惧的缘由释放出来，一个接一个创伤，在她一生或一天当中，按既定顺序进行，因为这种连续性，使她产生一种向上的升力，当这种升力普遍集合一起时，那种单纯、明快、天生威严的事物就会占据她内心。毋庸置疑，我不能对她无动于衷，不能将她一个人留在这里，我跟她是否结下不解之缘？在这封闭的花园迷宫里，绝望委实令我透不过气说不出话来。

"阿旺才是我的救命恩人。"她小声重复前面的话。

"我没有否认，但它只是一条狗，现在说什么都于事无补了。"我说。

"记得逃出去的那天，阿旺跟我走了很远，它舍不得我走。"她伤感地说，但没有落泪。

这时，有一户人家正在迁坟。今天可能是个吉日。坟前人头攒动，挖出来的土堆在坟的四周。大概过去一个时辰，腐烂的棺材终于被挖到了，接着又上来一个人从腐烂的棺材里小心翼翼地取出里面的尸骨，再小心翼翼地移入另一口新备好的棺材里。好似孙男娣女的一族人都下跪在坟旁，或许野狗也在不远处正盯着他们，伺机而动。

鞭炮把地上的雪炸开一道道裂痕，迁坟人的眼睛都垂了下来，新棺材被四个壮汉四平八稳地抬起，所有人都站起身随抬棺人离去。

这片雪被这些人弄得伤痕累累，不知何时老天才能愈合它们的伤口。

我知道，她始终不满我拆掉她家院子的大门。另外，阿旺还一直卧在冰冷的炕头上，期待着她回来。她走进院子时，笑了，笑得有点勉强，其实，她快要流泪了。阿旺突然从逆境中惊醒过来，它用前腿支撑起身体，眼睛睁得大而圆亮。果然，她哭了，泪流满面，我没有能力再去判断她。她眯缝着泪眼跟阿旺对视了一会儿，直到阿旺滞重、颓废的眼睑转向别处。

她端详着阿旺，她站在炕前，像爱抚亲人那样抚摸阿旺的头。阿旺没有像先前那样狂吠，它准是认出了她，任凭她对它的怜惜。

夜色微重，她突然问道："那个死鬼留下了什么？"

"留下了什么？"我错愕地说，"你指的是遗产？"

"反正他该补偿我的东西！"她说。

"他好像就这些家当，"我说，"据我所知，他就留下这个院子、两间房子和狗，再有桌椅板凳、木头箱子和被褥，就这些了，够补偿你么？"

"这些东西我全不要，我要的是他真正留下来的遗产！你别跟我装傻，"她厉声说道，"你到底是谁？为什么待在这儿?!"

"反正他就留下这些。"我无奈地说，"我想静一会儿，不想跟你吵。"

那天晚上她好像疯了，真的疯了，像疯狗一样跑进跑出、四处闻味、到处乱嚷。我无法阻止她，而且她还歇斯底里地真想咬人。折腾了大半宿，到了后半夜，她的喉咙终于被她喊哑了，她也精疲力尽了，一个人坐在炕头上抱着阿旺小声呜咽。

"是啊，只有阿旺才知道你过去的境遇，"我说，"但是你还是快点走吧，这里真没有你想要的东西，他确实没留下什么值钱的遗产。"

"不，我不走，我哪里也不去。"她呜咽道。

"你这是在自讨苦吃。"我劝慰她。

"那个死鬼不补偿我！我就哪里也不去！——"

"那又何苦呢？他已经死了，况且他于你有救命之恩。"

"是吗！他救了我就拿我当畜生一样糟践我——我生不如死!"

"可是他已经死了，噩梦都过去了。"

"他是个魔鬼！折磨了我那么久，我诅咒他——咒他永远不得好死!"她恶狠狠地说，"你把门给我装好，我要住在这里!"

"门是给他做棺材板用的!"

"他不配进棺材，等野狗叼走他吧!"

后半夜我困得实在受不了了，眼睑重得像在上面拴了两个铅坠儿。我对她对我的请求实在无能为力，我一再对她解释：我怎么晓得看坟人有什么贵重遗产呢？显然，我跟她已经形成了对立。她相信一切东西都还在，我认为这里的一切全都完了，已经超出可以想象的范畴了。此时此刻，我别无选择，只能待在原地，无法给自己和她留有更多余地。直到天亮，远山浮现出殷红光色，她还想进行最后一次绝望尝试，看得出来，她急切想要拿到遗产，失败前，她脸上流露出自命不凡的表情，而我无动于衷地守在屋子一隅看着她。其实，我并不否认遗产对她未来生活的重要性，至少能够给她带来一点物质补偿和精神慰藉吧。

　　清晨，她独自走向空旷的花园……很快，她的身影便延伸到花园外面，她开着车渐行渐远在茫茫雪色中。当晚阿旺死了，移动它时，忽然，一张叠得非常紧凑的小纸条打阿旺狼趾的缝合部位掉了出来。我拾起纸条，打开它，上面模模糊糊地写道：谁把我葬在花园里，遗产就归谁。阿旺知道东西藏在哪里，它会带你找到。

　　我把阿旺和看坟人殓入门板做的棺材里，移入花园。花园里面的雪厚实得可爱，两天前被我们踩踏过的地方，如今只露出一点微不足道的破绽。我静坐在圆木旁的石灰凳上，一边想着一个没有尽头的问题，一边观望那几只恐怖的爪印，和那幅令人心悸的画像。我相信这个梦是真的，真相就混迹在白雪皑皑的花园下面，那源于痛苦的一切分支终将隐没在沼泽之中，消亡在大地深邃之处。等到那个时候，花园里的一切还会在一种持续而壮丽的色彩中沉浮，她再次光顾，以一种无畏神情和姿态坐在石灰凳旁的圆木上凝神。

那　夜

那夜我们喝了不少酒，但我们都没醉。

我开的是一辆北京牌照白色的两厢雪铁龙。那天我的确没有醉。我把车拐进一条小街道，停稳后，我想抱她下车，可刚碰到她，她就突然惊醒了。她没有让我抱，只让我扶她，她半闭睡眼，我搀她迈上一级级台阶……而在此之前，她对我是那么异常冷淡。

那天晚上，她打来电话让我把车停在向阳楼底下等她。我如约而至。在漆黑的夜里，我那辆乳白色的雪铁龙就像幽灵披着一张洁白的床单一样可怕。当时我打开大灯，笔直的光线射向前方。我看见她跟一个男孩，男孩紧紧尾随在她的身后。临近时她有意躲开光线，后面白净的男孩落入光线里，然后我看见她跟男孩道别，接着她拉开车门钻进车里。她坐在副驾驶位子上，脸色忧郁，眼睛毫无光泽地看着前方，而且她有意与我保持一定的距离，也没有打算向我解释那个男孩是谁？

我发动车，然后一溜烟驶出黑暗，又驶如另外一处黑暗。她想去"昔日酒吧"，我们就猫在"昔日酒吧"的黑暗的角落里，喝了几杯沃特加和白朗姆酒，之后我们重新回到车上，纹丝不动坐在那，车停在马路边道上。后来她睡着了，虽然她喝了不少酒，但我知道，酒精对她不太起作用。她准是困了，才打起瞌睡来。我脱下外套盖在她胸前。我把车开进不远处另外一条街道，下车时我摸了摸她的额，有些烫，与微风习习的初夏有点格格不入。此时已过了午夜。

遗落是风

下车时她不让我抱，可她的两腿又无力，软绵绵的身体歪在我的身上。我把外套重新披在她的肩上，我两臂用力支撑住她的身体，胳膊贴着胳膊，身体贴着身体，宛如一人迈上台阶，我为她打开快捷酒店的大门，打开门的一瞬，大厅里的强光猛然把她刺醒，她睁开眼，意识模糊地坐在沙发上，注视我走向前台。

……

我穿着白衬衣和深蓝色平角短裤坐在床上看电视里一个拙劣的模仿秀节目。她一进屋，便把自己锁进卫生间，然后就听见瓢泼大雨般的淋浴声……

她叫明花儿，外地人，来天津后她遇上他，然后跟他好上，然后他们在外面租了个单元房两人便过起搭伙的日子。他酗酒赌博。他开了家电脑公司，在他败光之前，她帮他支撑公司的业务。

春节刚过，我决定带我公司员工乘船去大连旅游，他和她正好也要去，我们便同行。

坐船是件令人振奋的事，尤其到了晚上，迎风破浪立在船头，初春时分，凛冽的海风呼啸而过，卷起大海黑色的裙裾，不时能看到远处明灭可睹的船灯，我们与那些过往的船只，互动着眼神，彼此揣测对方的想法。我们就跟大海的孩子一样，对陌生的母亲顿生敬畏！

花儿来到船头。我和他正手握船首柱四下张望漆黑的海，我和他谁都没发觉有一双犀利的眼睛打后方正向我们射来。

那刻，我们三人的灵魂仿佛统统笼罩在黑黢黢苍茫无涯的大海上，全然没有逃逸的可能。果不其然，花儿白皙如玉的小手伸向他的背后，我用眼角余光，扫见她变形狰狞的脸和她可怕的意图——她好像不需花费太大的力气，就能把他推下海，当他一旦掉进海里，他就会被漆黑的海水瞬间淹没，然后被削铁如泥的船头刳成两半，接着被接踵而至的螺旋桨绞成肉泥，随后鲨鱼会打两海里外的水域闻着血腥从容过来，海上又会泛起一波波血红的泡沫……

结果，谁会是证人？而谁又是真凶？是我？还是花儿？我肯定会被牵连进去，警察一定会把我当成花儿的同谋！到那时花儿会为我作证！想到这儿，想到花儿会在警察和他的父母面前痛哭流涕，会揪住我不放，指我骂我……我一下子就会变成跳进黄河也洗不清的十恶不赦的罪犯！

我把头转向花儿的刹那，船被恶浪猛烈地袭击了一下，花儿立足不稳，一把抓住我和他。恶风恶浪再次袭来，我们三人的身影立刻抱作一团，不约而同地与夜色与大海连成一片微澜。

船上那晚，或许我把花儿想错了，想得太坏，其实她是一个爱多愁善感的姑娘，就像一只爱多愁善感的蓝蝴蝶……

水声一停，花儿头上身上裹着雪白的浴巾打卫生间里出来。她撩开被子，躺在床上，之后她要我把窗户和空调全都给她打开，我奉命行事，接着又关掉电视，然后侧身躺在她的旁边。此时，我能清晰地感触到，她鼻翼微颤时发出的细小的声音，她面颊红润，发丝上散发着袭人的清香。我无法克制自己的手，它不自觉地开始滑动，在被子下面悄悄地滑向她……她微微地闭上了眼睛……

那年年初，我在北京开了分公司，这样一来，我总是晚上开车上北京，晚上到那睡一宿，转天再忙工作。

那是我们刚从大连旅游回来的一个晚上，我在家吃完晚饭，跟老婆孩子告别后就驾车赶往北京。路上我接到花儿发来的短信。短信上问我是不是上北京去了？我说是，就要上高速了。然后她嘱咐我高速上开车要小心，慢着点，千万别打盹。我想跟她通会话，她说千万别打，他就在旁边！我问花儿有什么事情？她说，等到了北京你上 QQ 看下，给你传了照片，照片上的人喜欢你！

要不是三环塞车，我还能早点到北京。一到公司，我就迫不及待打开电脑，登上 QQ。照片上楚楚动人的女孩，就是花儿！她像只蓝色的蝴蝶在大连老虎滩上飞来飞去，身上翅膀上闪烁着晶莹的浪花。在她的唇齿之间，还时刻洋溢着波浪般的微笑。我在看她，她也在看我，好像要对我说什么，欲言又止。我也不知该对花儿说点什么……过两天你能来趟北京吗？我在 QQ 上留言说，并且告诉她，我在北京得待上一周的时间。

没想到第三天她就来到我的身边。我没问她，她是怎样对他说的。但我能隐隐感到，她内心深处横亘着一堵墙，一堵无法逾越的墙。

花儿不光长得漂亮，她还有一种令其他女孩无法匹敌的气质，这可能源于她天生能歌擅写又擅画。所以，跟她在一起，我心里面就像燃起了火，每个器官和血液都被烤得格外激动。她喜欢唱歌，我开车带她在北京瞎转，她坐在我旁边唱歌，路上唱个不停，似乎只有这样才能排走她内心孤寂和苦闷。在北京，她忽然不再沉默，一改往日郁郁寡欢的心情，我发现，她是一个多么开朗豁达的姑娘。她头一次吃北京烤鸭时，弄得满脸是油，满手是酱。还有，她让我带她去买笔墨纸砚，回来后她就在我的办公室里挥毫泼墨，没想到她擅长古代人物的工笔画和毛体儿的行草书法，之后她把全部作品都贴在了墙上……北京几夜，她睡在办公室里，我睡在外面的沙发上。每个晚上，她都默默注视我走出她的"房间"……其实，我每颗神经都在荷尔蒙作用下亢奋着。我喜欢她，我想躺在她眼前，我想让她爬上我的沙发……我想，北京几夜我们都没有睡好。

三天后，她心满意足向我道别，然后头也不回默默地走了，临走时我真想不顾一切使劲搂住她的身体。

晴朗月夜的月光像水一样淌进屋子，漫到我手上，水上有一道轻盈的浮影，已跃上她的面颊。我手指轻轻触碰她的两腮，一股骚动的血流充满指尖，与她温暖的皮肤撞到一起……她在被子下面解开浴巾，白色的浴巾取出时，我激动的鲜血已快流到脖颈，她整个身体最充盈最光洁最明亮最低凹的部位，缓缓地无意识地展开……

回津后，我马上去找她。她对我说，她想离开他，她为他付出得太多，现在只想要回属于自己的那份，然后离开他。我问她是不是因为我，他知道了我们的事？她说，你想多了，这事和你有什么关系？难道咱们之间发生过什么？

过去她一直跟他生活在一起，他公司由她打理，钱由她一个人挣。他呢？整日游手好闲光知道找她要钱，然后到外面吃喝、赌博，晚上还老夜不归宿。你早该离开这种人！我劝花儿，劝过不止一次。可她是个要强的女孩，她从来不向我解释，从来都是一个人承受着满心的苦楚。她甚至没有说过他一句非分的话。有一次，她满怀期待地对我说，他向她许过诺，只要她能挣到足够买房子的钱，就帮她把户口迁到城市，然后娶她。

突然有一天，花儿非常诚恳地求我两件事：一件是，要我借给她四十万，说有急用，用性命和人格作保一定早还我；另一件是，要我陪她去一趟普陀山。两件事我没多想，全答应了。

这是我和花儿第二次在外面过夜。我们登顶普陀山天已擦黑，寺院大门已关上。我跟花儿在门口徘徊一阵，决定找家旅社先住下，赶明一早再到寺院里面烧香拜佛。

山上旅社都已客满。不得已我俩重回半山腰，那里有一家档次比较高的宾馆。宾馆建筑古香古色，整体氤氲缭绕在半山腰上。大堂经理解释说，普通客房都已经住满了，剩一间豪华套房问我们可不可以？我猜这个套房价格一定不菲，但还是欣然应允了。

晚上，花儿睡在里屋，我睡在外屋。见花儿入梦，我才回到外屋的沙发上。闭上眼，心里就开始澎湃，辗转反侧了半天才睡去。

黎明，我翻身醒来。忽然发觉，有人在后面紧紧地抱住我。是花儿！她那娇柔的身子紧紧依附在我的背上。我一惊，跳下地，被子掀开的瞬间，我无意识地看到她肉色的胸罩和内裤。我突如其来的举动，也吓了她一跳，她赶紧把被子拽到胸前。数秒后，我发现她眼里滚动着的泪花，想掉却始终没有掉下来。

临近中午，我们重回寺院，我烧了一炷香，她烧完香又去求签问卦。回来路上，我问她给谁求的签？她说给她的兄弟。后来她莫名其妙地说自己是个罪犯，告诉我，她兄弟非要替她去顶罪……她还说，她想死在一个永远也不会被人发现的地方。之后，她就闭口不答，我再问什么，她都缄默不语。

遗落是风

她转过身撩开被子，我慢慢地凑近她，她缓缓地把最后一道防线褪下身。然后，她娇小的身躯立刻暴露在星群之下。晚风习习，夜香氤氲着我们这个明亮的房间。风，轻轻骚动着她最洁净最敏感和最神圣的部位。这时，我忽然看到，她背部那一道道貌似鞭挞过的痕迹，深一道浅一道，像沟壑里流淌的红壤。这道道殷红的沟壑在她背部纵横交错，此时狡黠的月光在它上面正轻易地抚摸来抚摸去。我把她的身体重新转过来，手触动着那些沟壑，然后轻声问她，这是什么？她张开眼，紧闭双唇。忽然，我打她桀骜不驯的眸子里，突然感到宛如自身正处在她预设的某种险境当中，而在这个险境之上，盘附着她那具有穿透力的冷峻和矜持的态度。我确信，这种矜持正牢牢地把控着她，把控着她那颗既年轻又有节制的心。

他抽的！她说，然后她闭上眼，我不给他钱，他就用鞭子抽我，他喝完酒撒酒疯时也抽，他说我伺候不好，也抽，她说，抽了好多年了，实在受不了了。

她潜行于心多年的秘密终于被自己洞开，却把我一下子吸到了里面。蓦然回首，忽然觉得她是如此的陌生，过去我只从她的脸上看到她的沉默，却不知她还饱受着如此非人的折磨和伤痛。我为此动容，心里感到一阵阵不安。

你用不着这样。她平淡如水地说。

为什么!? 我问她。

不为什么。我把那畜生杀了。她平静地说。

昨天晚上，咱俩在一块的时候，我叫我兄弟把他杀了。说完，她把我紧紧搂在怀里，我只想让你爱一回，天亮，我就去自首……我发现，她眸子里始终闪现着泪花，轻易不肯凋谢的那种泪花。

那
夜

破碎虚空

　　我老婆汪涵认识了一个自称是大特务的薛琳之后，便发生了下面的事情。

　　一觉醒来见汪涵还没有回家，我倒了半杯威士忌再兑上点水，坐在客厅的沙发上发起呆。现在已经是半夜两点钟了，看样子汪涵今晚不会回来了。

　　大概一个多月之前，汪涵老是把薛琳挂在嘴边，晚上又总不回家，告诉我她天天都得出去应酬。有一次还打来电话明确告知我："说不定以后晚上就不回家睡了，你一个人睡吧。另外别有事没事总给我打电话。"就这样，直到今天晚上，汪涵已经有一个月十天又两个小时没有正经回家睡过觉了。前些日子我给她打过去电话，她说我又犯嘀咕，之后小声地告诉我："你就把心放在肚子里吧，我天天陪的是薛琳，她可是咱们军区首长身边的人。"出于好奇，我又问："她是首长身边的什么人？你们怎么认识的？了解她吗？她怎么总跟你在一起？"电话里汪涵什么都没有对我讲，只是把我又臭数落一通。说世故点，汪涵办公司出去跟客户拉关系，这是很正常的事情，我也能够理解。可是有一点我不理解：一个首长身边的人，不是秘书就是保卫，怎么能有这么多闲工夫跟你汪涵玩到一块儿呢？

　　有一天我突然警告汪涵说："你得把薛琳的底细摸清楚！我觉得这人挺特别，以后可别吃她的亏！"说老实话，我其实想警告汪涵的不是这些话，而担心她俩搞同性恋的话我一时又说不出口。

想归想，说归说，我倒没真想过我老婆会跟薛琳搞同性恋。我跟汪涵结婚快二十年，我们俩谁都没有对不起过对方。自打汪涵一个人把公司攒起来，她就一门心思扑在公司业务上，至于那些龌龊事我想她一定也很厌恶。所以有一天当我下决心嘱咐她别跟薛琳搞同性恋时，她对我对她的不信任表现得异常反感，差点没把我活活打死。

之后的一天晚上，十二点刚过，汪涵突然发来一条短信，上面写着：我跟薛琳在团泊希宾斯温泉别墅酒店正享受异性按摩呢，薛琳说想见你，你过来吗？看完短信，我的气儿就不打一处来，肺都快要给气炸了。

我立马给汪涵回信说：你要是想身败名裂，那我可也要去胡作非为了，看咱俩谁折腾得过谁！她马上又回复说：你脑子有病啊！嘀咕什么！我和薛琳在一间屋子里叫人按摩呢。你脏心烂肺的胡想些什么！

虽然我又挨了汪涵的数落，但这倒让我消了一半气。你想啊，汪涵说我脑子有病，说我脏心烂肺什么的。这话听起来多像她跟薛琳没做什么见不得人的勾当。

转天一大早，好像六点刚过，汪涵就风风火火地跑回家。我以为她回来跟我说昨天晚上的事。没想到一进门先数落我一通，然后又要让我跟她一起走。我问她："带我上哪？"她说："团泊希宾斯！""去那儿干什么？""薛琳想见你。"汪涵说。

团泊希宾斯是距离市区最近的一家超豪华温泉别墅酒店，三十分钟的车程一会儿就到。路上我埋怨汪涵说："半个钟头的路你都要在外面过夜！"汪涵没有理我，专心致志地开她的车眼睛始终盯着前面。工夫不大，汪涵就把车开进酒店的院落，然后拐到一栋三层别墅的跟前停下。她推开车门跳下车，快步走进别墅。我跟在她的后面。汪涵蹬蹬蹬地跑上二楼，跟着又听见她跑上三楼，紧接着又蹬蹬蹬地跑下来，跑到二楼的阳台上，扶住围栏探身往下看，随后打包里掏出手机。

"她准是看我要来提前溜了？"我幸灾乐祸地说，"兴许怕要她付帐呢。"

"别瞎说，我请她。"汪涵快速按着手机上的按键，没抬眼皮对我说，"要不你先自己泡，中午退房呢。"

见汪涵专心致志地发着短信，我就跑上楼瞎转悠。没想到这栋别墅大得每一层都有十间房。我随便走进一间，一眼就瞅见茶几果盘里堆如小山的车厘子和荔枝，接着又发现茶几旁边的吧台上放着一瓶起塞的干邑红葡萄酒和一个大果篮，果篮里有一个掰开一角的大榴莲，满屋的榴莲香气就是从这里散发出来的。

"哟，你们可真够奢侈的，"我叫了一声，说，"有这么多好水果，要钱吗？"

"废话！"汪涵站在二楼阳台上面喊，"含在房费里，别吃车厘子和樱桃，榴莲也给我留着，这儿有香蕉、苹果和梨，你吃这些！"

我一听赶紧把榴莲掰开，伸手掏出一块儿最肥的塞到嘴里，跟着又往嘴里填了几个车厘子和樱桃。我一边吐核儿，一边扒掉身上的衣服，随手拎了件浴袍披在身上。

"涵啊涵，你可真拿钱不当钱，请什么屁大个人物，舍得花这么多钱？还糟蹋了这么多好水果！"我边下楼边说。

"快把浴袍脱了！"汪涵冲我大叫一声，吓了我一跳。我赶忙把浴袍脱掉甩在地上。

"这件浴袍怎么了！？"

"她穿过的，"汪涵说，"这件浴袍！"

我光着屁股，唧唧缩缩地跑上阳台，抬腿迈进温水池里。坐下时把水都拱到了外面。

"水里面怎么会有杂质？"我问汪涵。

"别废话！快泡，泡完咱们就走！"汪涵站池边愣愣地说。

"怎么，她真走了，不回来啦？"我问。

"不回来了，她说军区有急事要她回去！"汪涵说。

"什么急事？"我问。

"保密！你看，薛琳肯定是军区里面的人。"汪涵自我安慰说。

"唉，涵啊你脑子一定出毛病了。"我乐着说。

"去死，淹死你！"汪涵说着伸手就要按我的头，冷不丁我一把把汪涵拽到了水里。

"还没脱衣裳那，待会儿怎么走！？"汪涵尖叫说。

"那我可管不着。这儿得花多少钱？"我抹把脸上的水花说。

遗落是风

"那你也管不着！"汪涵说。

这些日子汪涵看上去挺闲在，好像度过了前一段时间的紧张日子。有一天下午，汪涵开着她那辆淘汰下来的东南富利卡，路过我单位接我一道回家。一上车我就问："你那辆新奥迪呢？"

"上军区接人去了。"汪涵说。

"接薛琳？"我说。然后看着汪涵吃力地抱着方向盘。

"嗯，"汪涵点了一下头，然后犹豫了下说，"晚上薛琳让我给她找个小白脸儿。"

"看，出事了吧，"我说，"这么大的一个人物怎么也去搞小白脸儿？没听说过。"

"这事你不能管，非出事不可，出了事就不是小事。"我坨道地说。

汪涵吭哧半天没有说出话来。"还是让我开吧，你光走神想小白脸儿呢。"我说。

吃完晚饭，我就让汪涵在家里待着哪儿也别去。而且我叫汪涵打电话告诉薛琳，说家里临时有事出不去。汪涵想了想，给她一个叫唐秀的姐们儿拨通了电话。电话里她把薛琳叫她找小白脸儿的事说了，然后问唐秀怎么办？唐秀让汪涵放心，这事包在她身上。之后汪涵告诉我，薛琳就是通过唐秀认识的。

果然当晚薛琳没再给汪涵打电话，我想唐秀一定给薛琳去了电话，而且把事情办妥了。可是转天一大早天还没有亮，唐秀就打来电话。

其实唐秀我压根没见过也不认识，只是听汪涵提到过。汪涵说唐秀是她和薛琳泡吧时认识的一个挺投缘的好姐妹儿。汪涵说，前一段时间，唐秀还在酒吧里包养了一个领舞的小男孩儿。据唐秀自己说，她离过婚，儿子都二十大几了，一个人无聊才背着儿子在外面搞个小朋友，那领舞的男孩儿看上去也就十八九岁的样子。

一听是唐秀打来的电话，我心里就一激灵，赶紧拊在汪涵的耳边小声说：

"告诉她我病了，你得在家照顾我，哪儿也去不了。"

唐秀一上来就抱怨说："我为你分忧，你可把我给害惨了。"

汪涵没有听明白，问道："怎么一回事？你仔细说说。"

唐秀电话里带着哭腔说："我告诉薛琳说你临时有事出不来。然后她让我找个热闹点的地方，我们就去了我弟（她管她小朋友称呼弟）领舞的那间酒吧。"

"接着说，后来呢？"汪涵说。

"后来我叫我弟也给她介绍了一个跳舞的小男孩儿，"唐秀说，"那孩子可真够白的，完全可称得上小白脸儿了。"

"那又怎么样？再后来呢？"汪涵问。

"再后来就是现在了，"唐秀都快哭出声来，说，"直到现在薛琳跟那个小白脸儿还待在酒店房间里没出来呢！你可把我害苦啦。"

"你们睡在了一起？"汪涵按捺不住地问唐秀。

"睡个屁，我在大堂里糗了一宿。她妈的！薛琳跟那小子到现在还没完事那！"唐秀说着好像说的话一直在打哆嗦。

"你怎么没回家？"汪涵说。

"哪知道他俩玩整宿的，觉得玩一会儿不就完了么。"唐秀委屈地说，"还有，我先帮你把房费垫上，到时你得还我！"

这时电话突然没音儿了，像是给挂断了，接着传来一阵嘟嘟嘟的忙音。"可能是信号不好，要不就是他们完事出来了？"汪涵把手机撂在枕头上说。

"什么房费她给垫上了？"我一边提裤子，一边问。

"准是开房的住宿费呗。还用问。"汪涵赖在被窝里懒洋洋地说。

"薛琳到底是什么人，真是军区的人么？会不会是个江湖骗子啊？"我说。

"好像干保卫工作，她说自己是个特务，还是个大特务！"汪涵说。

"全是她自己说的？"我问。

"嗯。"汪涵只吭了一声。

我走到床边，伸手摸摸汪涵脑门，然后把脸贴到她脸上——

"涵，你脑子没坏吧？带你上北京安定医院看看吧。"我说。

汪涵一脚把我蹬开，"你脑子才有毛病！神经病！滚一边去！"

"她给我看过军官证，港澳、日本、韩国、老挝、越南、菲律宾的身份证，还有当年她当警卫时的照片。"

"这能证明什么？特务还有说自己是特务？真没听说哪个特务站出来高喊，我是特务！脑子有病啊被门掩啦？还有你见过她穿军装吗？"

"没见过，"

"什么军衔，肩章上有几颗星，是星还是花？"

"不懂，不知道！管她带什么，反正能帮我介绍领导办成事就行！"

"她开什么车？"

"宝马7系，"汪涵翻下白眼说，"你有完没完！"

我就怕老婆发火，她发起火来能把人吓得半死。又过了一会儿，汪涵睁开眼主动跟我讲起薛琳。说薛琳大学毕业就进了国安局，第二年就派到香港执行任务，在香港是驻港经贸办公室副主任的太太，暗中收集日本人在港经贸活动的情报。后来她爱上一个韩国驻港武官。她说他俩爱得死去活来。那时她懂得了什么叫做爱情……后来国安局突然把她调了回来。再之后，她又当过珠宝商的女儿去过意大利，在韩国做过女佣，当过中日亲民大使，用不同的身份去过英法美加澳……三年前派她去非洲时，她才佯装身体有病，而且有领导为她说请，这才没去成，直到现在在首长身边工作。

"你原来知道这么多，怎么没有对我说过？"我说。

"像她这样的'神人'，对你有什么用处？"我又说。

"你怎么听不懂人话！她工作上认识很多领导。伺候好了，不就能给我多介绍点业务么。你简直是不开窍的猪脑子！"

"说了你也听不懂，懒得跟你废话！"汪涵又说。

"反正，我觉得你认识薛琳以后脑子像是中了病……"

汪涵没再跟我矫情，推开我跳下地趿拉着拖鞋跑到厨房，拽开冰箱门去找吃的，然后又跑上阳台扒头往下瞧。

"哎，哎同志，早点铺开门了，快去给我买两根油条，饿死我了。"汪涵喊道。

我走进厨房关上冰箱的门，打楼下早点铺的排风扇排上来的油烟味儿差点没把我熏一个跟头。

下午四点钟，唐秀打来电话，约我们两口子晚上九点钟到黑钻夜总会见面。汪涵电话里问她出了什么事情？唐秀只是说有点事，等昨晚见面时再细说。另外薛琳也要来，特别叫我告诉你让你先生一块儿来。

晚上九点我和汪涵准时到了黑钻夜总会。

我们在黑不隆冬的夜总会里转了两圈，没发现唐秀和薛琳的影子。然后选了一个靠门口的位置坐下。侍者过来问我俩喝什么？"两杯火焰鸡尾酒。"汪涵说。不一会儿侍者端来两杯鸡尾酒，在我们眼前将火点上。这时，唐秀也来了。

"你老公长得挺帅。"唐秀一见面就说。

可唐秀却不怎么好看，长得跟朝鲜人似的，颧骨老高。不像汪涵夸得像朵花一样。

我没好意思盯着她看。唐秀故意挤在我和汪涵中间坐下，腿贴在我腿上。

我把侍者刚点燃的火焰鸡尾酒推给唐秀一杯。唐秀看上去一脸倦怠，"我想要杯带劲儿的。"唐秀说。"威特，给我两杯不加冰的威士忌。"唐秀冲吧台里面喊。

这时两个女人开始聊起女人们的那点事。我左顾右盼，指头像弹钢琴一样轮番敲着桌面，耳朵听着萨克斯悠扬的曲调慢慢摇晃着上身，装作没有听她俩说话。

唐秀说："薛琳这人可真恶心，来着例假就把那孩子给办了。"

汪涵一脸惊愕地问："昨晚那个小白脸儿？"

唐秀说："嗯，那孩子还是个雏儿呢。"

"我倒不心疼那点房费，"唐秀呷口威士忌继续说，"讨厌的是她把人家床单弄得到处都是血。她干完了一走了事，我还得陪人家的床单，弄得我倍儿没面子。"

"还有一件让你我都做不出来的事，"我给唐秀点烟的工夫，她撩起眼皮扫了我一眼，扭头对汪涵说，"唉你老公长得真的挺帅。"

"哦，我接着给你讲，"唐秀说，"下午我弟不乐意了，他说以后再碰上这样的女人就甭叫他帮忙。"

"你弟怎么了?"汪涵说。

"还问怎么了,"唐秀说,"薛琳玩完了人家,跟没事人似的走了——"

"走了?走了什么意思?"汪涵问。

"走了——你不明白?走了就走了,那孩子白干了呗。后来我弟问我向谁要钱?晕!结果又是我出的这份缺德钱。我靠,那孩子可够贵的之前还是个雏呢,都怪你。"

"怎么怪我?"

"不怪你怪谁?"唐秀一口吞下整杯的威士忌说。

我们等到最后也没有见着薛琳,两个老娘们儿又胡扯了一堆闲白儿。临走时我问唐秀:"薛琳想见我干什么?"唐秀撇撇嘴不置可否地说:"谁让你老婆把你夸得那么完美呢。"

那天晚上唐秀给我们讲了薛琳一个秘密。唐秀说薛琳的老公不行,每次死精率都在百分之九十以上。当时我听了吓一跳,没想到女人们凑到一块儿就聊这个,如此糟践自己老公!唐秀当着汪涵的面问我:"要是薛琳见你长得还行,找你要精子,你给不给?"我晕,晕晕晕。"不给!"我当机立断地说。"对!不给!"汪涵也这么说。

没想到转天晚上汪涵一回家就对我说:"薛琳想让我给她找个肚子。"

"找肚子干什么?"我问道。

"找肚子生孩子。"汪涵说。

"她自己又不是没有!"我说。

"她自己准是不想生呗,想借别人的生。"汪涵说。

"唔,这挺有意思,"我说,"精子不是她男人的,肚子又不是自己的,她瞎折腾什么呢?"

"啊——对啊,这个我怎么没有想到。"汪涵说。

"你没想到的事多呢,"我说,"你们这帮女人,有了俩钱没事净寻开心。"

破碎虚空

"那明天我还去吗？"汪涵说。

"去哪？"我说。

"薛琳叫我陪她去医院取卵子。"汪涵说。

"啊！——取谁的？"我问道。

"废话，当然是取她的。她害怕想让我陪她一块儿去。"汪涵说。

"去去去，边上待着去，别烦我。"我说。

又过了一天，还是晚上没到吃饭的钟点汪涵就跑回家。"嗨——老头子，你猜怎么着？"汪涵一进门就对我嚷。

"什么怎么着？"我问。

"大夫从薛琳肚子里取出六个卵子，你猜有多大？"汪涵兴奋地说。

"有多大？"我说。

"一分硬币那么大。"汪涵拇指和食指扣成一个圆圈说。

"我靠！六个才一分钱，这么便宜。"我说。

"你才便宜那，"汪涵说，"一个就一分钱那么大。"

"六个才六分钱那也够贱的。"我说。

"你正经点好不好。"汪涵不乐意了说我。

"谁不正经！刚才在菜市场花五块钱才买了两个葱头，花六块才买了一小把儿香菜！菠菜三块五一捆，西红柿两块，大白菜也两块，猪肉十八一斤，牛羊肉二十八！就他妈的人肉便宜还没地方买去。"

"让她送咱几个，等养大了也去菜市场卖。"我又说。

"人家这样痛苦你却找乐。唉，晚上吃什么？"汪涵说。

"孩子，还有小鸡炖蘑菇，是昨天剩的，你还想吃什么？"我说。

"晚上公司有应酬，就不在家吃啦哈，老公辛苦啦。"汪涵嬉皮笑脸地说。

"真有应酬假有应酬？"

"真有，真有，晚上你把剩饭全吃了吧，明天给我做新的，我一定回来吃。"汪涵说着抬起腿就往门外跑。

一连几天，汪涵天天嘴上挂着薛琳卵子的事。另外薛琳还一直惦记着要见我。有几次她跟汪涵都约好了见面的时间和地点，又因为她临时有事而没见成。害得我整天心神不宁，恨不得早点见着她早点完事。

听汪涵说最近谈的几个工程都是薛琳给介绍的，为此汪涵整天围着薛琳转，而且为薛琳办起事来乐此不疲。可是有一天还没有到下班的钟点，汪涵就跑回家兴师问罪般冲我发脾气。原因是刚才说的几个工程可能都要泡汤了。

事情的经过是这样的：前些日子，汪涵让我给农村的表妹打电话，问表妹愿不愿意有偿提供自己的肚子为人家生孩子？没想到，我表妹连想都没想竟痛快地答应了。我也没想到这事办得这样顺利，汪涵一连美了几天。我也很得意。别看我表妹是个农村女孩，但跟城市女孩一样长得好看，在家里也是娇生惯养的。在领我表妹跟薛琳见面的前一天晚上，汪涵电话里还嘱咐了我表妹一番，问了我表妹是不是处女？我表妹说自己还从来没有搞过对象……

转天薛琳见到我表妹时又问了一遍。汪涵对我学舌说：

"薛琳问你表妹是不是处女？你表妹说是。还问了她胸围多少带多大罩杯的胸罩？有没有过男朋友？最后还问你表妹做过没做过爱？当时把你表妹的小脸都臊红了。最后问你表妹要多少钱？你表妹真是挺厚道，说可以生完孩子再说。薛琳对你表妹挺满意，当时就定了叫她生，生完再谈钱。"

而情况突变在汪涵和薛琳带我表妹去医院做妇科检查之后的一周。那天下午，薛琳打来电话，我和汪涵正巧都在家。薛琳电话里阴阳怪气地对汪涵说：

"汪涵，你先生表妹身体条件各方面都很好，大夫看完检查报告，说她之前做过几次流产，子宫壁都给刮薄了，恐怕再也生不了孩子了。"

汪涵听完脑袋都大了，我也坐一旁傻了眼。汪涵只得一脸无辜地拍胸脯向薛琳保证，让我再为她物色一个绝对健康和保险的女孩。就这样，打那以后，汪涵一回家就跟我玩命，怪我把她快要谈成的工程全给搞砸了。没办法，女孩我是再也找不来了。我也只得听任汪涵朝我抱怨，心想等她把气出完也就好了。

两三天的工夫，汪涵的气就消了一大半，又对我说："薛琳还是想见你!"

"见就见。"我不含糊地说。

之后突然有一天，汪涵急急火火给我打来电话说："薛琳等不及了，在医院冻藏的六个卵子都要过期了，让你抓紧时间。"

"抓紧时间，抓紧什么时间？"我问汪涵。

"她想要你的精子。"汪涵说。

我撂下电话懵了一整天。直到晚上我问汪涵："精子给不给她？"

"给！"汪涵下决心说。

"怎么给？总不能让我去干她吧？"

"想得美，"汪涵瞟了我一眼，说，"她让你跟她去医院。"

"去医院干那事？"我说，"众目睽睽下我可干不出来，要是白干了你俩可别怪我。"

"呸——呸呸呸，"汪涵朝我直啐唾沫，"谁让你这么干！去医院把你关在一间屋里自己去弄。"汪涵气急败坏地说。

"她在跟前吗？"我问。

"呸，自己弄！没人！"汪涵又啐了我一口说。

夜里我刚睡着又突然间爬起来，推醒汪涵。汪涵迷迷怔怔地问我出了什么事？我说我想不通，有一件事情我怎么也搞不明白——

"说——"汪涵说。

"如果我跟薛琳有了孩子，那孩子是谁的？"

"她的。"汪涵说。

"那你呢？"

"说好了，薛琳再给我介绍个大工程。"汪涵说。

"哦，那还成。"我满意地说。

"不过，要是咱俩以后都死了，咱家的财产归谁呢？"我又问。

这么一问，倒把汪涵问醒了。

"对呀，这是个事，等明天再说吧。"汪涵一翻身，脸朝墙又睡熟了。

转天汪涵跟我没话，我也跟她没话。再转天汪涵回家捎给我一个小塑料盒。

"喏——拿这盒儿接，越多越好，别滋到外面。"说完，汪涵坐

遗落是风

在客厅的沙发上。

我正犹豫，汪涵又说："你可别玩儿，要一次性的！二十分钟内我就得给她送过去，她在医院等着那，要不就全死光啦！"

一会儿我就弄完了，汪涵乐呵呵地把塑料盒封好装到包里，然后跑下楼。

化验结果很快出来了。汪涵说薛琳表扬了我，说我的精子全部合格。我也给薛琳去了电话，向她表示了祝贺。从那以后，我就天天问汪涵薛琳的肚子怎么样。又过了很久，薛琳的肚子还是瘪瘪的。一次聚会听唐秀说，薛琳的肚子没鼓起来，不是我的原因，因为薛琳的子宫壁太薄，胎儿在上面坐不住。听完我也搞不清楚当时的心里是喜是悲？总之这件事就算过去了。

一天夜里，我突发奇想，搂着被窝里的汪涵说："涵，咱别丁克了，你给我生一群孩子吧，然后高价卖给薛琳——"

"滚，滚一边去。"汪涵说着一脚把我踹出了被窝。

"明天中午薛琳要去北京开会，叫咱俩一早去找她，她好像有话要对你说。"汪涵闭着眼醋意十足地说。

"我跟她早就没交易了。"我说。

"你没交易了，我还有呢。你去不去！"汪涵睁大眼又要发火，说，"别说我没提醒你，她手上可能有个更大的项目要叫我去谈！"

"去去去，我的姑奶奶，财神爷，这次我一定去会会她。"

转天一早我和汪涵开车直奔薛琳的住处，路上薛琳又打来电话说她已经上了去北京的高速，等她回来再跟我们约时间。没办法，我和汪涵只得打道回府。没过多久，薛琳又打来电话，可说话的人不是薛琳，而是一位交通警察。交警告诉我们有一辆宝马轿车半小时前在高速上出了车祸，问我们认不认识车里的人。同时告诉我们人已被救护车送往附近的新滨医院。我和汪涵听完马上掉头赶往交警说的新滨医院。到了医院，大夫刚好打急救室里面出来，听我们说是伤者的朋友，就告诉我们，人还处在昏迷中，要做手术，你们暂时见不了她。

舞凤凰

今年邪行，十一长假都快过完，凤凰还是没有动静，要是往年她早就飞到南普陀烧香还愿去了。

眼看快到十月底，一大早我遛完狗回来，想睡个回笼觉，刚躺下合上眼，凤凰就撩开被子对我说："明天我要去趟南普陀，三天后回来，等我回来再解决咱俩的事。"这时我的睡意朦胧，闭着眼说："凤凰啊，你是个信佛之人，得饶人处且饶人嘛。"

凤凰腾地坐起身，立马嚷道："你说，我都饶你几回啦！掰脚趾头数数！狗改不了吃屎！"说完，便用她那锋利的指甲，冷不丁地在我后背上一通猛戳，疼得我要命，大有恨我不死的味道。随后她跳下地光脚钻进了卫生间。这时，我也清醒了，冲凤凰吼道："你要去南普陀可以，像往年一样，当天去当天回，不准在外面过夜！"我喊完接着蒙头大睡，凤凰装作没有听见，卫生间里传出她那只倒霉电动牙刷叽里呱啦的叫唤声。

凤凰一通打扮，开着她的宝马上公司去了。等她走后，我也无心再睡，简单抹把脸，便跑到我哥们儿开的倪律律师事务所。

倪律新招来一个小内勤，从来没见过。女孩挺殷勤，边让座边忙着给我斟水。我没说我谁，她一定以为我是她老板的客户。我对那女孩说："可可，你忘了我不喝白水，里屋有我送来的西湖龙井，我喝那个，给我泡上。"女孩翻翻白眼说："我不叫可可，我叫倩倩，您肯定认错人了。"说完，小腰一扭，一屁股坐在我斜对过的办公

154
遗落是凤

桌里。

我乜视她得有几分钟，直到倪律推门进来瞅我盯着女孩看，同时看见女孩不大乐意地撅着个小嘴。倪律凑近我，小声问："你惹她啦？"我说："没有，她自找的。""哦，是吗？我看你才自找的！"说着倪律直起腰，"说吧，你在外面又出嘛糗事了？"回身叫——"可可，给咱们水手沏壶茶，在里屋柜子里，西湖龙井。"女孩没说话去了。

"她不是叫倩倩？"我问。"谁说的？她叫武可可，是我新招来的，盘儿亮吧？""哦哦，亮亮。"我边说心想，没想到还真让我给蒙对了，不过，这丫头够鬼，时间长了，可真得提防着点。

可可磨蹭半天茶也没给端来。我干巴巴地对倪律说："你嫂子去年更年期刚过，今年又犯了。""哦？料到了。这回离啦？祝贺你！""屁话！""什么屁话？可可送客！""噫噫，我还没说完呢。""快说，我手头有活。""那我不是活？""那快说！"

"凤凰前些日子去找我小朋友了。""哪个？码头上那个混血儿？""不是，后来在邮轮上认识的那个你不知道。""可你好像下船有些日子了？""是啊。""怎么？""歇病假，唉，得了他妈的恐水病。""什么病？！""恐水病。""一个水手得了害怕水的病！？哈哈，还是头一次听说。"

"哎——你先甭管我得了什么病，听我先拣有用的说。鬼才知道凤凰怎样找到我小朋友的。回家就问我怎么认识的那姑娘。又问了一大堆莫名其妙的问题，都给我问懵了，她还警告我不准对那姑娘打歪主意！"

"那姑娘干吗的？""一个人坐船旅行的大四学生。""你真行，大学生！""是啊，凤凰也这么说，说我都能当她爸了。""后来呢？""后来那个没经验的蠢丫头就全招供了呗，说我送给她 Dior 的化妆品，香奈儿2. 55 的包包，古驰的……"

"你哪儿来的这些奢侈品？船上倒腾的走私货？""哪，过去我买给凤凰的……""唔，你又给偷走了？""偷多难听吁……""呵，你真行。""啊，凤凰也这么说。""凤凰发现东西少啦？""可不，废话！

没发现怎么顺藤摸瓜找到的。"

"后来呢?""反正那丫头跟凤凰低头认错发誓再不理我了。""那不就得了。""得了就好了,凤凰没完哪,前些日子凤凰写了份离婚协议书,让我在上面签字画押。"说着我把快揉烂的一张纸掏出来,撸平递给倪律。离婚协议书大意是因我的全部过错,别墅归凤凰,宝马和切诺基归凤凰,家里的全部财产都归凤凰。唯一留给我的是一只新买来的小狗。

"人家凤凰人赃俱获,你还想干吗?""我想咨询……""甭提打官司。没人愿接,替你害臊。""那你当个哪门子律师!""做律师的替人打官司也得凭良心,谁不乐意替好人伸张正义。回去告诉你家凤凰,如果她想打,找我,我免费替她打。""行行行,别开玩笑了,就算我不是好人,看在光屁股长大的面儿上,快给哥们儿出个招儿。"

后来,我还说了凤凰明天要去南普陀的事。说实话,我把这事描重了点,说凤凰以前去都是当天飞去飞回。这次去非要在外面过夜,怪可疑的……

倪律端倪我半天,才说:"你媳妇的公司现在越干越大钱越挣越多,你确实得留点神!"说完,倪律招呼可可过来,说自己有事先走一步,有嘛话,或有嘛打算先让可可记下来等他回来再说。

其实,我还想跟倪律说些难于启齿的事,眨眼工夫,倪律抽身跑掉了。倪律走后,我就在想,这些让男人没有尊严的事,怎么能够跟一个小黄毛丫头说得出口!况且,我还想让倪律帮我分析,怎样才能神不知鬼不觉地拿到凤凰先我出轨的确凿证据。这样,凤凰再闹离婚,再怎么天翻地覆的折腾,我就什么都不用怕了。

武可可端坐在倪律刚才坐过的位置上,膝上放着一沓打印过的A4纸,背面朝上,手里擎着一支笔头秃秃的铅笔,就这么一板正经地盯着我看,似乎时刻准备着,等我一开口,就把我的话记录在案。其实我早就从她不耐烦的眼神里看出,她肚子里正在闹饥荒,巴不得立马跟我散伙。

"好吧,倩倩,你可是告诉过我你叫倩倩的,对吧。"女孩不吭声。

"我就问你两个问题，问完咱俩就散伙，不多耽搁你的时间。"女孩还是不吭声，看样子挺有分寸的。

"第一个问题，刚才我跟倪律提到的那个凤凰，她是想先揪住我的尾巴先倒打我一耙对不对?"女孩如实记录下来，并且另起一行，答：对。

"好，谢谢，第二个问题，凤凰撇下我三番五次跑去南普陀是不是有问题，值不值得怀疑?"女孩又如实记下，再起一行，答：有。

"那好，第三个问题……""好啦好啦都超啦。"女孩不耐烦地嚷道。

我面红耳赤说："倩倩您容我把话说完，不算第三个问题还不成么？问完我请你去吃河蟹。"女孩这才不做声。

"假设凤凰真的给我戴上了绿帽子，你怎么看?"女孩一甩手，在纸上潦草地写道："不好看!"

中午，我没有食言，请倩倩到附近一家海鲜馆吃了一顿肥得流油的河蟹。晚上到家听凤凰说，她去南普陀的日子改在了下周。这样，之后几天我就泡在发小的律师事务所，没完没了地跟倩倩咨询这件事。当然，我还查清了凤凰的航班号，给自己也订了一张飞往厦门的机票……

那天凤凰走时，我猫在被窝里佯装没有睡醒。听到凤凰一发动汽车，我便慌张地提上裤子蹬上鞋，拎件外套就朝我那辆切诺基跑去。等我把切诺基倒上马路，凤凰已经开着她的宝马奔向机场的高速公路了。

我加大油门，迎着清晨的薄雾，尾随在凤凰的后面。跟着跟着，我就把凤凰的宝马跟丢了。我索性不急也不跟了，反正跟凤凰坐同一航班。但是，我心里却不由升出一种莫名其妙的失落感，仿佛是即将失去凤凰的感觉?

没过多久，我的视线移到车窗外的风景。乳白色的清晨啊，每隔一段时间就有一架飞机拖着震耳欲聋的尖啸声，打我头顶上空掠过。

没想到，在登机楼内，凤凰竟落在了我的后面，她似乎没有发现我的存在。我佯装蹲下系鞋带的时候，她快步从我身边走过。我闻到了她身上再熟悉不过的香水味道，听到她皮靴落在大理石地面上，像小鹿般踢踢踏踏的脚步声，我心里委实惊了一下。

　　取登机牌时，我故意跟凤凰拉开一段距离。安检时，我则夹杂在另一支队伍的最后头。这时，我看到凤凰当着安检人员的面，倒腾出她随身包里的物件，与此同时，我猛然发现凤凰身边多出一个矮个子男人，正帮凤凰往包里塞东西。我一直没有留意这个男人是何时出现的。同时我也看不清这个人的长相。他身穿一件深咖色半大风衣，头带一顶浅格鸭舌帽，一副雷朋墨镜遮住他的大半张脸。我想上前去问凤凰……我迟疑一下，也许这人是凤凰在机场遇到的一个熟人。我边想边走进机场一家书店，捧起一本书，挡在脸上，只露出眼睛瞄着舞凤凰和那个男人。

　　这个比凤凰矮半头的男人，似曾相识，他同凤凰一道往登机口方向走。我尾随在他们身后。说来奇怪，我就是觉得那人眼熟，却想不起他是谁。现在我开始后悔出来得太急，准备不充分，连手机都忘记带上。否则，一定给他俩拍个照，留作日后打官司的证据。

　　庆幸的是，我们乘坐的班机，不在今天取消的 40 架航班之内。但还是推迟了近一个钟才让我们登机。走进飞机的舱口，美丽的南方空姐向我微笑致意，我从空姐手中取了一份厦门晨报，遮在脸上，随密密匝匝的人流往机舱里面走。我怕被凤凰看到，所以取登机牌时选的是最后一排最靠里的位置。坐下后系紧安全带，我不由朝坐在公务舱的舞凤凰望了望。让人不可思议的是，那个矮男人的位置也在公务舱，而且就在凤凰的旁边。现在我的思维有点混乱，我闭上眼，想静一静，却感到一阵眩晕。

　　我紧闭双眼，不一会儿便睡着了。

　　梦里我还回到了过去，第一次跟凤凰去南普陀的情景闪现在我眼前。

　　那是舞凤凰刚办公司那会儿。听朋友说，南普陀的香火旺，许愿也灵。于是我们就去了南普陀。也就是在那次，我在南普陀出了点意外。

那天厦门天气奇热无比。路上，我不停地冒汗，心里像晕车般难受得直恶心。而且越靠近南普陀越发慌。凤凰说我可能是中暑，等到了南普陀在阴凉处好好歇歇。

正对南普陀寺院门外有一焚香炉。上香有讲究，曾见人做过，但没记得太清。凤凰倒显得老练，她点燃手中香柱，朝东南西北四个方向拜了三拜，又朝天地拜了三拜，才把香插入炉中。我呢，可笑得很，只请了一根小香，没半分钟工夫就搞定。期间我却被香火烫伤了嘴和胳膊。

上完香，我们便绕过香炉朝寺院走去。

意外就是在我刚踏进寺院门槛的节骨眼上。我突然栽倒在地，后来凤凰这样形容我，她说："哎呀，一下子围上一群人，当时你就像被狙击枪射中一样，突然倒在哼哈门将的脚下……"

不知过了多久我才醒过来，一醒，便发现自己躺在一张雪白的病床上，一个穿白制服的男人正守着我。当时我的头还很晕，只觉得这人不像大夫。过了一会儿，我又注意到那白制服袖口上有四道黄杠，我转了转脖子，认定他跟一样是个海员，还不是一般的海员，是一位船长。

"舞凤凰你丈夫醒了——"我听见那位船长在喊我媳妇的名字。凤凰马上跑过来，把一条热毛巾敷在我头上。

"是啊，他醒了，谢谢船长，您快回去吧，我一个人能行。"我看到凤凰跟船长说话时，脸红彤彤的，显得不好意思。

"好，回天津，一定带他去医院做个全面检查。有事情尽管给我打电话，我家在南岗区，离这不算远。"男人说完，转身笑呵呵地走了。

船长走后我问凤凰："你跟那位船长认识？""不认识。"凤凰边为我擦汗边说。"不认识，你们说话为啥这样热乎乎？""你有病啊！"凤凰生气了说。"是啊，我没病躺在这儿干嘛？""噫，有病倒有理啰！"凤凰说，"人家好心帮了你，你倒说起风凉话。"

"哎呀，不是在跟你开玩笑嘛。"我笑着说，"医生说我有啥毛病？""没毛病，大夫没检查出你有啥毛病？""我好像被门槛绊倒了？""绊倒了？是栽倒的！"凤凰说，"当时，你一声不吭地就栽倒了，浑身直哆嗦，可把我吓坏了，人们都说你是不是犯癫痫抽风呢。"

"抽风！？"我说，"凤凰你嘴上留点德好不好？"

"要不是你那位船长把你背到医院，真不知道你死活呢。"

"哪个船的船长？"我问。

"国家科考船船长，"凤凰说，"听他说，每次出海科考前都来南普陀上香……"

其实发生这个意外，绝非偶然，什么原因我心里跟明镜似的清楚。事实上这是我先天"心病"造成的。打小，或者说我一出生就怕佛（怕跟佛有关的一切事物）。此前这件事从来没跟凤凰说过。回津后，凤凰带我去了几家医院，还做了脑 CT 检查。当然，检查结果一切正常，身体健康，没发现任何可疑病灶。由于凤凰天天惦记我的病情，不得已，我就告诉了凤凰我先天怕佛这个"心病"，一见到佛就怕得要死。凤凰当然不信，一提到这件事，她就说我"满嘴跑火车"。

怕佛这事我压根没有杜撰。小时候父亲带我去杭州灵隐寺，跟在南普陀情形一样，没等进门我就瘫在灵隐寺门前。

从那以后我就没再去过南普陀，凤凰照常去，每年十一期间去一次。前面说了，去年凤凰打南普陀回来，就觉出她不大对劲。后来我就憋不住问她有什么事。起初她一愣，没说话，后来反倒把我数落了一通："把你自己先管好，别光学老外在船上拈花惹草！"

忽然，有人拍我肩——"喂，先生，您醒醒，醒醒——"我睁开眼，一位空姐正关切地询问我。"先生，您在晕机？""不，不，没有，我没事。谢谢。"我揉着惺忪的睡眼，含含糊糊地答道。"先生，您看上去不舒服？"空姐又说，"前排有空余座位，您要不要换到前面？"

我向好心的空姐道谢，然后随她走向前排。前排位置正好能清楚地看到楚凤凰跟那个男人的座位。此刻，我突发奇想，想立刻上前去质问凤凰那人是谁。但我还是犹豫了几秒钟，接着像撒了气的皮球，倒在座椅上。我重新将视线移到窗外，望着正在徐徐升高的天空。

机翼拨开轻盈的云雾，指向海上的厦门。美丽的厦门岛犹如一颗璀璨的明珠，镶嵌在东海沿岸。厦门岛沿海蜿蜒，处处是崎岖的湾澳，波光粼粼的海水。我似乎望见著名的鼓浪屿，她正活灵活现地倚在厦门岛的身边。我还隐约看到氤氲缥缈的南普陀，他仿佛正徘徊在厦门岛的南岸……

中午时分，飞机平稳地降落在厦门高崎国际机场。落地后，我继续尾随凤凰和那个男人。我们一前一后打上车，跟踪他们来到一个叫捧月湾的酒店。我付了车费，走进捧月湾酒店的大堂。舞凤凰正跟那男人在前台办入住手续。我小心翼翼走到大堂一隅，挑了一个不起眼的地方坐下来。

捉贼捉脏，捉奸捉双，路上我一直在等下手的机会，像凤凰抓我一样，我也抓她一个人脏俱获。我抬头扫了一眼前台上方的时钟，现在已接近下午两点钟。我犹豫一下，决定也住在这个酒店。

是夜无话。转天大清早天刚蒙蒙亮，我就跑到大堂，坐在昨天坐过的位置。大概九点刚过，凤凰和那个男人就兴冲冲地穿过大堂，直奔门外。到了门外，很快叫了一辆出租。跟昨天一样，我跟在他们车的后面。

厦门这几年变化极大，岛屿建得跟一座花园一样美丽。出租车风驰电掣地直奔南普陀，沿途我还清晰地记得几条繁华的街道和几座漂亮的建筑。很快，车便戛然停在距南普陀不远的路边。

打远处看，南普陀依旧庄严素裹地屹立于东海之滨的丘陵之上。她经年披着翠绿的植被，被漫山遍野，四季如春的花草环抱其间。南普陀寺院两侧，几间别致的凉亭依旧存在于此。凉亭前，捐功德请香火的游客依然络绎不绝。我还记得那年跟凤凰在其中一间凉亭里请香火时的情景。当时，那间凉亭的主人是一位白发须臾的长者，而今物是人非已换成了蹁跹小伙。

我缓步路过凉亭，来到寺院前方氤氲缥缈的香炉。隔着香炉，我朝寺院里面眺望，此时此刻，舞凤凰跟那男人早已没入寺院里嘈杂的人流中。忽然，我眼前一黑，眼神又鬼使神差般落到，寺院门口那凶神恶煞般哼哈门将的身上。没想到我的腿脚又开始发麻发软，脑袋像灌了铅似的沉重起来，而且还伴随着阵阵嗡鸣声。像之前一样，我又开始如临大敌般浑身紧绷起来……我一边深呼吸，一边摸索石栏朝台阶下面的池塘走去。

南普陀正前方那座呈扇面状的池塘里，莲叶正托着粉扑扑的荷花开得正旺。我看了一小会儿开得正旺的荷花，觉得好受了一点，这才迈开步子朝池塘对面的春香茶社走去。

走近茶社，一片空地有一石桌和四只矮胖的石墩。我觉得这里很清净也很干净，便一屁股坐在石墩上面。

“先生您好。”

刚坐下，便有一位温文尔雅的姑娘走过来向我问好。

“先生您好，”姑娘笑眯眯地说，“您想用点什么？”

我问姑娘：“你这里有什么，有吃的么？”

“有，我们这儿有茶有南普陀素食。茶有铁观音、碧螺春、金俊眉、龙井，还有你们北方人常喝的茉莉花茶。”姑娘殷勤地介绍说。

“泡一壶金俊眉吧，”我说，“再来一盒南普陀素食。”

过了一小会儿，姑娘为我打来热水，然后坐在我身边，安静地为我泡茶。

我一边品茗，一边静听姑娘讲述南普陀的故事。这时，不知从哪跑来一只乳白色鸽子，滴溜转动一对儿浑圆的小眼睛，惶恐地跃上我们的桌面。鸽子机警地打量着我们。她可能想趁我们不备偷吃盘子里的食物。可是它却没有急于下嘴，而是在我们面前遛达不停，还不时地瞅瞅我瞅瞅姑娘。也许它要我们默许它不轨的行为？或许它是在逐渐壮大自己的胆量？又过了好半天，它终于成了我们中间的一员，心无旁骛地开始啄食了。

一刹那，二三十只大大小小、惶恐不羁的鸽子蜂拥而至。姑娘惊叫着被它们赶到一旁，我也闪到一旁。它们密密匝匝层层叠叠地挤在不大的桌面上，一通风卷残云。之后，呼啸着，腆着圆鼓鼓的胸膛，前赴后涌地跳到地上。看上去，它们想飞，却笨拙地如何也飞不起来。最后它们只得咕咕咯咯互相招呼着结伴走着离去。

　　"我喜欢看鸽子洗劫他人食物的样子。"姑娘说。"惶恐得可爱。"姑娘又说。

　　之后，我们一番打扫，重回座位，姑娘整好茶具，换上新茶……

　　"先生真是好闲在，一个人出门散心？"姑娘边烫茶边问。

　　"是啊，我一个人嘛，孤家寡人一个。"我怅然道。

　　"我看您像个画家？诗人？您是搞艺术的吧？"姑娘猜道。

　　"呵呵，你猜错了。我是一名水手。"我说。

　　"啊，真的呀，多让人向往的职业——在海上看日出和日落。"姑娘欣喜地叫道。

　　"还能看到风暴，海啸，沉船和死人呢。"我说。

　　"您在休假吗？"姑娘说。

　　"算是，歇病假。"我说。

　　"唔，病假？看您不像生病的人？"姑娘说。

　　"我得的是恐水病。"我说。

　　"恐水病！？"姑娘惊讶说，"恐水病是什么病，怕水的病吗？怎么从来没有听说过？"

　　"嗯，"我说，"这病的确少见。你想听听我是怎么得的吗？"

　　"嗯，想听，您讲讲吧。"姑娘兴奋地说。

　　"其实这件事情没有你想象的那么兴奋，"我说，"今年春节刚过，我们7万吨级的马里亚纳号拉着4000多名游客走大洋洲这趟航线旅游，船沿印尼群岛航行，由于离海岸线过近，在海伦岛附近意外撞上海底的暗礁，结果马里亚纳号被划开一道30多米长的口子，船顷刻就翻了。船长是个意大利人，他带着大幅二副乘救生艇先跑了。当时船舱里一片混乱，你看过《泰坦尼克》没有，跟泰坦尼克沉没时的情形差不多。当时我正跟水手长和几个水手紧张地放救生艇，突然有人在喊，下面都是水，很多人还在下面，然后我就撂下手里的活拼命往下跑，我打算穿过厨房，这样可以直接到三四等舱舷梯的位置，比甲板上绕过去既近还省劲得多。等我刚跑进厨房，就听见舱底轰隆一声巨响，接着马里亚纳号侧倾就超过了 45 度，跟着就翻了，我一下子就闷在了厨房里，海水刹那间涌了进来，数秒钟的工夫偌大个厨房就被海水灌满了。

当时，我憋足一口气，扎进水里老半天才摸到厨房的出口，心想，快憋不住了，如果再不换气，我就完了。等一穿过厨房的舱口，我就拼命地蹬水往上蹿。忽然，我头露出水面能呼吸了，但是眼前一片漆黑，我被黑漆漆的海水包围着，头顶着舱壁。很快，我意识到，我被关在了一个像气垫层一样的密闭空间里。稍微冷静下，我开始寻思，这里的空间能有多大，够我活多久。这时我的手就在周围瞎摸，最终抓住凸出舱壁类似把手的一个东西。

不知过了多久，我肯定是睡着了，醒来时发现那只抓着把手的手仍旧牢牢抓着把手，另一只手不知什么时候开始抱着一个"庞然大物"。我大声喊叫，我知道没人，那我也不停地大喊大叫，我怕我睡着了再也醒不过来。又过了很长很长的时间，可能有一天或两天的时间，我感到四周好像有动静，我又大喊大叫，说老实话，当时又惊又怕。我狂叫一通，还是没人理我，一会儿工夫恢复了平静，可就在刚平静的那一瞬间，呼哧呼哧两声，听上去似乎有物体浮出水面。我屏住呼吸，等待着。

它们游向我。我抓住了它们，然后我伸出手去摸它们。它们虽然是被海水泡涨得不成人样的两具水漂子，但它们没有吓着我，因为之前的那个"庞然大物"也是个水漂子，而且我还抱着它睡了好几觉。虽然我看不见，但我感觉得到，水底下的尸体接二连三地浮出水面，慢慢向我漂来，好像我身上有磁力似的。七天哪，我困得受不了了就主动把水漂子们拦到身边，然后把它们的衣裳系在一起，爬上去，睡在它们的身上，睡醒后，赶紧从它们的身上跳到水里，再把它们推得远远的。"

"七天？您靠什么活着？"姑娘打断我，表情困惑地问。

"你猜呢?"我笑着问。

"您说在厨房里,肯定会有吃的东西!"姑娘说。

"呵呵,厨房都快让海水冲跑了,哪儿还有什么可以吃的东西。"我说。

"那我就猜不到了。您该不会靠吃死人肉活下来的吧?"姑娘说。

"靠半瓶葡萄酒。"我说,"当时有一个水漂子手里握着酒瓶子,我打开一尝,没想到是葡萄酒。之后,我每天喝一小口,既暖和身体又补充了葡萄糖。"

"再后来,酒喝光了,我就塞紧木塞,然后憋足气潜到水底,打一个碎了的舷窗口把瓶子送了出去,如果幸运的话瓶子浮出水面,救援的人一定会发现。果不其然,他们发现了。"

"啊,没想到是这样,为您庆贺,大难不死必有后福!"姑娘举起手中的小瓷杯跟我碰了下,撂下后,姑娘接着说,"听您讲的,让我想起另外一件事。"

"唔,是吗,什么事?"我问。

"大概两年前,有一个小水手来找过我,"姑娘说,"当时,小水手也拿着一个空酒瓶子。找到我问我这里是不是春香茶社?我说是。然后他就从瓶子里取出一张带血的纸条,对我说,这是他们的船长牺牲前让他给我的。"

"纸条上写的什么?"我也好奇地问。

"上面写着,"姑娘回忆说,"他们的科考船在亚丁湾遇到一伙海盗。海盗已经冲上甲板,正疯狂朝他们开火……还说,如果自己牺牲了,唯一的顾虑是他在天津外国语大学念大一的女儿(如果他死了,女儿就没有其他亲人了),想拜托我将纸条交给天津的舞凤凰女士,恳请舞凤凰女士照顾他读大学的女儿……"

"天津的舞凤凰!?"我一愣,问道,"你认识舞凤凰!?"

"不认识,"姑娘摇头说,"他们俩我都不认识。开头我也很奇怪?后来,我想起每年十一期间,总有一位女士和一位穿海员制服的男士坐在我这儿聊天喝茶。前年我好像没太注意。去年我就细心地观察了一下,果然那位女士来了,但是一个人,坐在这里好半天。我就拿出纸条给她看，问她是不是叫舞凤凰？记得女士听到我叫她的名字很吃惊。"

"纸条给她了？之后的事情呢？"我问姑娘。

"给了，纸条上还拜托她一件事，说，如果舞凤凰女士每年都能来南普陀，就给常年漂泊在海上的海员兄弟们烧炷香，保佑他们平安。看完她就哭了……"姑娘说。

姑娘讲完，我不知道该对姑娘说些什么。我跟她素昧平生，我想她不会对我说假话。那么，也就是说，凤凰一直瞒着我的就是这件事？……

姑娘见我沉默下来，便起身离去。

我思忖着，抬起头朝南普陀方向望去。

刚抬起头，见有两人走来，正是舞凤凰和那个男人。我犹豫一下想躲避，显然已经来不及了。

很快那个矮个子男人先来到我面前，开口叫道："叔叔，您好！您肯定不认识我，我可认识您，一路上您一直在跟踪我们呢。"男人说完，从容地摘下帽子，一团飘逸的长发迎风飘到脑后，接着又摘掉墨镜，露出一副女儿的模样。

"叔叔，我叫季小平，呵呵，是凤凰妈妈叫我扮成这个样子滴，像水手。"女孩呵呵笑着说。

这时，凤凰来到女孩身后，无语地看着我，我也手足无措地望着她。

"这下不怀疑了吧？"凤凰说，"这孩子就是那位船长的女儿……他前年过世了……"

我一时无语，呆立着，眼眶流出了泪……

回去之后，凤凰真的跟我离了。现在她就生活在厦门，跟船长的女儿。

而我，自此心无旁骛，唯期待靠岸。

再远航的船，也有停泊的一天。凤凰，你才是我今生的港湾。

勃起的世界

一

　　老郑总觉得遗落点什么，遗落他身体里最精华的部分还是其次，最重要的是，他觉得比精华部分还有更精华的东西，也给他遗落了，那东西到底是什么？他百思不得其解，但总不是空穴来风。他知道依他的文化水平这事肯定想不通，不管怎么说，他还得去干事，不干事就养不活美美和美美妈。

　　卢森堡花园小区里，六岁大的美美在前面跑，美娟挺着大肚子，跟在美美后面。美美一边指假山石底下的洞，一边喊妈妈，她要妈妈跟她一起看猫妈妈生小猫咪。这时，一辆红色的路虎车突然从假山石后面倒出来，美美立刻被车撞倒，整个身体倒在路虎车的下面。美娟醒过味儿来，路虎的左后轮已经拦腰从美美的身上碾过。开路虎的人似乎还没有意识到撞了人，车子继续往后倒，把来不及避让的美娟也撞倒在地……

　　早上老郑去上班的时候，美美就和他约好，她和妈妈要在假山石那等他下班，然后一起去看猫妈妈生小猫儿。老郑下班后没见到女儿和老婆，只看到假山石旁边的两滩污血，还有一大堆七嘴八舌的邻居。从邻居那得知消息后，老郑火速赶到医院。一个小警察正守在医院，询问老郑跟伤者情况后，便告知老郑，美娟和美美一同推进了手术室。小警察安慰老郑一番，随后交待老郑医院这边安顿下来之后，再去交警大队解决问题。

夜里十点多钟，大夫给美娟做了手术，取出一个六个月大的死婴。美娟因失血过多，一直处于昏迷状态。而美美一直到午夜十二点钟，仍没有脱离危险。老郑在手术室门之间，焦急地来回走动。这期间，手术室的护士先后出来两次，一次告知美美很可能下不了手术台，情况很危险，让老郑做好心里准备。第二次情况似乎有所好转，护士说，美美闯过了鬼门关，但仍处于高危中，以后还有二次或三次手术。

二

老郑是我们街区做保洁的工人，从外地来本市务工多年。听说他是第七次当保洁工，这话让人摸不着头脑，什么叫第七次当保洁工？我的街道副主任对我说，老郑两口子，一年换一个地方，专捡富人区干保洁。听说他俩每到一处都不超一年就走人，所以现在到咱们这儿已经是第七次了。

七次也好，八次也罢，反正老郑带着美娟和美美来时，保洁队正缺人手。我当即就把他们一家留下，安置在小区看车棚里住。我派给美娟的工作是，每天看管好业主们的豪车。这是我们街道办事处新揽来的副业。老郑则被我安置在街道当保洁员。我作为街道办事处的主任，虽然对老郑一家的过去不甚了解，但老郑两口子在这儿工作大半年，兢兢业业吃苦耐劳的劲儿，还是让我满意的。

没过多久，我那位副主任又跟我说，老郑两口子很可能是超生游击队，打一枪换一地儿，而且把他们两人过去的事说得有鼻子有眼儿——老郑的媳妇过去生过七胎呢，个个都是男孩……

那七个男孩呢？我反过来问他，他却答不上来。

副主任说的都是些以讹传讹的事，没有谁亲眼看到过，所以我压根没有放在心上。

我和爱人结婚十多年一直没要孩子，没要孩子是对外说的，其实是我老婆一直没怀上。前些年，我老婆去妇产科医院检查，检查结果出来说是她健康，怀孕生育都没有问题，那毛病肯定出在我身上。后来她非逼我去男科医院做检查，碍于情面我一直没有去，但随着年岁越来越大，我也怕等到最后没药可治就太遗憾了，所以我最近硬着头皮频繁往医院跑。

我蹬上自行车跑到老远的一家男科医院去做检查。走进医院大门，迎面墙上贴着八个大字：关爱男性，关注健康。再环顾左右，大厅里有六个挂号窗口，却无一人。我犹豫一下，便小心翼翼地接近最里面的一个窗口。

大夫，挂号？我有点心虚地问。

什么号？年轻女大夫问。

唔，就是男的那个号？我吞吞吐吐地说。

我问你挂哪个大夫的号？女医生显得有点不耐烦。

专家号专家号。我赶忙应。

赵主任两百，关主任八百，费主任一千五，挂哪个主任的号？

有没有四五百的？

有个新来的研修生，真由美副主任，她的号六百，挂不挂？日本来的，女的。女大夫神情冷漠地说。

唔唔，好好，挂。我马上说。

挂完号，我就后悔了，当时光疼钱，把尊严的事却给忘了。干吗挂个日本女大夫的号，多给中国男人丢面子。但是现在钱都交了，后悔也晚了。

真由美副主任的诊室设在八楼，顶层却没电梯，不是电梯坏了，而是整栋楼压根没有电梯。我大汗淋漓气喘吁吁爬到八楼，诊室门前坐着七八个虎背熊腰的大男人，年纪小一点的看上去三十来岁，大一点的两鬓斑白，五六十岁的样子。我按顺序坐下来，没话找话跟旁边比我稍年长的人说，要知道挂日本女大夫号的人多，我就去挂其他主任的号了。

什么？你还想挂其他主任的号？哪个主任门前不是满满当当，咱亏了挂日本娘儿们的号，否则不知要等多久？男人不屑地说。

你知道挂费主任的号有多少人？你上二三楼去看看，起码两百人不止。嘿嘿，河里没鱼市上看嘞。那男人又说。

没过多久，就叫到我的名字。我小心翼翼地蹭进真由美副主任诊室，坐在真副主任的对面。这间诊室不算大，但是里外屋。外屋墙上挂有一幅竖轴书法，落款写"真由美书"，且压脚章、闲章一应俱全。墨宝为"勃起的世界"五个苍劲有力的大字。可这气度不凡的几个大字，看上去总觉得跟真副主任的形象有点不大匹配。

这时，真副主任用一口流利的汉语询问我的病情，我支支吾吾半天，总算让她听懂大概，然后递给我一个密封塑料盒，嘱咐我说，一次性射出来不要憋回去。之后，她指我身后里屋，让我进屋自行解决。我刚要推开里屋门，就这么巧，老郑从里屋推门出来，而且手里也托个跟我一样的塑料盒，里面装着白乎乎恶心人的东西。我俩谁也没有躲开谁，只得面面相觑一会儿，局面一下子变得非常尴尬。

老郑悻悻地走了，我悻悻地摸进屋。屋里暗得吓人，电视里正循环播放日本女优的色情片。我定了定神，然后努力做着动作，虽然眼睛一直盯看日本女优，但脑子里却想着老郑。难道老郑也出问题了？可是我马上就把这想法否定了——老郑早就有女儿，能出啥问题。可他干吗还要化验那玩意？我大脑一时被什么东西给塞住。

后来，我又在不同男科医院碰到过老郑两回。虽然尴尬，可我还是向老郑郑重其事地进行了口头警告，警告他这儿可是在大城市，不是在你们穷乡僻壤，想怎么样就怎么样。如果你们两口子有什么举动，我可饶不了你。后来我又让街道计生办的同志警告过美娟。打那以后，老郑和美娟见到我，总是躲躲闪闪，心怀鬼胎似的，让人有种不踏实的感觉。

忽一日，副主任又爆料说，美娟怀上了。我说屁话，说怀上就怀上，你当吃灵丹妙药！但我心里还是没底，打着鼓打算亲自去看看究竟。我看见美娟的肚子的确拱出一个小山丘，真是蹊跷了。街道计生办主任得知后，火冒三丈，马上派干事小王小孙小李给美娟做工作。没成想，美娟招供说，孩子早有了，一直束肚子，现在六个月大，实在束不住了。那些女干事连哄带吓唬让美娟去引产。美娟听后说什么也不干，说急了她就寻死觅活，说，再逼她就一尸两命。最后不得已，我只能给老郑一个处分，扣他一个月工资和奖金。

最可恨的是，一周后，我又在另外一家男科医院第四次碰上老郑。当时我立刻沉下脸问他到底想干什么？是不是想要折腾十个八个来？

三

老郑这辈子真是没儿子的命。副主任坐在办公桌前自言自语说，要不是这场车祸，那个男娃就生下来了，真是可惜。唉，那个小丫头美美，说不定连小命也保不住。副主任见我没应声，自觉没趣闭上了嘴巴。

我知道，副主任的爱人是美娟和美美所在医院的内科主任，估计这些话从他爱人那听来的。不管怎么说，一个外来务工家庭在我管辖的街道上出了这么大的事故，总让人心里过不去。第二天一早，我买了一大堆水果，在院门口买了一套煎饼果子，才走进医院。

美娟已经被转到四楼一间有六张病床的大病房。老郑灰头土脸地守在美娟床边。由于失血过多，美娟的脸看上去惨白得很。

娘俩怎样啦？我问老郑。

老郑接过煎饼果子神情呆滞地嚼。眼睑布满血丝，看上去怪可怜的。

别光吃，饿不死你，说说她们娘俩咋样？我再次问老郑。

大夫说上午一块来会诊，说不定不光是失血过多的事，可能还撞了脑袋。老郑嘴巴慢腾腾蠕动着说。

正说着，几个大夫由护士长陪同走进病房。

一个上年纪的主任拿起病例簿，没等看，先问我们两个谁是美美爸？

我是。老郑把一大口煎饼果子吐到手上，说，我是，大夫，美美咋样了？

男大夫打量一下老郑。你是？六楼特护病房孙主任找你。

老郑再想问，主任已转过身，和其他大夫商讨美娟的治疗方案。

我陪老郑来到六楼。儿科孙主任看上去为人谦和，见老郑来，马上取出美美二次手术风险责任承担书，让老郑在上面签字。

老郑没看，规规矩矩在下面签上自己的名字：郑一先。

你不是美美爸？孙主任犹豫一下问。

我是，老郑瞪大眼说，美美随她妈姓，姓美。

哦，那快去验血，血浆不够用，准备用你的血。孙主任说。

说话间，一个护士过来把老郑带去抽血。

晚上我再次来到医院，老郑好像哭过，坐在六楼楼道台阶上，眼泡红红肿肿，他还喝了酒，浑身散发着酒气。我递给他三个牛肉火烧，他把它们放在一旁。我觉得不大对劲儿，刚要问，楼下上来一个小护士把老郑给叫走了。老郑走后我想看看美美，刚走进六楼楼道，就见孙主任正往电梯方向走。我马上追上孙主任，向她打听美美的情况。孙主任先是一愣，于是停下脚步开始询问我：

美美是郑一先亲生女儿吗？您知道吗？

是。我说。不是。我说。

到底是不是？孙主任目不斜视继续朝电梯走去。

不管是不是，你通知郑一先明天再叫他补交四万块。

哦，什么钱？孙主任。

血浆和其它手术医药费用。孙主任迈进电梯前说。

是是是，孙主任。我诚恳地说，看着电梯门稳稳地关上。

我重新回到四楼。医院四楼是妇产科，很多大老爷儿们都穿着秋裤秋衣、汗衫背心什么的，陪睡在自己老婆病床旁。小护士逐间屋打开放射灯管消毒，男人们自觉拥到门外。当然也有不怕辐射的，那就是老郑，他在美娟的头上盖上报纸后，仍留在美娟的床前，攥着美娟的手，美娟还在昏迷。

我作为他们两人的领导，越来越感到不安，已经很晚了我仍没有走的打算。值班护士小唐是个挺直率的姑娘，她好象有话要对我讲。十点钟，小唐挨屋把灯熄掉，便回到她的值班室，我站在楼梯口犹豫半天，决定还是再问一问美娟的情况。

你怎么还没走。护士小唐见我推开值班室的门，呵斥道，只准留一个家属，其他人都得走！

我也是家属。我赶忙骗她说，我是病人的哥哥。

那也不行，护士小唐说，医院规定只准留一个。

好好，我马上走，我说，我只问一个问题就走。

那快说，我手里还有活呢。

您看美娟，术后好几天了，怎么还昏迷不醒？

这个你得去问大夫，小唐停顿一下说，明天她就该转病房了。

唔？为什么？我问。

到时你得去问脑系科的大夫。护士小唐好像还想说点什么，却忽然被美娟病房里的咆哮声打断了。是老郑举电话在病房里大喊大叫。病人、病人的家属都给他咆哮声吵醒了。我和小唐赶紧跑进病房。惹了众怒的老郑，被同病房的两个大块头男人拎了出来，我扭过头看了一眼美娟，美娟纹丝没动，神态安详，呼吸均匀，只有她一人没有给吵醒。

四

给老郑打来电话的是肇事方的律师。

从他们对话中听出，现在对方不承认是车撞倒的美美和美娟，也就是说，对方律师倒打一把，说美娟教给孩子故意往人家车底下钻，然后她自己再趁机往车后面撞，这种做法俗称"碰瓷儿"。

对方律师举证说，郑一先、美娟和美美没有城市户口，暂住证是他们花钱买的假证。另外，郑一先和美娟从没有登记结婚，所以不是合法夫妻。对方律师从医院还调取美美的血型，和郑一先的血型，他

勃起的世界

们两人不是一种血型，也就是说，美美不是郑一先亲生女儿，即不构成直系亲缘属性。还有，美美是否是美娟所生，还有待做亲子鉴定。

最后对方律师说，当事人出于对伤者的同情与关爱，在赔付交通意外强制险之后，愿意再多付给两位伤者营养费一万元人民币……

律师的话还没有说完，老郑就在电话里咆哮起来，最后狠狠地把手机摔在床上。

后来我终于知道，美娟确实是老郑的媳妇，两人是偏远山沟沟里，磕过头拜过天地，但没有领取结婚证书的事实婚姻。老郑把美娟带进城，让美娟做了代孕妈妈，每年换地方为人生子。如果生的是男孩儿，美娟和老郑会得到一大笔收入；如果是女孩，就只能拿到营养费和哺乳费。让美娟和老郑高兴的是，这几年，除美美外，美娟生的全是男孩。

还有，我在男科多次碰到老郑，这事也让我搞清楚了。

原来，老郑的精子成活率特别高而且还活跃，去哪家医院都受欢迎。我的那位副主任当即说，老郑卖一次精子的钱，虽不如美娟怀个男娃的高，但老郑周期短，细水长流，收入也不菲啊。

后来我也八卦起来，问副主任，老郑为什么不亲生个儿子？

副主任说，主任您傻啊，美娟的肚子一直被别人占用，老郑如何去占？

大海连成一片

红蜘蛛

　　海洋是一个自由的世界。即便很多人不那样认为：陆地的出现是地球的一个意外，大海才是地球独立的王者。许多海洋生物都在寻求或开辟新的栖身之地，他们聚集上亿万年的能量，将海洋和大地不停地变换鲜明的角色。意外之中的是水，渴死的水，他们将细碎的骨骼，遍及在撒哈拉和塔克拉玛干大漠的荒野上。或者，他们把自己的尸首，横亘在珠峰和极地那竖起的冰峰和坚硬的冰盖上。而意外之外的是，生命永恒的主题，和死亡的旋律。那些不惧死亡，那些献给生命的死亡，只是一次次穿越和历险的过程。脚下石头松动了，把它碾成凹地，水自然汇聚于此，一侧的土地自然长成高山，高山之上自然开出云朵，云朵之中自然藏匿天使的邪恶和魔鬼的微笑。毋庸担心那些易碎的骨骼，它们也会自然而然地分娩，然后长成大树、山外的青山、人鬼与野兽。我爱你，想着你，从一座海山到另一座海山……与素不相识的人汇聚在一起，听着彼此的沉默。

　　我们永远也长不成葱葱郁郁的茂林。而在我们裸体之间的污垢，却在抽枝、发芽。远空，泛起混沌的浆液，我们相互观察已毫无兴致，呆滞的目光集体穿透彼此浓密肮脏的发丝，重重地落在天际之上。幻想随鹰而去，在这亘古的水域，一望无际的大海，哪里会有鹰呢？那是一只硕大的海鸟，或许叫军舰鸟的海鸟，抱有自己的幻想，不顾一切地蔑视我们，也许没有找到起码的立锥之地，弃之而去。世界上有很多人，他们的名字和身世并没有什么意义。为此我伤心地哭过，看见那遥远的现实，一只心爱的破碎了的瓦器，上面结满密实的蛛网，我可怜的手指被红蜘蛛咬住，打上五花八门的结。它们在自己的摇床上，翻天覆地地发泄着动物特有的贪婪与冲动。我爱你不能自拔，我看着你的时候，发怒的红蜘蛛坚硬的嘴，戳进我的皮肤，我的血神秘地涨红它们密密麻麻的神经和粗壮的肢干。

夜已深。夜幕下的海，像柔软的绸缎，披着光泽，轻浮在那里。我的思念亦在旷野无边的海上泛着清光。你对我说过，海后面有更多的海，像青山外面的青山，楼外面的楼。我相信这是真的，因为海上有你。你要去的地方一定很远，我瞩目海后面的海，像瞩目你一样。每到晚上，我就望着星空，想象你在哪一颗星星的下面，有时真的能看见你。后来，我白天也仰望天空，星星没有躲过白天的困扰，那些白色的光，遮蔽着她们灿烂的世界。我什么也看不见，这时，我会伤心地哭，我会泪流满面地等你。

你不让我担心，一想到大海掀起恐怖狂澜，就让我惊悚。你要漂流多久才能抵达那里。害怕时我就回忆你牵着我的手，我们并肩坐在海边，听你讲美人鱼和船长的爱情故事。那时你为我替代了所有水手，为我一个人瞭望和守航。你是随故事里的船长而去吗？可我担心啊，担心你会沉到海底，海水会把你和桅杆一同淹没。甚至，永世得不到你的爱。那时，我会变成幽灵，继续去找你，去追你坐的船。或者像一匹孤独的狼，跑到深不见光的海底嚎叫。

我一直浸在流逝的光线中幻想你。每天默默数着你我的距离。虽然我不知道你现在到底在海的哪个方向，航行到哪颗星星的下面。但我还是要数，数数你我下次见面，之间会停留多少繁星。如果我在夜间想到你，我就会被梦一样的天使刺痛。于是我醒来，于是我开始担心你，已被风吹到大海深处。那里的夜晚很冷吧，冷得像极地一样？

白天很晒吧，一整天脸都会被太阳晒着？

我没有随你离开，你一定会恨我。我是一个懦弱和胆怯的女子。而现在我却变得如此狂躁、不可理喻。我恨世上统治我的一切。你走后，他们很快就来了。之后，我突然变成另外一个人，连我都不懂自己的一个人。我把自己反锁在屋里，每天神秘兮兮地观察他们，摸过、碰过、翻过和糟蹋过的一切东西。现在那些凌乱不堪的东西依旧散落在原处。

他们的手仿佛蜘蛛的爪子，所到之处都是他们的印迹。仿佛肮脏的蛛网，结在所有东西上面，甚至布满我的全身。每天，每时每刻，我都用歇斯底里的气力抓破我的皮肤，试图抓掉沾染在我皮肤上的毒素。为此，我经常昏厥，全身布满赤色的斑点，像微小的红蜘蛛，像红蜘蛛构筑的巢穴。

我不知道我们在海上还要漂多久。戎克船上还有另外二三十个逃难的人。每一个人的面孔都是冷冷的，脸上挂着肃穆的表情。这艘船就像一幅巨大的蛛网，把所有人的脸全部罩住淹没其中。几乎连那些呼出的废气都没有回旋余地，一切能动的不能动的事物都动弹不得。这时唯有船老大的脸挂着喜色，小船已然超载，干舷贴近水面，船身很沉重，像他兜里的钞票涨得鼓鼓的。

静谧的时光不再静谧。随广袤海面铺展开来，起伏不定的涌浪让所有人忐忑不安。向东还是向西，向前还是向后，在海上，没有人对虚无缥缈的时间和方向存在感知和疑问。于是，那既定的目标、那个理想之国，也未必是什么可靠的地方。我们只得眼巴巴望着船老大忽冷忽热的脸，望着短粗的桅杆，和上面是否结实的帆来听天由命。海风把血渍斑斑的白色床单当做帆，浑圆的床单下面，海风毫不留情地尖啸过我们逃亡者的耳际。

所有男人女人削瘦的脸颊，黑炭般的脸颊，都沁出冰冷的汗珠，但是没有一个人因恐惧而尖叫。在这个麻痹的时间和空间里，所有人都已丧失了意志和意识。那种前所未有，流失于海上的忧郁，彻底被瓦解了。在这样屈辱的年代里，虽然你我之间深知对方的心，但那份来之不易的情感，却让我们缄默太久，想得太多。我担心船一到深海，梦魇就会匍匐到所有人的身上。你会拒绝离你远去爱人的梦吗？下次见到你的时候，或许我已变老，变得不会被你识破。

既然我已走向茫茫大海，我想，你对我的爱会由此转变。你是一个柔弱女子，你父亲会把你嫁出去。不管怎样，我会在梦里叮嘱你，一定不要嫁给日本人。他们简直不是人。

他们骨子里充满邪气。空气中回荡着他们邪恶的话语和阴险的笑容。我厌恶他们所触摸过的一切。恨不得把它们全部烧毁，甚至连我一起。两个日本女警察走进我的房间，一个守住门，死死盯住我，另一个逼我脱掉衣服，脱掉全部的衣服。她检查我的内衣、内裤和裙子，用手摸我的头发、耳朵和身体。裸体的滋味让我痛恨和羞愧。她们简直不是女人，她们已成为被战争控制的野兽，或者说连野兽都不如的魔鬼。那个女警察把我的身体耐心、细致地检查完，接着让我面壁而立，像个犯了死罪的罪犯。接着又闯进两个日本警察和日本宪兵，他们端着枪，但没有朝我射击，而是用枪托捣毁了我房间里的全部家什。然后乱翻一通，连布娃娃的心都要剜出来看一看。前天，我父亲说，看到你外婆和母亲，被几个日本便衣警察带进了警署。

岛上比你离开时更加混乱，更加恐怖。日本人好像疯了一样全岛实施宵禁。每天晚上家家户户不准点灯，每个乡村都像魔鬼居住的地狱一般漆黑。每隔一段时间，就能听见宪兵队发出咣咣咣的脚步声。白天，每一个街区的警察向居民宣讲当"日本皇民"的好处。

我母亲听到你们全家都被抓的消息，受到了惊吓，天天守着我。父亲也意识到事情的严重性，让我马上与你断绝关系。父亲说你是"坏分子"，你的所作所为会把所有认识你的人牵扯进去。父亲逼我毁掉你送给我的书籍，还有你写给我的信件和照片。我按他们的话做了，但你的照片我仍留着，永远藏在我的心里，除非鬼子把我开膛破肚。

父亲担心的没错，昨天大清早，警察带着宪兵队破门而入……他们搜查半天，没有发现任何可疑之物。宪兵队长捶着父亲的胸，大加赞赏了一番。

大概已经闯出了封锁区，辽阔的海面上看不到一艘船影。我的脊背开始僵硬疼痛，腿和脚已不听使唤。所有人可怜巴巴在刺骨海风中瑟瑟抖动。我站起身，试图在有限的空间里走一走。

上下两层的戎克船，由于夜间风浪大，很多人都挤到下层底舱去睡觉。掀开舱盖，一股股刺鼻的恶臭蹿了上来。月光照进底舱，射在沙丁鱼罐头一般人挤人的身上。下面的呻吟声也不绝于耳。我还看到，一个少妇赤裸着上身，背靠着舱壁，一个哺乳的婴孩掉在她的腿上。少妇的双臂是摊开的，雪白的奶子像薄薄的一张白纸，盖住婴孩的小脸。

一只棱角分明的手突然从舱口探了出来，一把抓住我的手腕，像钳子一样，像在汪洋的海水中死命抓住一根救命的稻草一样，那只手死死攥住我的手腕。

后来我发现，这是一只年轻女孩的手。我把她拖上来的时候，她几乎处于昏迷状态。她是那么枯瘦羸弱。她的另一只手一直捂住自己微微隆起的小腹。我把她抱到后甲板避风的地方。

就这样，一整天我都在照料她，往她干裂的嘴唇上擦点水。有时她突然醒来，我便问她船上还有其他亲人和朋友？她告诉我，什么也没有。然后又昏昏沉沉地睡去。我不时地摸一下她的前额，我担心她会死掉，死在睡中。也许那样倒会让她感到幸福，那来之不易的幸福，能够带走她的生命，能够让她在毫无痛苦的抉择中，重新洋溢起新的快乐。或许那真是作为一个偷渡者最好的归宿。但她腹中的孩子呢？她腹中还怀有一个可能未出世，便扼杀在腹中的孩子。想到这，不禁让人惋惜和揪心。

我一想到这个即将出世的孩子，就会想到可怕的侵略者，像野兽一样残忍地吃掉他。船上还有很多随父母逃亡的孩子。望着他们乖舛的小脸……很难想象，我们的民族终将会漂泊到哪里？

夜里，女孩翻来覆去。她身上突然长满了红色斑点。面对密密麻麻红点的斑点，我束手无策，整夜眼巴巴地看着她痛苦难挨的表情。

你能提前逃出去真是万幸。前一段时间，日本军队，宪兵，秘密警察和特务们，突袭所有党派、社团的场所、抓捕其中的成员。像你的落叶社，一夜之间，多数成员都遭到了逮捕。有人说，社团、联合会里的骨干分子和主要成员都失踪了，人间蒸发了似的。他们的家人正焦急地托朋友找关系打听他们的下落。最近夜里总能听到枪声，从海的那边传来的，或许他们都被枪杀了。

白天大街上空无一人，像鬼城一样静得可怕。但也会看到某些鬼鬼祟祟的身影，像是跟踪他们的猎物。我越来越担心你会被他们抓住，一到夜里我就开始心悸，白天又会莫名其妙地发怒。我整天把自己关在家里，把他们碰过的东西洗刷了一遍又一遍。有的甚至毫不怜惜地烧掉。我害怕他们再来，如果他们真的来了，除非把我杀掉。一想到我的身体被她们碰过，我便战栗不安。这段时间，我面对镜子竟然觉察不出自己存在。有时还能闻到一股尸体烧焦的气味。真是令我怀疑，我真实存在的可能性？还是我的身体出了什么问题？

我在屋里的墙上发现了蜘蛛。它们长着红彤彤的爪子。我害怕它们编织的那些蛛网，那些透明的丝线在屋里飘得到处都是。我被激怒了，我愤怒地消灭它们，它们快速向四处逃窜。可是不久，它们新的巢穴又会织出新网。它们彻底让我抓狂。我冲它们歇斯底里地大喊大叫。我喊破了嗓子也无济于事，后来发觉它们根本没有耳朵。最后，我擒获了它们十三只活跃分子，也最红的分子。我把它们关进罐头瓶，从外面看它们如何消磨时间。

母亲问我你现在躲在哪里？她有点担心你。父亲让我告诉你，你的姥姥和妈妈已经从警署里放出来回家了。你肯定还在担心，像担心我一样，担心她们的安危。

夜色微澜，大海连成一片

两天后，她睁开双眼。她身上红肿的斑点开始消退。女孩疲惫的表情也慢慢有所缓解。看情形，她的身体一天天好转起来。有一天下午，我见她精神尚好，便问她来历，但她绝口不谈。

她的小腹明显地在动，好像婴孩迫不及待地要出来。有一次，她突然问我，还要多久才能靠岸？我迟疑一下，告诉她，没有具体日期。后来，她流泪了。我或许说错了什么，或许什么也不该告诉她。

我无法确定我们距离目的地还有多远，见她抽泣，我宽慰她，我们应该快到了，真的快到了。我们离开海岸已经很远很远了。

我没有骗她。我们确实漂流了很久。海上没有边界的界碑，那些极其精准的经纬，对我们毫无用处。她还在哭，我无言以对。只有看着天上的云朵，看着每天都像波涛一样，在我们头顶翻滚的云朵。我何尝不想尽快看到陆地，哪怕是一座孤岛。而现实就是现实，现实中连一只鸟的影子都看不到。我甚至无法断定我们能否看到陆地。现在我们连唯一信赖的日月，都被泛滥成灾的云朵所淹没。谁又能为我们指引未来的航向。

女孩的眼泪刷刷地往下流。她说，每天晚上她都会跑进同样的梦里，跑进隧道般黑洞洞的枪口、枪口上的刺刀始终抵着她和孩子的脸。她还在梦里梦见我们遇到不测，可能冰山，或者海啸，也许飓风会把我们的船击碎。她说，一场接一场裹挟刺刀的暴雨倾泻到我们船上。我们尸横遍野，血流成河。她梦中尖叫时，她要我叫醒她，她怕再也看不到未出世的孩子。

我说，我倒希望你的梦是真的。让我们一起习惯死亡。习惯为另一个世界献出自己的生命。那个时刻，也许眼前潜伏的一切危险，都会变得纯粹，没有一丝一毫恐惧。正如女孩所料，傍晚时分，海上涌浪汹涌叠起，狂风肆无忌惮地肆虐。她蜷缩一团，伏在我膝头。我们都害怕得要命。

我保持姿势，停下一切思维，脸朝向掀过我们头顶的狂风和巨浪……

你肯定不敢相信，我住在乡下的表妹，几个月前莫名其妙地失踪了，现在又接二连三发生了许多"丢人"事件。很多青年男女出家门后就再没有回来。非常奇怪的是，他们并非社团或联合会抗日的成员。甚至，有的还是士绅家里的千金和少爷。

姨妈和姨夫的女儿失踪以后，一直住在我家。我爸妈天天劝慰他们老两口，有时也跟着伤心落泪。现在又传来人口失踪的事，更勾起我们全家对我表妹的担心。

当初，我表妹在日本人开的电报局里做事。他们想起女儿失踪前，全家人送我表哥加入日本军队，觉得招兵的中藤大佐是个好人。他们马上就去招兵处找中藤大佐求助，请他帮助寻找他们的女儿。中藤大佐爽快地答应了他们的请求，还和蔼可亲地说，女孩子在军队里也有很多职位可以胜任……不过，请你们放心，乐于为你们效劳，请安心等待。

我表妹的事至今杳无音讯。接着情况变得越来越糟。前一段时间，姨夫和姨妈突然听说中藤大佐一直在不择手段掠夺中国妇女，并把她们送往前线，安抚前线的作战士兵。这不免让姨夫姨妈更加揪心起来，姨妈整天抱着我妈哭，姨夫和我父亲也整天愁眉苦脸……

我已经在海上航行八天，何时抵达，抵达到哪儿，现在还都未知。无论是逃亡者，还是难民，每个人都期盼早日见到陆地，哪怕一座孤岛也好。

没有星星的夜晚，我们被恶风恶浪摧残着，这不啻于我们又来到另外一个世界。每个人都吐了。这是最轻的。到了后半夜，我还听到有人落水的呼救声。我想，这绝不是什么意外，也许是那些忍受不下去的人，最好的解脱。

有一个看似疯疯癫癫的人，笨重地迈过我的身体，用力蹬上驾驶室的舷梯。

我要去的是美国！他冲驾驶室里的船老大尖叫道。

滚出去！船老大粗暴地吼道。

我要去美国！现在不是去美国的方向！接着他压低嗓门，说，我肯定是给人坑了，船老大救救我吧——

那是你自己的事情——船老大毫不客气地说。

我该在加利福尼亚下船，那人说着便掏出国民政府开给美国政府的照会文书。

船老大并没有看，吼道，滚！快滚！白痴——

那人又打开皮包，掏出两根手指粗细的金条。

之后，船老大没再吭声。船头很快转了方向。那人放下手里的皮包，悻悻地跨出驾驶室，跳下舷梯，转眼间消失在夜色中。

黎明将至，恶风恶浪转为轻风细雨。很多人都爬出底舱来到甲板活动筋骨。有人开始抱怨，花了这么多钱，保证三天准到！这人一呼百应，人们开始慢慢涌向驾驶室。大伙儿问船老大还要多久能到？他们得到的回答是，船老大从驾驶室舷窗伸出一杆来福枪的枪管。整整一天，人们都无可奈何地静坐在驾驶室下面听天由命。

这些天，我总讲些故事给她听，来缓解我内心的郁闷。远望天际，天边永无止境地伸展着一条白线。上帝按这条线划分为两个世界，一个天堂，一个地狱。天堂和地狱各自有它们的倒影……

这时，我发现女孩在不停地摩挲自己的肚子。她可能是饿了。从她醒来，我就没见过她吃过任何东西。我不知道她一天天是如何忍受下来的，还有她肚子里的孩子？我真的不忍心看到一个饥肠辘辘的小生命就此诞生。

无论如何你该吃点东西。我对她说，你不饿，你肚子里的孩子还饿着呢。

——孩子不是我的，她突然咆哮道，是一个日本畜生的！

她几乎用尽全身力气。她身上的每一根神经，似乎都在她声嘶力竭的咆哮中战栗。最后她痛苦的泪水夺眶而出……

汉奸甲长领着日本警察一家不落地去家访，假模假式地将失踪人口登记造册。这些日子岛上人心惶惶，中藤通过报纸、收音机和广播塔向岛上市民宣布说，你们的家人，那些抱着一腔热血的妇女们，上前线去了，因为那里的士兵需要她们……我们协助她们走上前线，同样我们的士兵会保护她们，会把你们的妻子和孩子平安送回家。作为家人你们应该为自己的女人和孩子感到无尚光荣和自豪。希望广大民众积极配合警察署和宪兵队维护社会治安，再生造谣祸乱者，严惩不贷！

日本人天天出来辟谣，汉奸甲长和警察在街坊里张贴了安民告示。可谁又会相信，那些失踪的女人和孩子真的会给日本人送回家？后来中藤又出来安民说，女人！怎么能让女人们去打仗？她们完全可以给前线上的士兵带去平安和慰藉。比如，为伤病员做心理辅导，聊聊天，减轻他们的痛苦。或者为日本军人提供自己力所能及的服务。当然，要她们所做的一切服务，既要征求她们的同意，也完全是她们的自愿行为。

爸爸陪姨夫姨妈去找警察署长井上小一郎，注定是一个错误。井上小一郎很痛快地答应帮助他们寻找我表妹。最后，井上小一郎还许诺说，等我们全家团聚了，就作为井上家族的家眷，向日本政府提出申请，保荐我们去日本内地生活，加入日本国籍，做真正的日本国民。

井上小一郎还对我父亲说，你的女儿可以不必去前线为士兵们服务了。其实我父亲也想恳求他这件事。一来，保全祖上留下来的家产；二来，保全我。所以，父亲要我嫁给井上小一郎。

尖叫不止。尖叫声不止。脚步声、枪声、尖叫声、警笛声……我透过浓重的硝烟，看到一截残肢，看到地上的血。我的暗杀行动成功了。我按照设定好的线路迅速撤离。

……

船上有个疯子正在闹事。他差一点毁了我们全船人的性命。我对女孩说。

就是那个疯疯癫癫的人，那个拿黄金当赌注押给船老大的人，他现在彻底的疯了。他烧着了一团衣物，立在船头。混蛋！船老大你这个骗子——大骗子！混蛋！他怒不可遏地骂道。

我要去美国！马上给我转向！否则我烧了你的船，咱们同归于尽！他身旁的火苗撺得老高。他喘着粗气，骂声不止。

疯男人见船老大不理，转而又发出痛苦的央求——求求你啦，船老大，我把全部家当都给你啦，送我去美国吧——求求你啦，船老大……

燃烧殆尽的衣物被风吹到了海里，海水嗞嗞有味地咀嚼着火焰。

突然，船老大面目狰狞地探出窗口，紧接着砰地一声，枪响了。船老大扣动来福枪的扳机，子弹拖着明晃晃螺旋形的火线，尖啸着击中疯男人的头部。

子弹可不长眼睛！船老大在驾驶室里放声浪笑道。

疯男人一下坠入海中。他的身体立即被白浪吞没，夜色微澜中迅速消失。

那一夜我们迷航了。我确信船老大真的迷航了！

女孩怯生生躺在甲板上，听着刚才所发生的一切。她扬起苍白的脸问我刚才发生了什么事情？

没有危险了。一切都太平了。那个精神错乱的人坠海了。虽然我知道一切都无指望，但我还是告诉她，放心吧，咱们很快就能看到陆地。

我肚子疼得要命。我不敢叫出声。女孩对我说。

叫吧，疼了就叫出声。我低头看着女孩可怜的小脸，给她鼓气，喊出声来可以缓解你的疼痛。

太安静了，我怕船老大骂我。说完，她咬紧牙关，闭上眼睛。我知道她是一个坚强的女孩。我知道，她希望我鼓励她喊出声。

如果我们一辈子靠不了岸，看不到陆地，永无止境地在大海上漂流。直到有一天我们再也睁不开眼睛，拒绝说话，拒绝一切希望。你害怕吗？过了很久，我半睡半醒般问她。

不怕，她嘴唇微微颤动一下，然后重复说，我不怕。

是我听错了？或许她比我更能容忍接受死亡的现实？我重新把目光转向驾驶台，盯住面无血色的船老大。

破晓时分，我们一干人等冲上驾驶台。打翻舵手，夺过来福枪，子弹上膛，枪口抵住船老大的后腰。

说！航向！你要把我们带到哪里？我大声叫道。

上，上海。船老大惊魂未定地答道。

听着，不老实就崩了你，说！航向？我极力克制，手指紧紧扣住扳机。

不知道——真的不知道——罗盘坏了——启程转天那个破玩意就坏啦。船老大终于说出实情。

那你怎样辨别方向？我问道。

看星星和天象——每到夜里就调整一下航向，然后就碰运气。船老大沮丧地说。

尖叫声不止

他们真是太傻了，怎么能够相信日本人的这套鬼把戏？我姨夫和姨妈给我跪下，央求我嫁给井上小一郎，我的表妹就有救了。我哭了。他们以为我心软了。可是他们忘了日本人是怎样羞辱我的。

我想逃走，跑去找你。每天晚上夜深人静的时候我就想起你。妈妈怕我出事，跟我睡在一起。我求妈妈千万别让爸爸把我嫁给日本人……千万别逼我走上绝路。每到深夜我就能听到妈妈在小声地抽泣，背对着我偷偷地抹眼泪。日本人怎么这样无情，他们以拆散别人的家庭为乐，满足己欲为荣。现在又该轮到我。假如我永远不能再和你相见，你一定要保重。

她终于叫出了声，呻吟着，大口喘着粗气。我突然担心起来，我该为她做点什么？我腾出地方让她平躺，听她一阵阵撕心裂肺的嚎叫，让我不知身在何处。

其实，我比她还无助。如果她是你就好了，我可以抚摸你的脸，轻揉你的小腹。我会俯身贴近你的嘴唇和眼睛，告诉你，什么都不要怕，有我在，我一直会守着你寸步不离。现在我退缩了，她不是你，我急需一个妇女来帮忙。我想起先前见过的那个少妇，就是睡在底舱，婴儿垂落在地的那个哺乳期少妇。

我下到底舱。一个婆婆告诉我，前天晚上，一个好心的男人把她快烂掉的尸体丢进了海里。我问，她的孩子呢？婆婆摇了摇头。

这位好心的婆婆愿意为你接生。我把喜讯告诉女孩，婆婆从前为人接生过，这下你放心啦，她一定会帮你把孩子生出来，你也会没事的。

女孩没有哭。你很坚强，我鼓励她说，你是我见到过的最坚强的女孩。

我环视四周，连起码的清水和干净的布都找不到。凌晨我再次被她恐怖的叫声惊醒。

天蒙蒙亮，我再次跑到驾驶台。船老大已被我制服，他不会对我再有过激的举动。我从驾驶室里拎出一桶淡水、半瓶高粱酒，卷走舱铺上的铺盖卷。

女孩的脸色越来越难看。她有时双手捧着肚子，时不时也将手举向半空。她可能要生了，她的四肢不知该如何放置。我屏住呼吸，连周围的空气都凝滞起来。这个命运多舛的婴孩要在这个不恰当的时机面世。没有人看好他，似乎也得不到更多人的同情。我用婆婆的身体挡住我的视线。我不忍再看女孩痛苦的表情。

她在镇痛，可别让你的妻子受风。好心的婆婆看着女孩，轻声对我说，好好照看她，她多漂亮啊，孩子也会很漂亮。

她不是我的妻子——但我没有对婆婆否认。我站起身，走到船尾，面向辽阔的大海，我想把身边发生的一切告诉你。但每次张嘴，海风便趁机而入。

夜幕垂临，女孩要命的喊声惊动了全船人。

现在，你到了哪里？你还能不能回到我身边？你要是能留下来就好了，就可以快点娶我。如果跟你一起逃走，去哪里都行，哪怕去死我也愿意，也不至于闹到爸爸非要把我嫁给日本人的地步。我常常幻想，其实你就躲在我家影壁的后面，偷偷地看着我。

船上每一个人都瞪大死人一般的眼睛，听女孩的叫声，就像聆听上帝对大家的招唤。船尾甲板上突然裂开一道缝隙，海水慢慢侵入船中。裂缝离我们两人很近，瞬间溅到我们的身上。冰凉的海水和长长的裂缝，就像插在女孩身上的刀子，令她惊恐万分。而冰冷刺骨的海水，对一个体弱待产的孕妇来说，不啻为一种更可怕的伤害。

我把她挪到船的另一头，我抱起她感觉不到她的分量。好心的婆婆过来帮我照料她，给她拿来了一些热乎乎吃的东西。我扭身要去看看裂缝，她牵住我的衣襟，冲我摆摆手，好像不让我走。刚才的喊叫显然已经把她的气力全部耗尽，现在她望着我，喉咙发出奇怪的响声。婆婆把食物贴近她的嘴边，你必须吃点东西，今天夜里你就要生产，没有力气孩子是生不出来的。趁她闭眼大口咀嚼食物的时候，我快步走向船尾……

船老大也跑下来，我们找来被褥把窟窿堵严，海水不再往上冒为止。现在没有人再敢往船尾去避风了。夜里所有人都挤在狭小的甲板上。女孩蜷缩在婆婆的怀里小声呻吟着。后半夜她却突然狠命捶起自己的小腹，号啕大哭声再次惊醒了睡梦中的人们。大家伙开始抱怨，甚至有人威胁要把女孩扔进海里。血从女孩的下体流出来，不知不觉在甲板上滑动。

血，血，是血，我快要死了，可我还没有见过我的孩子——

婆婆把女孩放平。我准备好清水、白酒和撕好的棉布，放在女孩的身边。血流得到处都是，人们纷纷避开污血和女孩。女孩肚子里的孩子好像很顽固。婆婆让女孩用劲儿，女孩的脸憋得紫红，可肚子里面的孩子丝毫没有动静。

让我死吧——女孩绝望地抓住我的手，咕哝说。

谁也帮不了你——想死也帮不了你！我残忍地说。

婆婆用力推女孩的肚子。我几乎比女孩还要绝望。我甚至想，如果她和孩子真的死了，我绝不忍心把她们娘俩丢进海里。

我觉得她不会死，她会生下一个结实的女婴。孩子会有一副白净又讨人喜欢的小脸。还有一张可爱的小嘴，不停地吸吮自己的小指头。我想象孩子的皮肤是透明的，能看清血管里流动的血，还能看清五脏六腑轻微地跳动。我从来没有摸过婴儿的皮肤，那一定是软软的，像呼吸一样柔软。我会不由自主地接过婴儿，放在怀里抱一抱。

我忽然想起我和你分别的那个晚上。那个晚上我答应过你，我们一定生一个女孩，然后带上孩子，我们一起走，从此不分离。

突然有一个人从舱口里跳出来，兴奋地向大家宣布，他看到了船，船上有灯火，还看到连成一片黑压压的群山。

你在梦游吧？一个软弱无力的声音说。

真的，真的看到了船！——不信你们自己去看——

躺在甲板上的人没人相信这是真的。过去多少次惊喜，都化为泡影。而且没有人再轻信出现奇迹的可能，大家都走到崩溃的边缘。我过去多少次确信看见某座岛屿，灯塔，船只……等接近时，发现那都不是真的——都是想象中的幻景。后来我们那些怪诞无稽的幻想便不再频生，与此同时，我们求生的欲望也不再摇曳。或许只有苟延残喘，才能延缓我们的生命。

大海的孩子

当初你暑假寒假回家，每次回来都对我讲许许多多真理和事实。我深深地被你吸引，爱上了你。每次回想起我们的恋爱，我便心绪不宁。而我现在变得对自己严厉苛刻起来，处世态度也变得敏感和焦虑，爸妈为我天天忧心忡忡。他们无法理解，甚至有时我也会扪心自问，我还是我吗？

每次我站在我家门前那条笔直的公路上等你。每个假期你都在这条公路上来去匆匆。记得，最后一个寒假还没有结束，你就要离开我——

我得回去——你眼神凝重，表情淡然地对我说。

寒假还没有过完哪，你就要回去？我非常沮丧地问你，是学校提前开学吗？

不是，你不要问了。你转过头去，不想让我看见你的眼睛。

我态度坚决，向你保证，绝不告诉任何人！

好啦，我相信你，可我真的不能对你说。况且，况且什么？我迫不及待地问你。

况且我也不知道会发生什么事情。你手捧我的脸，我也不想与你分开哪。

你骗我！我挣脱你的手，你一定知道，不告诉我？

我哭了，你为我抹着眼泪。

你告诉我，我发誓不对任何人讲。我举起手，指向天空。

是学生会，你迟疑一下，说，要组织一场学生运动。

不对，不是学生会，是落叶社！

你怎么知道！你惊诧地问我，谁告诉你的？

你不告诉我，我也不告诉你。我任性地说。

我回去有很重要的事情要办。你说，这关乎落叶社的存亡，甚至会牺牲很多人的生命！

千万别参与落叶社的活动了，好不好？

我知道日本人要取缔落叶社，放心，我会照顾好自己。

……你的口吻如此轻松。之后与我吻别。你矜持不肯再多说一句话。而我的泪水止不住地往外流。

女孩终于生下一个女婴。婆婆没有让我看婴儿的脸，就用棉布把婴儿裹好。

无论如何还是阻止不了海水渗入。几个钟头后，甲板上开始积水，人们找来瓶瓶罐罐把水舀出去。我不知道海水还有多久才能灌满底舱。但有一点是肯定的，我们面对苦海，必将在劫难逃。

而那个可怜的小生命呢，她刚刚来到世上，还没有哭过，没有呼吸到清新的空气。女孩一直在昏睡，像是提前死去了一样。我不忍心叫醒她，婆婆也示意不让我叫醒她。

让她多睡一会儿。你的妻子实在太虚弱了。婆婆压低声音说。

不是，她不是我的妻子。

嗯——我知道你不是她的丈夫。你也是一个好心肠的人。

那当初您怎么说她是我的妻子呢？我不禁问道。

嗯，是啊，不说这个了。婆婆说。

该给孩子起个名字吧。我望着用棉布裹得严严实实的女婴，问婆婆。

是啊——万物总得有个名字。可是有生命的东西才能有个名字啊。婆婆黯然地说。

我一下愣住，用怀疑的目光看着婆婆手中的包裹。孩子没有哭。谁也没有听到孩子的哭声。难道这个小生命真的像梦一样，一跑到这个世界上来，就戛然而止，甚至没有留下任何声音和痕迹？

趁她还没有醒，把孩子扔海里吧。婆婆说完把孩子递到我面前。

我转过身去，手捂住脸，大口呼出体内的热气，在冰冷的空气里，热气瞬间凝成水雾，挂在我的眼睑上。我突然转回身接过孩子，然后把孩子平稳地放在她的母亲身旁。之后我迎着海雾走向船头，肆意弥漫的大雾让我彻底看不清眼前的距离。

我重新从雾里走出来，走到女孩身边。此时女孩已苏醒，正面朝船舷宁静地躺在那，孩子紧紧搂在她的胸前。婆婆一动不动地坐在母女俩旁边。过了一小会儿，婆婆蠕动嘴唇，对我说，还是你把孩子扔海里吧。

我说，我办不到。说完，我便躲在一个无法逃离的角落。随后闭上眼，想方设法地不去想这些事情，想方设法地尽快逃离这个痛苦之地，逃到另外一个世界去。

这个小畜生从头至尾都是一个子无虚有的事实！不是吗？女孩突然开口说，你们想怎样处置她随你们便！

然后，她把女婴从胸前移开，摊在浓雾里——

好吧，如果你们不敢动手，那还是由我来吧。说着，女孩突然从布满浓雾的甲板上，重新拾起自己的孩子，面对雾海双手举过头顶——

女孩的动作与行为，是我一生所看到的最为简单，也极为特殊的一种仪式！

果不其然，女孩撒开手，孩子的骨骼、血液、肉体、发丝、脐带，犹如雪片一样纷纷扬扬地撒在海里。它们以不同姿态，展开不一样的浪花，与成千上万个大大小小的漩涡，组成了深邃的大洋黑洞。

大海连成一片

等我清醒过来，女孩已经把孩子扔进海里。她没有惊动任何人，所有人都给她过分而异常的举动所麻痹。那一刻，所有人从左舷走到右舷，除了我，好像没有人用敏感而尖锐的目光来观察她。观察这个女孩脸上出现的细微，令人察觉不到的变化。

转眼间，她也跟着跳进了雾海。刚才她的位置一下显得空空荡荡，世界上的一切仿佛一下子化为乌有。毫无疑问，我凌空一跃，也一头扎入毫无仁慈的大海。

我也成了大海的孩子。

你坚持回到了自己的世界，我在你最后一个假期，泪眼婆娑了一冬。一个个毫无光泽的日子，犹如不知方向的蜗牛，日复一日地前行。许多看似相同的日子，层层叠叠地被我数来数去，有时推倒它们重来，再推倒……那些残酷的岁月，似乎永远也走不到公路的尽头。于是，我每天情不自禁地跨过公路，来到海滨，一天天伫立在断崖之上，拥抱着潮汐，空守这座无人之海……

直到现在，没有人能够取代你。明天我就要嫁给井上小一郎了。现在我的脸忽冷忽热，迎着海风，我手腕上的血已快流尽，流尽的血会随着波涛寻找你。即使这样，我还是一心想回到你身边，无论你在哪里，我跳下去一定能够追上你。

谲海苍狼

题记：——海是圆，地是方，天底下有我一家龙王堂。

我亦步亦趋地走在风里，身边海水平静时宛如明镜般波光粼粼，狂躁时，滔天骇浪像要把整个星球毁灭。我面朝大海，身后就是我的家。晚饭时，我捧着饭碗跑到海边，蹲在沙石滩上，一边往嘴里扒饭，一边看眼前的晚霞。从早到晚，我和哈利整日待在海边，或疯跑，或光着屁股下海游泳，或跑到很远很远，爬上那座只属于我和哈利的悬崖。在沿海众多礁石群中，我们的那座悬崖虽然长得瘦骨嶙峋，但它笔直尖啸，非常显眼地伫立在众多礁石群中。唯一能征服它的只有我和哈利，只有我俩才知道如何登顶路径。每次我和哈利爬上去，极目远眺，满眼荡漾的海水让人目眩和恐惧。悬崖下面有一处小湾澳，湾澳里处处是险滩和暗礁，即使水面不惊的时候，水底也暗藏许多湍流和漩涡。涨潮或风暴来临，小湾澳便巨浪拍岸，瞬间激起的千浪万浪，既令人兴奋又让人畏惧。

我们日复一日被海风吹着，我的玩伴还有：三贝、刺锅子、海碰子、海癞子、串儿、衬儿……这些耳熟能详的外号和小名，一直伴他们终身，在我难以磨灭的记忆里，他们绝对是一群不惧骇浪的小海狼，直至死神将他们一个个吞没。

哈利回来——哈利回来——危险——每次我喊危险的时候，哈利越往那儿跑。我叫不住它也跟着跑过去。现在已来不及了，哈利夹着尾巴跑回我身边，黑鼻头肿得老高，眼泪汪汪地朝我哼哼。你丫！总惹它干啥！算你命大！再记不住，早晚蛰死你！后来我走到蛰它的海蜇前，拾来石块砸它，在它身上给它磊个小坟头才罢手。这时哈利才扬眉吐气地朝我摇起尾巴。

哈利是我四叔从苏联留学回来送给我五爷的。哈利是我四叔给它起的名字。四叔说，哈利是德国纯种青贝，一个苏联军官从一个德军军官手里缴获的战利品。我和哈利在一起时，好多人都躲着走，有时赶上我好事的混账六爷，就骂我，嗨，孙子——这种儿可比你爹强多啦，回去让它给你操个小娘来——这话我虽听不懂，但只定不是好话，我心里总咒我六爷不得好死。

老龙王堂亲戚我最佩服五爷，最恨六爷。后来才知道，我六爷是国民党粮食专员，手里有权。至于我四叔送给我五爷青贝，六爷心里就一直不舒坦，总气得牙根痒痒。后来我才明白，六爷和我四叔不是一个道儿上的人，一个是国民党，一个是共产党（地下党）。

黑子！去打酒、割肉——五爷每晚喊我让我跑腿。打回酒就赏我一碗。五爷还说，小海狼哪能不喝酒。

后来有了哈利，我就叫哈利跟我一块去打酒、割肉。哈利是一条绝顶聪明的狗，它愣头愣脑跟着我，帮我叼酒桶。每次五爷不忘嘱咐我，肉要肥的，要不不解馋！

碰子娘——我喊，要一块肥膘给五爷。五爷刚说了，夜个儿肉是老母猪肉，咬不动。这回再是，就把碰子哥丢海里喂龟！

是，是，黑子。碰子娘哆哩哆嗦割了一大块肥膘，有二斤重。

回去对五爷说多照顾俺家碰子，这回肉可是上新的，多秤二两给五爷呢。碰子娘得意地说。

每次我都是先跑村西头儿割肉，再跑东头儿打酒。酒保叔跟我四叔是发小，每天去都笑脸相迎。

黑子，打酒？保叔说。

嗯，打酒，保叔，俺要五升高高地。我说。

——屁话！你丫桶四升五，怎么五升还要高高地！保叔瞪大眼睛说。

保叔——，你不给俺高高地，俺回去对五爷说你兑水，耍奸。

好你丫的，猴崽子！喏——饶你一碗。保叔递给我一碗酒。

不行，好保叔，两碗。我说。

你丫酒量见长咧？

哈利也要喝。

成成成，给——两碗，两个猴崽子！——敲竹杠！

傍晚，六爷踱着猫步溜进五爷的院子。我刚撂下酒桶和肉，六爷从我身后打我个大脖溜，我哎呦一声，眼框框里直泛潮。

黑子，又来舔摸你五爷咧。

嗯，六爷。我委屈地说。

哈利见我被人欺负，抬前爪冲六爷吠——滚！滚一边去！——黑子，牵四侄儿边上玩儿去！（四侄儿是指我四叔，他俩不和）不然老子一枪崩掉狗头！说着六爷从裤腰拔出手枪，咣地拍在堂屋八仙桌上。

五奶把饭菜端上桌，对六爷说，六弟，跟你五哥喝点酒，唠唠，开导开导他，他脑瓜死不开窍！

五爷打里屋出来，坐在八仙桌旁的圈儿椅上。

五哥，你真该到市上转转，都啥年代了。

转什么？转野鸡还是野鸭？啥年代管我屁事！喝酒，喝酒——

五爷和六爷一连干了两大碗。撂下碗筷六爷对五爷说，啥时候了，还守你一亩三分地，不忙走，等泥腿子共匪杀过来，把你全家名都革了去？现在走还不晚，前线退下来的说，打得那个惨，顶上一连死一个连，顶上一个团死一个团，顶多三五个月。你瞅瞅，有钱有地的早走了，到那边圈钱圈地去了，再晚点儿恐怕连落脚的地儿都没啦——五哥嘞，赶紧拿主意！

六弟，你走你的，我又不给政府做事，跑那边干啥？让我种地种不来，让我开山不会开，我就会捕鱼，哪儿不是捕，哪儿不是海？甭劝，要走你自己走——

哈利来——我在五奶奶家吃饱饭，叫哈利跟我去沙石滩玩儿。这时天快黑下来。

路过海癞家的树篱墙，癞子娘正拾掇网具。我伸手去扒渔网问癞子哥在家吗？

去去去，天晚了还不回家。癞子娘嫌我抠坏她刚补好的渔网凶巴巴地轰我走。

三贝哥在家吗？我哒哒哒地在石板路上继续向前跑。路过三贝家拍门板问。

黑子，俺娘不准俺出去玩儿，俺娘说过明早让俺跟五爷出海呢。这时就听到院子里劈里啪啦一阵响声，三贝寡妇娘的大巴掌又拍在三贝屁股上。

我一边跑一边想，准是仗要打到这里，大人们才不准小孩儿出来玩儿。想着想着，我绕到刺锅子家房后，这么晚，刺锅子爷爷还在酿三鞭酒。所谓三鞭酒，就是用章鱼鞭、鲸鱼鞭、海龟鞭混合一起酿出的烈酒。刺锅子讲，成年章鱼的鸡巴足有两米长碗口粗呢。而三鞭酒最初酿造阶段，这三种原料散发出的臭气，能把人熏个跟头。可一酿好又喷香四溢。我五爷可爱喝这酒呢，每次出海他都拎一桶上船。五爷说，三鞭酒能御寒，能壮胆，还能救人命。说到救人命，五爷年轻时出海遇到风暴，为救衬儿爹被钢缆上的毛刺挑没了眼皮，幸好靠三鞭酒为眼睛清伤消毒，还起到麻醉的作用。逃过此劫，五爷就对三鞭酒喝上瘾了，出海必备一大桶三鞭酒船上喝。这会儿，我见衬儿打村口泪嘤嘤朝我走来。衬儿与我年岁相仿，长得如花似玉，我打心眼儿里喜欢她。

衬儿——谁欺负你了？俺给你报仇！我攥紧拳头说。

黑子哥——衬儿说着哭得更厉害。哭的时候，她两腮仿佛开出两朵小桃花。

告诉俺，别怕，俺让哈利给你报仇。哈利听见叫它的名字，汪汪叫了两声。

是牙狗，牙狗露出两颗大门牙想咬俺脖子。衬儿揉着眼睛委屈地说。

有我在你别怕！你哥呢？串儿在不？

他跟俺爹出海还没回，俺娘说往远处捕鱼兴许回来晚。让俺打二两烧酒，回来给他爷俩暖身子。衬儿说着又嘤嘤地哭起来。打酒钱牙狗给抢去了，回家俺娘一定打死俺。

牙狗这鸡嘞登！我骂道，走！跟俺找牙狗算账去！

说老实我也挺怵牙狗的。说起牙狗，他小小年纪就给我六爷干狗腿子活儿。牙狗仗我六爷在乡里是粮食专员，有权有势还有枪，他就四处招摇撞骗，成了我们几个村的祸害。

俺不去。衬儿胆怯地说。

那好吧，让他狗日的再活几天，跟我来——我拽着衬儿小手朝海边跑。我一边跑一边说，衬儿咱俩私奔吧？

衬儿听完突然不哭了，笑说，黑子哥，啥叫私奔哪？

到了海边海水哗哗翻动着脚下的沙石，动静比白天大得多。潮水也涨了老高。哎呦，我着急地叫了一声，暗想，我藏在那里的东西会不会给浪头卷走？早上我从五爷家的樟木箱子底翻出来一张海图和一只小金钱龟，把它们用油纸包好藏在海边礁石缝里。现在潮水涨成这个样子，隔断了我们的去路，潮水再涨就要没过礁石了。我一下急红眼，撇下衬儿，扒掉身上衣服光屁股一猛子扎进水里。刚冒出头换气，哈利就超过了我。

哈利蹿上那块礁石，我还在水里游。一波波浪头打在我身上，实在很难前进。我在水里扑腾半天，好像没动地方，直到一波浪把我推回岸边。

衬儿看我笑也不说话。

傻笑什么？不帮俺还笑俺。我趴在水里说。

衬儿踏着浪花来到我身边，猫腰拽住我脚踝。我感到风吹到了我黑黝黝的屁股蛋。我害羞地蜷起腿坐在水里。最终我还是放弃了游到礁石的想法。

你丫也鸡嘞登！我骂道，都为了你——没那宝贝，咱俩哪儿也去不成。

宝贝是我和哈利一起藏在礁石缝里的。哈利嘴塞进礁石缝把我的宝贝叼出来。之后它跳到水里，三刨两刨游上岸。哈利松开嘴宝贝掉到地上。海图没湿，却给哈利咬出个洞，气得我捡起石块砸它。其实我只是吓唬哈利，哈利双耳一竖，转头往远处跑去。

衬儿——你瞅——我用粘糊糊的湿手把油纸包打开。

你瞅，这是一只真的金钱龟！你掂量掂量，不信再咬咬，看软不软？

干啥用？衬儿说。

呃——算俺提前给你的财礼，咱俩私奔用。

衬儿不语，笑起来。

你丫，又笑！高兴不？还有这个呢——我把海图摊开，说，俺早寻思好，咱俩渡海到这儿——我手指正好杵进哈利咬破的洞里。

这儿是哪儿？

听六爷说，这儿有一个很大的岛子，叫什么台湾台湾的。六爷说，共匪一打来，咱家钱和船都得给他们抢去，还抢咱家的媳妇呢，所以咱以后都得去那儿。

黑子哥，俺不去，俺家没钱，听爹说俺家船都快漏了，是条破船，共匪肯定不抢破船。黑子哥，俺想回家，俺娘她——

你娘咋咧？有黑子哥在你怕啥，准让你娘放心。回头我让四叔去你家给俺提亲。你娘准乐意。嘿嘿嘿。

不是，黑子哥，俺娘大肚子快给俺生小弟弟了，娘肯定哪儿都不让俺去，得在家照看小弟弟。

说着，我猛想起哈利，就扯脖子喊。而哈利早跑得无影无踪了。

哈利呢？怎么眨眼工夫不见了？我心里开始发慌，不住地问衬儿。

我一边喊，头转得像拨楞鼓。衬儿也帮我喊。霎那间，天如墨斗鱼吐出的黑汁。我开始害怕，我未过门的媳妇比我还怕……

这时，村里的火把把整个村照得影影绰绰，还看到人头攒动，吵声不断。

黑子——黑子——俺娘喊我。

你娘呢？我问衬儿。

俺娘不能乱动。说着，衬儿眼圈又泛红，像两只小灯笼。

夜海阴森可怖，风如鬼悄悄跟着我和衬儿。我拽着我女人的小手，一下子动弹不得，好像腿和脚都僵住了……我和衬儿好像钻进了黑布隆冬的梦里。

由远及近，慢慢看清火把上的火在大人们的头顶攒动，还有讲话声、脚步声、狗吠声，此起彼伏。我和衬儿像私奔的逃犯，唯恐叫大人们知道。要是哈利在就好了，可以为我们两人作证。

大人们像赶集一样逮住了我和衬儿。但大人们的脸色还是很难看，听说，衬儿爹和衬儿哥串儿这么晚了还没有回来。

转天大清早，五爷拎着刺锅子二爷酿的三鞭酒，后面跟着牙狗和三贝。五爷立在船头，指挥牙狗和三贝把带缆松绑，那哥俩将缆绳松绑后，扒住船头一个个跳上了船。

约莫两个时辰船开到南湾渔场的边上，不大的南湾渔场已有几条渔船在作业。五爷站尾楼指挥牙狗用舵，船慢慢向前挪动。

三贝，五爷问，衬儿爹和串儿啥时走啥时回？

我见他们走是昨个儿大清早，说晚上准回来。三贝抓后脑勺说。

牙狗操舵在南湾渔场寻了大半圈儿，没发现串儿和他爹。五爷就指挥牙狗调转船头，朝东赤屿外海驶去……

话分两头，五爷出海也是寻衬儿爹和串儿，这是我们之后才知道的。那天晚上我和衬儿给大人们逮个正着，衬儿又给吓哭了。

当时衬儿娘也跑来，挺个大肚子，落在最后。衬儿娘就怕自己男人和儿子在海上出事。如果她家男人都出事了，让她和衬儿和即将出生的娃怎么活？所以衬儿娘一见衬儿就抱着衬儿哭，谁也劝不住。

我娘一直护着衬儿娘，怕她动了胎气小产更添乱。衬儿娘苦苦求大伙儿，帮她一定找回自己男人和串儿，说死也得要找到尸首。

后来，大人们举着火把沿海岸线找下去。我和衬儿也跟大人们一起唤。而夜幕如此无情和冰冷，除了海风在吼，没有一点回音。

没了主心骨的衬儿娘哭哭啼啼的声音越落越远。

——不寻了——喏？——衬儿娘。我娘宽慰衬儿娘。

衬儿娘好像要哭瞎了眼，模模糊糊地盯着前方。

衬儿——快劝劝你娘让她保重身子——

倏地，我打人丛里蹿出来，拽过衬儿小手朝前面狂跑。

——是哈利——衬儿——俺听见哈利叫声——

哈利——哈利——我一边跑一边喊。

俺怎么没听见。衬儿气喘吁吁地说。

砂石滩把我和衬儿的脚底板硌得青一块紫一块。我俩还在没命地跑，衬儿多次跌倒，胳膊和腿让海蛎子划出一道道血口。她这次没哭，挺坚强，忍着海水的刺痛。

牙狗是个祸害又混账，但他非常听我五爷的话。他驾船就是跟我五爷学的。最近我六爷一直在省城办事，牙狗就跟我五爷忙活出海。离东赤屿外海还远，五爷就把三贝支到桅笼里。三贝望着朴实无华的大海直打瞌睡，睡醒就掏出狗鸡打桅笼往外撒尿——

你丫鸡嘞登！——撒尿不长眼睛——三贝的尿溅在牙狗脸上，牙狗急了骂道。

你丫鸡巴长眼睛？要是再长了双眼皮儿还不成了娘儿们？三贝坏笑说。

你们看大船里装着什么！三贝猫桅笼里说，扬手指给牙狗和五爷看。

一条满载牲口的大船马上要赶过来超过他们。

俺瞅不见，船邦太高咧！牙狗上蹿下跳在舵楼里猴急。

那就听。三贝居高临下瞅那些牲口乐着说。大船传来此起彼伏的牲口哼哼哈哈、哞哞咩咩的叫声。

三贝猫在桅笼里瞧得真，给牙狗形容道，牲口有栓着的，圈着的，关着的，挤着的，躺着的，卧着的，撒泼打滚的，抻脖子瞪眼的，龇牙咧嘴的……三贝说着就开始挖苦牙狗。牙狗经常抻脖子瞪眼和呲牙咧嘴。

牙狗抓耳挠腮问，到底都是些啥牲口？

猪、牛、羊、驴、骡子……还有狗，哈哈哈。三贝又占牙狗便宜。

牙狗又问，它们都在干啥？

在晕船，三贝说，你没见过牲口晕船？

俺只知道俺晕船叫娘。牙狗傻笑说，没见过牲口晕船啥样？

好，俺告诉你，它们晕船都咋样——

猪晕了撞，鸡晕了转，驴晕了打滚，马晕了倔；

骡子晕了扒蹶，羊晕了贱，牛晕了两眼泪汪汪；

小小子晕了叼奶头，小媳妇晕了奶水旺……

瞎掰，瞎掰，没这个。牙狗说着颧骨都乐开了花。

猴儿晕了叫娘，三贝说，牙狗你属狗的，狗晕了浪啊！

五爷一直没言语，后来嫌他俩烦，让他俩住嘴。你两个小畜牲都听好！——马上进深水区，牙狗你把定舵！三贝盯远点，仔细瞅着衬儿家的爷俩！

大人们慢慢撵上来，大人们的喊声时近时远。此时我找哈利的心情越来越急，衬儿寻她爹和她哥的心思也越来越重。我俩继续朝前跑，体力开始透支，我俩步伐时断时续。马上要跑到我跟哈利常爬的悬崖峭壁了，而这一带尽是废弃的大破船，无家可归的海狼渔花子就住里面。

我常带哈利来这儿玩儿，娘不准，说这里净是坏人，小心把你和哈利拐走换酒喝。如果你要是惹了他们，就会把你扔海里喂龙王。

走到这儿，衬儿叫我问他们看见哈利没有？我说，千万别跟他们说话，他们可凶呢，他们都是坏人，会把咱俩拐走卖钱换酒喝，还会把咱俩小命喂龙王。

这时海风顺着耳际呼啦啦地山响。我好像听到哈利真的在叫咧！

我顺哈利叫声跑去，把衬儿甩在后面。这时我也顾不上衬儿，只预感哈利危在旦夕。

一晚上的寻找，我们实际上已跑到东赤屿的内海，这里悬崖林立暗礁密布。这时我早不知害怕是啥滋味，我第一个冲上悬崖，危险抛到脑后。

随后衬儿也爬上来。当我们爬上十余丈高的悬崖顶时，累得我俩气喘吁吁。这会儿正赶上夜潮汹涌，冷风瑟瑟，冻得我俩抱在一起浑身还发抖。

透过惊涛拍岸的号声，我又听到汪呃，呃呃呃，哈利痛苦的哀鸣。

哈利，哈利——我不由大喊起来。接着猫腰查看每一处岩石缝。海鸥的粪便随处都是，弄了我一手。我顺着哈利呃呃声逐渐摸到悬崖边儿。期待已久的哈利终于被我发现了，他被卡在离地三四丈高的石缝里，半个身子和后腿给岩石夹得死死。我看见它，它也看见我，可怜巴巴地瞅着我，眼里闪着让人心疼的泪花。

五爷指挥牙狗驶到东赤屿外海边上。海，徒然变深，船也一下子变轻。此时海上风光旖旎，但一切美都无暇映入牙狗和三贝的眼帘。

牙狗和三贝晕船了，尤其三贝猫在桅笼里，无风三尺浪，直把三贝晕得哇哇叫，苦不堪言。三贝只得咬紧牙关顶着，更要命的是，前面牲口船吹来的臭气，正好给他迎风闻到。三贝实在顶不住了，哇地一口把胃里的东西都倒了出来。此时，牙狗也顾不上把舵，头探出舵楼翘起屁股往外倒苦水，嘴里直骂娘。

五爷把定舵，抢风抗浪稳健操作着。

这时，五爷大喊一声——船！而恰在此时，海上却起了风浪。牲口船旁边闪现出一条不起眼的小渔船。这条小渔船此刻正在风口浪尖上挣扎，像大海的玩物一样被抛来抛去。

五爷预感不好，手疾眼快紧急左满舵，船头瞬时转向小渔船插过去。由于左满舵太急，牙狗打左舷甩到右舷，差点没给甩海里。三贝在桅笼里也差一点给甩下来。与此同时，五爷加大马力，微调舵角，朝时隐时现的小渔船贴去。

果不其然，五爷看清正是衬儿爹的船。串儿也在上面，奇怪的是六爷和四叔也在上面。他们一个劲儿地朝五爷挥手。

后来五爷说，正如他所料，衬儿爹船的轮机坏了，在海上没了动力船只得像一片叶子随风飘摇。

五爷的船跟衬儿爹的船慢慢贴近，牙狗和三贝给衬儿爹抛去缆绳。衬儿爹和串儿把自己的船拴在五爷船后头，都忙完，大家伙儿这才一个个跳到五爷船上。

说吧，五爷疑惑地看着六爷和四叔，说，你俩不该一条船上哪，一个共产党，一个国民党。说吧，怎么跑到一条船咧？

这事说来巧得很，事情原委是这样的：

也是昨天大清早，我六爷和我四叔，在不同码头分别装运一批物资，要送往各自秘密的地点。因为他俩都会驾船，这此行动又属机密，所以物资装船后他们俩（当然互不知情），一个驾船给大鸡岛国军运送粮食（实际上我六爷是给大鸡岛上的司令长官运送金条）；另一个我四叔给小鸡岛共军运送药品。他们早上几乎同时出发，航线相距不过两海里，关键是行进途中海上下起大雾，他们的船撞到一起。当时衬儿爹在附近海域捕鱼，就把他俩救上船，可没走多远，衬儿爹船上轮机就坏了。

大家伙儿在五爷船上，定了一会儿神消停一会儿后，跟着我六爷跟我四叔又干上了。牙狗站在六爷一边，五爷向着我四叔，双方在船上僵持半天，就差动枪了。

此时大海也不消停，一波涌浪跟着一波袭来，大股大股的海水从天而降，把船浇得体无完肤。网具和酒桶全给扫海里面去了，舵楼玻璃窗也给打碎几块，帆桁吱吱呀呀地作响像似快折断，就连船邦都给钢缆啃出了深槽儿。

牙狗和三贝吓得大呼小叫，五爷爷，六爷爷地喊。五爷嘴里骂骂咧咧，两个不中用的东西！衬儿爹、串儿和四叔帮我五爷忙活。六爷钻进船舱。五爷加大马力迎风抗浪，串儿扣紧帆锁，四叔去扯帆，衬儿爹忙活拾掇网具。当帆升起，五爷将帆与轮机协同发挥效力，船像离弦箭一样，嗖嗖地往前跑。

这时牙狗和三贝才稳住神，跟跟跄跄地跑来帮忙。就在此时，大海却突然止住了折腾，仿佛稍事休息，一切归于平静……

拿酒来——五爷喊三贝。

三贝不敢怠慢回身去找。

甭找了，早让浪卷走了。牙狗说。

五爷听说他的三鞭酒给浪卷走，便大呼小叫起来，可给五爷心疼坏了。

牙狗重回舵楼，三贝帮串儿爹整理索具。突然六爷扒窗口发出一声惨叫——

五哥——海——海——六爷的嗓子都给喊劈了。

一惊一咋个啥！你丫吓成这熊样！五爷在上面没好气地说。

不是，五哥，你瞅——

跟着，五爷、四叔、衬儿爹、串儿、牙狗和三贝都朝一个方向望去——远处的海就像一堵移动的墙，竖着朝他们推来……

我不顾衬儿阻挠，非要下去救哈利。说着我就转身，脚向下试着伸去。凹凸不平的岩石、崖缝不但湿滑还很锋利。我身子刚贴石壁，脚就踩空了，下滑过程，我被挂在一块凸出的岩石上。我委实给吓呆了，手足无措挂在悬崖峭壁上。

衬儿比我更慌，两只小手死死抓住我的脖领，而我却感到无助和绝望。

我坚持了好一会儿，等大人们赶到才把我救上来。我娘哭天抹泪，衬儿娘挺个大肚子哭得更凶。这时有人去救哈利，有人站在崖顶往远处眺望。

你们站得高，瞅得见衬儿爹的船么？衬儿娘挺着大肚子在下面喊。

大风卷得波涛汹涌不止，巨大礁石被骇浪拍得震天动地。大家伙儿目光忽然聚到海上一点。衬儿猛然叫道，那儿，那儿，船，船！

只一会儿工夫，衬儿看到的船便乘风破浪闯进湾澳。哈利此时已被大人们救上来，正一瘸一拐地随大家走下悬崖。

五爷的船歪歪斜斜搁浅在沙石滩上。先是见我五爷抱着一块光滑的鹅卵石，跪在沙石滩上哇哇呕吐，吐了海水又吐胆汁。我娘守在一旁吓得不知咋办，五爷一边吐一边骂——

奶奶地！老子一辈子不晕海倒晕起地——俺真想杀个人吃吃！

三贝和串儿离着八丈远像死狗一样爬在海边，给一波波潮水冲刷着。

三贝寡妇娘一屁股坐在水里，搂着儿子号啕大哭，以为三贝死了。

衬儿娘也卧在水里，挺个大肚子伏在男人和串儿的身上，看上去都快神经了。衬儿看见娘趴在哥哥身上，哭天抹眼地跑了过去。

都嚎个啥！一群不中用的老娘儿们！都没死，一个都没死，甭嚎了！五爷吐完立马精神起来。

五爷话音未落，隐约传来救命声。

是六爷、四叔和牙狗！快去！船上！——五爷大呵。

原来他们几个还卡在船上。大家伙正准备扒船邦上船，刹那间一个巨浪卷上船，牙狗像飞鱼一样卷飞出来，重重地摔在沙石滩上。

四叔从桅桁夹缝中挣脱出来，掀舱盖伸手去拉六爷。突然六爷从舱底传来骂声：

四小子，你是共匪，共匪！别碰老子，我一枪把你崩了，信不！

唉，六叔，咱是一家人不说两家话，现在形势大变，回头咱爷俩唠嗑——

不唠，不唠！我知道你是共匪的地下党——

正僵持，哈利突然蹿到舱口，因为哈利是我四叔从小看大，所以听到我四叔的声音，才不顾伤痛蹿上船奔我六爷就咬——

就在这千钧一发之际，枪响了，本来这一枪是我六爷朝我四叔开的，哈利救了我四叔一命，也为我四叔捐躯了。

多年前，我重回枪响之地，也是哈利捐躯之地，想起衬儿，串儿，三贝，四叔，五爷……我似乎又回到当年的夜色中，却已然看不清他们的脸。然而，我永久也忘怀不了我的哈利，和那遥不可测的枪声……

哈利死后，我跟六爷结怨很深，直到他死在台湾。

谲海苍狼

复　活

题记——

没有人愿意出世，人人都是哭着来的；

没有人愿意来世，死后人人不愿复生。

这个世界就是这样——被爱与恨折磨——谁也躲不过，上帝亦如此，人人皆给后世留下旷世的虚无。

我人生已过半，逝去的皆逝去。脚下的路已没有多少可走，过往的岁月成为我灰暗的阴影。下面，我要在阴影里找一些事情干，干一些辉煌的事。

日子啊，让我知道人生不过时空上的一个点——人人在这个点上发芽，在这个点上熄灭和被摧残。

我没有在伤害自己，而是当自己为朋友为敌人——到绝世孤独的那一天，我将一无所有、失去所想。

1

这一切并非我们故意所为，那时我们还很小，爷爷的死并没有人归罪我们，但亦让我有一种说不出来的负罪感。我们爱我们的爷爷，我们何尝不爱他呢，之所以这样，完全出于我们想把爷爷永远留住。

爷爷的死成了我记忆里的一桩大事。等大人们跑到海边，早为时晚矣，邻居小叔已将船驶向大海的深处，我不确定那远方的黑点是否是小叔的船，当时，我只记得我的心七上八下像怀揣一只兔子。我们大家说好谁也不说，打死也不说，结果在大人们的一顿毒打下，我们都从实招来……至此，我想先提一下，我们是如何想到这么一个既让人悲催又叫人气愤的破点子。

在我还不谙熟生命对我与世界有何意义的那年夏天，邻居小叔由于驳岸太猛，把他的大铁壳船撞得震天响。当时我和山正蹲在四五十米开外的沙滩上挖一个地堡。轰隆一声，船撞在码头的声音传到我们的耳朵里，我和山撂下手里的活，抬头往码头那边瞧。船撞上码头后不停地在水面摇晃，之后见小叔从舵楼里出来，跳上码头给船系缆。小叔背对落日，肩头披着一层霞光，加之他一连串熟练动作，煞是好看。后来小叔跳下码头，朝我和山走来。我和山赶忙上前拦住小叔，怕他踩坏我们的地堡。

"你们俩在这儿干什么啦，昆仑和云朵他们呢?"我边搓手上的沙子边对小叔说："他们在家里玩呢。"正说着，我忽然看到小叔的船上出现一个人，那人正踩上船邦想跳船。"小叔，那人是谁在你船上!"话音未落，那人忽然大头朝下就栽到了水里。

跟着小叔就往回跑，边跑边叫我们回家去。我和山没听他的话，也跟着跑过去，还帮小叔把那人从水里捞出来。上了岸，那人成了落汤鸡，我和山好奇地打量他。这时小叔对我们说："他是我从海上救起的，现在我带他去大队，你们也快回家，天不早了，听见了没有。"确实最后一道晚霞也消失了，柔和的月光洒在我们的周围。

小叔说完，便带那人朝大队方向走去。我和山小声嘀咕，要不要回去告诉爷爷?我俩一边嘀咕一边借着月光往回走，此时，上涨的潮水已淹没了我们的地堡，我和山深一脚浅一脚地走上没有水的缓坡后，才放眼望了望小叔，小叔已带那人消失在防浪坝背后。

我和山的肚子早就饿透了，恨不得马上回家填饱肚子。回到家，推开院门我问云："爷爷好了吗能下地了吗给我们做饭了吗，饿死我们了?"云没好气地从厨房探出头来埋怨我俩说："谁让你俩回来这么晚!""是你不让我俩在家添乱轰我俩走的现在倒怪起我们。"我气哼哼地说。"是我让你俩走的，但也没叫你俩回来这么晚，家里的事什么也不管!"云没好气地说。然后又问我看见昆仑了没有? 我说没有。山在一旁逗朵，抢走了她的布娃娃，惹得朵大喊大叫。"别让她叫了，都叫一天了，烦死人了。爷爷一直没有下地，所以也没有做饭，你俩就吃窝窝头吧。"云说。"啊，我们走了，爷爷一直躺着哪?"山说。"就是嘛，爷爷倒是不咳嗽了，却躺了一天都没有动地界。"云说。这时，昆仑从外面跑回来听了一半话便插嘴说："啊，你们说什么，爷爷死啦?!""你才死了!"山说。昆仑见我和山正吃窝窝头，他俩也去厨房拿，然后一人举着一个往嘴里塞。"你们快去看看爷爷吧，"小妹朵说，"爷爷都睡了一天了，我怎么叫他他都不理我……"

<h2 style="text-align:center">2</h2>

"那你就继续叫，我们可不去，"昆和仑异口同声地说，"我们困了要回屋去睡觉。"

"让他俩睡去，"我说，"咱们去。"

我们走进爷爷屋，来到爷爷的床前。我们每人都叫了声"爷爷"。爷爷双目半睁半闭，没有一丝亮光从眼睛里露出来。我们无可奈何地立在床边，"爷爷不醒我们怎么办呢?"朵说。"没有办法，爷爷不醒咱们一点办法都没有，"山说，"咱们还是睡觉去吧，也许爷爷明天就好了。""明天爷爷准能醒吗?"朵又说。"那哪知道。"山说。说完我和山睡觉去了，只剩下云和朵留在爷爷身边，不知她俩什么时候睡的。

转天大早起来，我和朵第一个跑到爷爷身边。爷爷跟昨天情形一样，保持一个姿势好像压根就没有动过。爷爷像个死人纹丝不动地躺着，眼睛还是半睁半闭始终盯着屋顶。朵拉住我的手，离床半米她就不敢再往前走了，而且小声地对我说："真臭，爷爷可真臭。"的确，爷爷身上的臭味可真是够臭的，我捂住鼻子，朵也捂住了鼻子。爷爷那张可怜的小脸，面部仅存的一丁点肉，就像窗户纸一样薄。其实爷爷脸上本来肉就不多，加上昨天滴水未进，显得更加消瘦惨淡了，还有这两天也没有人给他刮胡子，胡子茬密密匝匝落在他两腮，显得他老态龙钟。爷爷的眼窝是他脸上陷得最厉害的地方，比起两块高高凸起的颧骨，就像怪兽一般可怕。我相信爷爷还没有死，在非常近的距离，我依然感觉到他呼出的那么一点点微弱的气息和体温。

我和朵看爷爷的时候，山从背后突然冒出来说："爷爷真的没死吗？""去去去，不要说爷爷的坏话，"我说，"你自己看看就知道了。""我不去。"山边说边往后退了一步。为了显示我不害怕，我壮着胆子低下头贴近爷爷的脸，看爷爷的眼睛到底还能看到人么？朵的小手一直牵着我："你要干什么？""我看看爷爷是睡着了还是醒着？"

原定是爷爷带领我们爸妈（奶奶留下了照看我们）去天津办理房产继承手续，还要把房子收拾一番，秋后我们就可以搬过去住。没成想，临行前三天，爷爷的老病咳嗽又犯了，吃了药也不见好转，而去天津的船票都买好了，只得让奶奶和我们爸妈先走，爷爷留下来照看我们。

奶奶和我们爸妈走前，叮嘱我们要照看好爷爷，云是大姐，帮助爷爷给我们做饭。昆仑山海也要照看好小妹朵，不要让她乱叫，也不准带她跑出去瞎玩。奶奶和我们爸妈走后的当天晚上，朵就占领了奶奶睡觉的位置，睡前还给爷爷捶了背。不成想，转天一大早，天蒙蒙亮的时候，我们就听见朵的叫声。朵的叫声就像穿糖葫芦似的，穿过我们好几间屋（我们四间房是相通的），吵得我们不得安宁。

我是第一个跑进爷爷屋的，当时朵只穿了件小褂和小内裤，身子蜷成虾米形状，躲在床角樟木箱子的旁边。这时，其他人也都跑了进来，我们看见可怜的爷爷，直挺挺地仰面朝上，嘴角污秽不堪，好像还尿了床，下半身的被褥全给他褥湿了，散发出阵阵的骚气……我们知道爷爷生病了，可是云还是把我们轰了出来，她嫌我们碍手碍脚什么忙也帮不上。云光想着自己逞能，显得没有我们自己有多能干。只可惜呀，云白忙活了一天，爷爷愣是没有下成地，我们走时啥样子回来还是啥样子，真不知云一天都忙些啥。不过，云挺身而出伺候爷爷

复活

也是为我们好，谁让她是大姐呢。

我们该拿爷爷怎么办呢？没人再提议出去玩，我们整天跟小大人似地愁眉苦脸光想爷爷该怎么办？而且每过一个钟头，我就去看爷爷，看他怎么样了，有一次，我好像看见爷爷深陷的眼窝里存着一汪水。我想象不出爷爷透过这汪水能看到什么？还有一次，爷爷的嘴巴动了两下，喉咙里咕噜咕噜发出一连串古怪的声音，爷爷好像在说话，可爷爷说的什么话，我无论如何也听不清楚。再有一次，也是让我心惊肉跳的一次（长大后才知道这是爷爷咽气前的回光返照）——

"爷爷胳膊抬起来啦——"我喊大家过来看。接着，爷爷伸出手示意让我抓住。我抓住了，然后使劲儿拽爷爷的胳膊想把他拽起来，床铺在我和爷爷的较劲中，嘎吱嘎吱响了半天。

等大家都进来了我反倒泄了劲，一松手爷爷刚抬起的半边身子又躺了回去。"爷爷是要够东西，"云说。我们看到爷爷的手指向立在床脚边的拐杖。"他想要拐杖，"云又说。"爷爷想下地，"山说。云马上把拐杖递到爷爷手上。接着，云就上前去扶爷爷，我也准备配合云一起拉爷爷起床。就在这个关头，爷爷不知是哪儿来的劲头，挥起拐杖就给云来了一下，拐杖打在云的眉骨上，疼得云捂着眼睛痛苦地大叫。爷爷毕竟是一米八几的大块儿头，俗话说，瘦死的骆驼也比马大，所以爷爷抡起拐杖的力量还是蛮大的。云挨打后，拐杖也落到了我的身上，昆见事不好，大喊一声——

"大家快跑——"

爷爷一边挥舞拐杖，一边打喉管里冒出怪声。最后，拐杖被他打飞了，险些打碎衣柜的镜子。

"爷爷疯了——"仑大喊。

当时情景，我们真以为爷爷疯了，他说不出话来，嘴角直抽搐，眼睛里满是血丝。还有，他皮包骨头的脑门上，青筋暴露，鼓鼓跳个不停。再有，他吓人的枯脸，由青变紫，都变成了凶神恶煞的模样。云最倒霉，一只手捂眼，另一只手在爷爷把拐杖扔出去的一刹那，也被爷爷攥到了掌心里，爷爷的手可不是一般的手，像老虎钳子似的，抓住人就不放。

云可遭了罪，又惊又吓，又哭又闹，我和山上前去掰爷爷的手扣
爷爷的手指，我们越扣，爷爷攥得越紧，云就越喊疼……其实爷爷打
人的毛病并不是初犯，过去他同样用拐杖打过奶奶，有一次还把奶奶
打到了海里。而每次打完奶奶，等清醒了，爷爷却不认账……长大了
我才知道，当初爷爷得的是老年痴呆症，之后又中了风。

云疼得哇哇直叫，山咬了爷爷的手，爷爷才松手。后来这情形总
是反复无常，一旦我们靠近，爷爷就想抓住我们，要不然他就老泪众
横地呜呜哭。爷爷哭的时候，让我们又不忍心又不忍睹。从小我们就
是爷爷看大的乖孙子和孙女。平时，他从来不爱搭理我们爸妈，只围
着我们转，我们也只围着他跑，他脸上总是堆满笑容。爷爷瘫在床
上，我们都特别难过，那时我们虽说小，但我们懂得，爷爷恐怕再也
起不了床下不了地了。

大概三天后，我们以为奶奶和爸妈他们该回来了，可是还没有回来，
奶奶和爸妈啥时回来，只有爷爷知道，可是爷爷说不出话来。我们也只
能耐心等待，盼望大人们早点回来。这天傍晚，爷爷又发出恐怖的哀叫
声，那声音好像发自肺腑，爷爷肯定有话想说，却说不出来。我们听到
声音都围拢过来，却没有人敢靠前。后来，我们见爷爷把自己的脑袋摇
得像拨弄鼓。我们不知这是何因，好长时间他才停下来，紧接着，大颗
大颗的汗珠从他的头顶滑落……我们都慌了神，云拿来热毛巾去擦，猛
然间，云的手腕又给爷爷抓住了。这次我们都有了心里准备和经验，并
没有慌张，而是一同上前去拉去拽。由于我们用力过猛，突然把爷爷拉
到了床下。

"把爷爷的手捆上！"昆叫道。仑蹲在地上摁住爷爷附和道："快
拿绳子来！"

云和朵说不行，不能捆爷爷。山去院子里找绳子，我在一旁不知
说啥好。山找来一小股绳子，交给昆，昆和仑七手八脚把爷爷手捆在
胸前。爷爷仰面躺在地上，神智已不清晰，昆和仑对爷爷下此不仁不
义之手，我却没有阻拦，长大以后，我懊悔至极。

当时，让我唯一感到害怕的是，等大人们回来，一定得把我们往

死打。可是，眼下确实没有更好的办法来解决爷爷发疯的问题，所以，先把爷爷捆上，等他好了再说。

给爷爷捆上之后，我们把爷爷重新抬回到床上。之后，云给爷爷擦洗一番，就去给我们做吃的去了。又一天上午，云突然告诉我："爷爷咽不下米汤了，爷爷可能快要死了。"云边说边抹眼泪。"那我们该怎么办？"我说。"不知道。"云说。"那我们研究一下吧。"我说。下午，云把大家叫到院子里的葡萄架下，我们席地坐在凉席上，我向大家宣布爷爷可能快死的消息。没等说完，朵就哇哇地哭开了，其他人都愣在那里。

当时，在我们幼小的心灵里，爷爷俨然成了一个活受罪的人。爷爷爱我们，我们也爱爷爷，所以，我想，我们不能无动于衷地让爷爷活受罪地死去。工夫不大，我们便认真地讨论起不能让爷爷死的事。

接近午夜，我们的讨论变成了争论，昆和仑的想法是让爷爷早点死免得活受罪，昆仑的言论惹起众怒，我和山坚决反对并反唇相讥说他俩是要谋杀爷爷，云和朵也说他俩这样做是犯罪……最后，我提出个主意：咱们确实不能眼睁睁看着爷爷活受罪，让他死可以，但不能让他真死，而是让他假死，你们明白我的意思吗？昆说："不明白，假死也是死。"仑说："跟谋杀一样，咱们一样得坐牢。"而后，我们又对谋杀、真假死和坐牢的事争论半天。

"如果让爷爷假死，爷爷会疼吗？"朵问我。"不会疼。"我认真地说。

……

我们孙子辈的，爷爷最疼爱我和朵，我和朵也最爱爷爷。为阻止爷爷再次发疯，我想好了，先得把爷爷弄昏过去，等大人们都回来了，再想办法让爷爷醒过来。我主意已定，至于怎样把爷爷弄昏过去，我也想好了，接着便对大家说："听我的，都听我的，我有一个好主意。"

3

大家都不说话了，安静下来听我讲好主意。我要讲的好主意，不是我瞎编的，而是爷爷去过西洋，回来给我们讲的海外奇谈。爷爷说外国人特别爱搞发明创造，不像咱们中国人无为而治什么都顺其自然。比如说，谁都想长生不老吧，咱们老祖宗秦始皇那会儿就搞长生不老之术，可到现在也没搞出来，可人家外国人就搞出来了，他们发明了一种把活人冷藏的技术，说是千八百年后要是那人想活，把那人解冻了就能活……

"海，这哪是你的好主意，明明是爷爷给咱们讲过的故事。"昆喊道。"我说呢，听着耳熟，对，爷爷讲过的。"仑也说。"我没说是我出的主意，明明是你们没有想到嘛。"我说。"对，海说的对，是他先想到的，谁让大家没有想到。"山为我撑腰说。

后来，朵说了句："海哥，你是想把爷爷冻起来么？那样会把爷爷给冻死的。"朵一说完就引起大家新一轮的唇枪舌战——云最后提议说还是把爷爷送去医院比较妥当。昆和仑的意思是你们要送就你们送，他俩可没工夫。我和山也不同意把爷爷送医院，因为到医院里头爷爷准死。山比较赞同先把爷爷冷冻起来的说法，等大人们回来再把爷爷解冻也不迟。

我们一直争吵争吵再争吵，每个人的嗓子眼儿都吵冒烟了，最后，云才妥协地问我：

"冷冻，想怎么冷冻，咱家又不是外国，光听爷爷嘴上说把人冻起来，咱们拿什么把爷爷冻起来？！"

"冰啊，咱家船上尽是冻鱼的冰。"

"冻鱼的冰！咱家的船都上交大队了，哪儿还有冰，咱要搬家了，你又不是不知道。"

"我怎么不知道，反正咱家没冰，别人家也有冰。"

"糊涂蛋，咱这里要建军港了，就剩咱一家没搬家呢，哪儿还有别人家？"

"小叔家，小叔还没搬家呢。"山一旁帮我说。

"小叔就一个人，什么家不家的。"昆嘻嘻哈哈地说。

"反正不行就不行，反正不能把爷爷冻起来！"朵噘着小嘴气哼哼地说。

......

"我们还是告诉别人吧。"朵回屋找来布娃娃抱在怀里说。

"那可不行，要是告诉别人，"我吓唬朵说，"十里八村的人都来看热闹，他们会认为是咱们把爷爷给害死的，那可就麻烦了，警察会把咱们全给绑起来，然后送进监狱，等着挨枪子儿。你想让警察叔叔抓吗，然后再把你给毙了？"我盯着朵的眼睛说。朵看上去，叫我说的有些害怕了。

"别吓唬朵。朵乖，回屋睡觉去，别听你海哥吓唬你。"云说。

"反正不许朵告诉别人，要不然咱们真会完蛋，"我说，"别人真会以为是咱们干的。"

"谁都不告诉，"云含含糊糊地说，"要是爷爷真冻死了，咋办？"

云说完，昆和仑也嚷着说："海想出的主意，我俩可没同意，爷爷要是真死了，可跟我俩没关系。"

我一听就火了："谁说跟你俩没关系，爷爷变成这样说不定就是你俩搞得鬼呢！"

"对，就是他俩给害，我作证。"山支持我说。

"你作个屁证，凭什么说我俩害的，我还说是你俩害的呢！"昆说。

"是不是你俩把爷爷绑起来的！"山说。

"是你找来的绳子！"仑说。

"反正不能把爷爷一直捆着，捆着也会死，还会变臭。"我说。

云忽然喊道："海，你到底想把爷爷怎么样？！"

"你们就相信我吧，"我说，"这样弄肯定没事，要不人家外国人好好的就把人给冻起来啦？所以，咱们爷爷准保没事，一定能活过来。"

云不再矫情了，进屋去看爷爷，爷爷好像睡着了。云走出屋又去了厨房，在水槽里用水冲脸，把头放在冷水龙头下，直到头发都浸湿了，然后她把头发上的水绞了绞，并把脸上的水擦干。当她回来时，水珠滴在了肩膀上。她在原位置坐下，说："如果我们不告诉别人，我们就听你的，你再好好想想。"云说的时候眼圈红红的。

下面我该做什么怎么做？我心里盘算着，云肯定了我的想法，我反倒没了主意。我不自觉地叹口气。山在一旁装作替我认真思考的样子，然后假模假式地说："我们一定要封锁消息不能让任何人知道。"

"别废话了，咱们不说谁能知道，"我说，"再说，别人家都搬走了，小叔也没回来，不会有人知道的。"

夜里非常闷热，我们话说得又多，昆和仑跑进厨房撬下两块冰，捧在手上给自己降温。我们家世世代代是渔民，国民党时期，六爷在天津混上个粮食专员，至此我们家开始发迹，摇身一变成了渔业资本家。新中国成立前夕，六爷逃到台湾，六爷在天津置办的房产留给了我爷爷，再有我们当渔业资本家时养的七条大铁壳渔轮全给政府没收后，再分配时只还给我们家两艘。要不是我们全家要搬到天津去住，这两条渔轮也不可能再次上交。船上交前，爸妈把船上的冰和鱼提前卸到了厨房里，昆和仑从厨房里取出冰给自己降温，一下子激发起我更多灵感——

"为什么把爷爷冷冻后，爷爷不会死，你们想明白了吗？"我又挑起这个话题。

"会死的，爷爷说的外国事全是瞎编的，哄咱们玩的。"云固执地说。

"快说吧，卖什么关子。"昆不耐烦地说。

下面我给大家讲一个道理——其实这个道理是我臆测出来的，但我还是相信，这样做，爷爷不会死——

"你们看，活剥乱跳的鱼虾要是给冻在冰里会死吗？"

"那是鱼虾呀。"朵眨着小眼睛从屋里出来说。

"我是说，鱼虾待在冰里会死吗？"

"当然会死，它们都待在冰里了怎么不会死。"朵又说。

"朵，你别插嘴，听大人们说。"我说。

"是呀，朵说的没错，海说的也对，鱼虾待在冰里有可能会活也有可能会死。"昆的观点，活活能把人气死。

"要是化冻的话，"我说，"活蹦乱跳的鱼虾肯定还能活。"

"可是爷爷不能活蹦乱跳呀。"朵说。

"朵你闭上嘴好不好，不准你说话！"我说。

"怎么会，别瞎说了，你见过冻死的鱼虾还会活？"云皱眉疑惑地说。

"没见过，"但我又说，"你想啊，冬天冻在海面上的鱼，一化冻不就又游走了吗。"

"你见过化冻的鱼游走啦？净瞎编，瞎编，鱼准是沉水底了，给大鱼吃了。"昆乐着说。

"再说，小妹说的对，鱼虾是鱼虾，爷爷是爷爷，"云带着哭腔说，"爷爷快要死了，又不是活剥乱跳的鱼虾，你怎么保证把爷爷冻起来以后还能活过来？"

"要不这样，"我也有点嘀咕地说，"咱们先试试看，别冻时间太长了。"

"不管怎样，主意是你出的，爷爷要是真死了可不赖我们。"云带着红眼圈说。

"好好，不赖你们就不赖你们，保准没事，放心吧。"

"不疼不痒，也不会流血，就是有一点凉，其实海说的没错，爷爷不疼就不会死。"山说。

"凉怕什么，大热天的，不凉，人还不得臭死了。"仑说。

"好，那你们把爷爷冻起来吧，要是万一——你们就赶紧化冻。"云说。

"等奶奶回来，再给爷爷化冻……"朵眯着小眼好像说了句梦话。

云还有点犹豫："要不咱们还是把爷爷送医院吧？"

"送医院可就糟了，一是得花光咱家所有钱，二是爷爷肯定就活不成了。姐，不要犹豫了，等奶奶和爸妈回来了再把爷爷送医院也不迟。"我说完，昆仑山都同意我说的，只有朵睡着了没同意也没反对。

"好，我们举手表决，"我说，"不同意的举手，并说明原因。"

……

"好，没有，"我宣布，"通过！鼓掌，鼓掌！"

夏天天亮得早，天蒙蒙亮时，除我之外其他人都睡着了，朵抱着她的布娃娃最早进入梦乡。昆仑山东倒西歪地躺在葡萄架下面的凉席上。只有我一个人还睁着眼思忖：没有人再反对把爷爷冻起来，只要爷爷能复活，一定比以前活得更久。天光大亮时，云把朵从凉席上抱回自己屋里的床上睡，自己也和衣倒在朵身边。昆仑山已睡成死猪模样，踢都踢不醒。我还没有合上眼，心里盘算下一步怎么做？

4

　　早上持续高温、燥热。我和朵手牵手来到海上，我们脚下没有船，不是坐船来的；我们身上没沾水，不是游泳来的。风好像把我俩吹到了海上。海上与岸边景致不同气象万千。海上的海，辽阔、湛蓝，一眼望不到边际。天上的云，静如画，海上的浪，美如花。一抬手就能够到云；一垂手就能采到花。哎呀，我和朵多么的小，像飘在蓝空与海洋的风筝。鸟儿在我们头顶飞，鱼儿在我们脚下走……我俩与鸟儿一同俯身，鱼儿就上钩；我俩与鱼儿一起探头，就捉到鸟儿……我和朵美得不得了，好像梦想成真好似梦里是实。

　　忽然，有声音传来叫我和朵，忽然，我们看见爷爷乐呵呵地朝我们走来。大海无涯，"爷爷你是从哪里来？"我痴痴地问。爷爷的话离我们越来越近，问我和朵："你俩咋来的？"我俩告诉爷爷我们想你了。爷爷笑了，我和朵也笑了。接着我和朵便围着爷爷让他给我们讲大海的故事……

　　"这亿万年的沧海啊，"爷爷给我们讲，"海底有一只老神龟，生来就不动，鱼儿们都是自己往它嘴里送。这老神龟光吃不屙得有好几万年哪。有一天它突然闹肚子，放了一个响屁。嘀，它放个屁可不要紧，要紧的是把大海整个翻了一个个儿……大海翻个个儿就咆哮——咱们渔民可遭了殃，船沉的沉，人死的死……"正说着，天空堆满鱼鳞般云片，光线立即变得柔和，使人能望到更远的天际。此时，一片蔚蓝的海面突然变换成一片或一缕缕的靛青，好像是鱼群脊背折射

217
复活

的光。而且，如丝如缕的水脉骤然掀起并落下如珠似玉的水花，
"'龙兵过'来啦，快看——"

——一群群鲸鱼，排着井然有序的队伍，一个个从水底跃出，又一个个自由地落下。它们推开的水波由宝蓝向黑蓝过渡。转瞬间，天上鱼鳞般的云片的边缘，也如丝丝银线渐渐转淡，而后悄然消逝——"那是不详的预兆啊。"爷爷忽然说。我和朵的手攥紧拳头，而后被爷爷的大手抓住，牢牢地攥进他的掌心。船倏然晃动的一刹那，爷爷跟着上身保持挺立，双腿像两根粗壮的桅杆稳稳地劈开，双足的脚尖勾住帆桁上的绳索，这使他的躯体牢牢与船身衔接成一体，任风浪随意倾斜摇摆，都不会使他坠入水中。而我和朵似乎在爷爷大手强有力的提升下，双足纷纷脱离水面，我们的脚刚离开水面，倏然间，脚下的海面便搅起骇人的涡流。

"看，海流子有多猛……这就是黑潮黑水流。"爷爷唏嘘道。

坦白说，我只见到漩涡没看见爷爷说的黑水流，这巨大的漩涡早已让我眼晕目眩了。此刻爷爷迎风改变帆樯的阻力，瞬间阻力变为动力。爷爷靠扭动帆樯上的桁索调整航向。风持续在吹在吼，浪打在我们身上硬生生地疼。紧接着，一堵高大的水墙悄然向我们袭来，朵第一个回头看到，"爷爷——快看——"朵惊呼。

谁见过海平面一端翘起、一端徒然下陷？谁能相信，永远不可能塑化的海水会骤然凝结并坚挺地昂然推进？当时我以为是我的眼睛出现了错觉，其实不然，那是真的，我不由张大了嘴，而爷爷却毫不犹豫地大角度旋转舵轮，朝水墙迎头扑去……

我以为要完蛋了，山一般的水墙打我们头顶向我们轰然砸来，紧接着更加令人恐怖尖利的三角浪向我们袭来，三角浪比腰跨浪、点头浪甚至排浪的破坏能力要险恶数倍，一旦袭击到人的身上绝对让人疼痛难忍……果不其然，经过一通恶风大浪的洗礼，不到半个时辰，爷爷偌大的渔轮左右两端的缆索的卡环均已崩断，甲板上的缆索和护板被海浪刮起一重细绒般的纤维毛茬，那后网台上如山的渔网已无踪无影，就连网台的台板也被风浪掀得干干净净。再有排山倒海的巨浪从船头一直扫荡到舵楼顶棚，顶棚已如斩首般荡然无存，舵楼的木楞框

架也被海浪击成稀巴烂的模样，更为骇人的是，船一侧的干舷已被豁开十余米的大口子，口子周围的船骨也被扭曲撕裂着……

我迷迷糊糊地一次又一次感到，巨浪猛烈砸在我身上和头顶，耳边爆发出振聋发聩的喊声，那呼啸的喊声快要把我的耳鼓刺穿了，但我心中相信：爷爷我们死不了对吧，我们要把你冻起来，你也死不了，一定能复活……

我猛然醒来，云在我耳边大喊大叫比我刚才遇到的风浪还猛还急，山的拳头重重地落在我的身上和头顶。啊呀，刚才我在做梦吗？真是又真实又惊奇！云和山搅了我的好梦，他俩拍着我的脑瓜说："海，不要叫了，快醒醒，快去看看爷爷吧。"

5

我揉着迷怔怔的睡眼问："我睡着了吗？"山说："你睡着没睡着自己不知道？"云说："快去看看爷爷吧。""叫昆去，"我说，"我想再睡会儿。""不行，大家一块儿去。"云说。说着，山把昆仑从屋里也喊醒了。

昆仑一出来就问："爷爷死了没有？"

"你俩为什么总惦着爷爷死！"云说，"爷爷对你俩这么好。"

"不是，我俩是问爷爷死了没有，是怕他死了。"昆仑一同解释说。

"反正你俩没安好心，总想叫爷爷死。"我气愤地说。

"凭什么我俩想叫爷爷死，你才想呢！"仑说。

后来，我们一起走进爷爷屋，去看爷爷。爷爷双手绑在胸前，一动不动地躺在床上。由于连日来没有开窗户，屋里臭气熏天无法待人。我们一个个捂住嘴和鼻子，见爷爷还在微微喘气，知道爷爷没有死，我们又赶紧逃出屋，稍作喘息之后，便开始研究如何将厨房里的冰冻住爷爷。

往爷爷屋里运冰简直小事一桩，不过像老鼠运大米一样简单。但

复活

是如何将这些冰像冻住鱼虾一样，把爷爷冻在里面，这可难倒了我们。爷爷毕竟不是鱼虾，怎么能让爷爷钻到冰里面去呢？再有，要是冰化了怎么办，爷爷屋里热得很，冰是很容易化掉的。之后，我们又想，要不先把冰化成水，让爷爷呆在水里面，可是怎样再让水冻成冰？现在又不是冬天。我们绞尽脑汁想了半天，看来都行不通，后来山想出个妙法：在爷爷身上搭个冰屋。但这个想法叫仑否决了，因为没有那么多的冰。之后昆也出了个点子：把爷爷装进床上的樟木箱子里，再往箱子里装冰。但云立马反对，说，对爷爷太残酷，不行！

接着我们的小妹朵也想出个点子，她说："把爷爷放在院子里的葡萄架下面，然后在葡萄架下面盖上冰，爷爷就死不了了吧。"小妹的主意听上去不错，转念一想，冰在外面放久了，太阳一出来就全化了，还是不行。"要不咱们在葡萄架下面挖个坑，把冰放进去，让爷爷躺在冰上，这样行吗？"没想到我们的小妹朵的想法层出不穷，昆和仑又跳出来反对："那不成，爷爷不成了土地爷了吗，再说挖坑的事我们干不来，叫山海干去，他俩是能手，我俩没那工夫费力气。"

最后大家的想法山穷水尽后，我猛然想出个主意，说："要不咱们把爷爷运到小叔的船上吧，小叔船舱里全是冰，跟冰窖似的，保准爷爷死不了。"这主意让大家沉默了一会儿，然后纷纷表示同意。云说："小叔的船不是开走了吗，又回来啦？""嗯是啊，我忘记告诉你们了……"山见我要把小叔叮嘱我俩的事说漏，故意踩了我一脚，然后抢着说："小叔是回来了，又上大队办事去了。"

我小声跟山嘀咕说："要是小叔回来发现了怎么办？""不能让他发现啊，咱们不说他怎么会发现？"山说。

说到这，我们便开始分工，分工又遇上麻烦：让云搬这儿她说搬不动，让朵弄那儿她说害怕怕，让昆仑干这个，他俩耍滑头一齐说拉肚子跑茅房屙屎去了。我和山一气之下把所有活硬派给大家，说不干也得干，不干不行！

运爷爷的活就要开始了，此刻我们的爷爷是多么的憔悴，他目光呆滞，嘴角涎着口水，浑身散发着臭气，我们真不忍心碰他一根手指

遗落是风

头。我们重新来到爷爷的床边，每人抓住他身下被褥的一角，然后开始数："一、二、三……"爷爷的身体连同被褥被我们拖动了。我觉得自己最卖力气，可能其他人也这么认为自己最卖力气。我们一鼓作气把爷爷抬到了地上。其实爷爷并没有想象的那么重，好像没费多大劲儿，就把爷爷从床上抬了下来。"你们看，爷爷不重吧，"我说，"咱们抬得再快点可能更省劲儿。""把爷爷抬到院子里再休息吧。"山说。"抬吧，别歇啦。"仑着急说。随后我们又揪起自己这边的被褥，再次一鼓作气地把爷爷抬到了院子里的凉席上。当我们把爷爷撂在凉席上的一瞬间，我们都有了一种胜利在望的感觉。

"爷爷可真沉。"昆说。"爷爷不沉，可是爷爷睁开眼睛哪！"朵说，说完躲在我的身后。

有那么一瞬，我觉得即便爷爷睁开眼睛也是在睡觉，或者说，爷爷睁开眼睛是看看谁在抬他吧。

"别看爷爷睁着眼，其实他是在睡觉，"我说，"朵，别怕。"

山朝我的脚踝猛踢了一脚，示意我不要乱讲，昆和仑溜到爷爷眼前，用手在爷爷鼻子前面晃晃，然后自以为是地说："爷爷是不是死了？"

"不嘛，不……"朵拖长声音尖叫着，然后哇哇地哭开了。云的眼泪顿时跟雨帘似的扑扑扑地往下掉。

"别听昆仑瞎说，不可能。"我说。

"谁说爷爷死了。"山也说。接着山蹲下来动了动爷爷的胳膊。我也蹲下来，手凑近爷爷的鼻子。爷爷的手忽然动了一下，"你们瞧，你们瞧，"我长吁一口气，"爷爷还活着不是，谁说他死了。"接着爷爷半睁半闭的眼皮突然间向上挑了一下，眼角忽然朝我们斜视过来，脸上露出怪异的样子。

我们休息了一会儿，照之前所说，我们又齐心协力把爷爷抬到院外。我们家距码头并不是很远，出了院门，外面有一道防浪坡，坡上种着一排排小树，穿过小树林便是沙石滩和细沙滩，码头就在眼前了。

我们抬着爷爷直奔小树林，中途我看见一地正在使劲儿绽放的野花丛，这片场地一直是云带朵过家家的地方。野花丛和小树林毗邻，这次我们好像有了经验，竟然把爷爷一鼓作气地抬过了小树林，快下坡道接近沙石滩我们才停下来，在此正好能看到我和山挖的地堡。我们一停下来，我便仔细观瞧小叔的船，看了半天，山凑过来说："船上没有人，小叔好像没在。"我说："是。"

6

大家都坐在小树林的坡道上休息，山看到船上没有人反而嘀咕起来，不住地说："小叔在没在船上？海，你说小叔在没在？"我不耐烦地说："没在，没在，小叔肯定没在船上。"山又往船上看了一会儿，才确信小叔没在。可就在山犹疑之际，我忽然发觉地堡那边有动静，开头我还以为地堡早就给潮水淹没冲毁了……我叫大伙先别动，我和山去侦查一下。果不其然，我和山跑到地堡前，发现有个跟我们年岁相仿的小男孩，正撅着屁股打地堡往外掘泥沙。我喊道："嘿，小孩儿，你在干什么？"小男孩抬起头瞅瞅我和山，表示不认识，露出不愿搭理我们的样子。

"嘿，小孩儿，我弟问你呢，这地堡可是我俩先挖的！"山对小男孩说。

"我不认识你们。"小男孩闷头干活说。

"嘿，我们还不认识你呢，你到底是谁？快说！"山呵斥道。

"你是哪儿来的小野孩儿，跑我们这里来干吗？"我也呵斥道。

这时，云喊我和山回去抬爷爷，我和山大声应了一声，让他们再等一会儿。

"快说你到底是谁？"我命令道。

"不说就把你活埋了！"山狠狠地说。

"你们是谁，凭什么先问我？"小男孩不含糊地说。

"此山是我开此路是我栽要想在此玩儿就得先说你是谁？！"我怒目道。

小男孩见我厉害起来，马上服软说："我跟我爸一起来的，他去你们队上办事去了，一会就回来。"

"哦，那还差不多。"山说。

"知不知道你破坏了我们的地堡，所以你现在必须听我们的!"我又严厉地说。

"怎么听你们的?"

"你得为我们干活。"

"干什么活?"

"一会儿你就知道了。"

要说小男孩长大了可不是一般的人，他是我军的一名非常有名的军事工程专家。当然那都是后话，现在他可是我们的壮丁喽啰啦。

"看，我们逮着个什么。"我和山押着小男孩给大家看。

"是个小男孩。"朵说。

"他现在是咱的壮丁了。"山得意地说。

"你知道我爸是谁吗?"小男孩不服气地说，"我爸可有枪，你们要敢欺负我，他准把你们都崩了。"

"真的呀，"我笑着说，"你爸要是把我们都崩了，我就先把你扔海里喂乌龟。"

"喏喏，你叫我过来干什么?"小男孩气馁地说。

"因为你破坏了我们的地堡，所以你得帮我们抬爷爷。"我直截了当地说。

"抬你们爷爷去哪儿?"

"那你管不着，"我说，"关键是你得先为我们干完活，才能放你走。"

"行啊，但我爸一叫我，我就得走，"小男孩镇定地说，"因为我爸特厉害，谁不听他，他就打谁，到时候，哼哼，肯定也会打你们。"

"喏喏，这个嘛，"山说，"你别吓唬人，我们人多，还怕他打，我们还打他呢。"

"真的，"小男孩认真地说，"反正到时你们放我走，他就不会打你们。"

"行，好吧，"我说，"其实要你也没啥用，就是叫你帮我们抬一下爷爷，一会儿就完事。"

"对了，我警告你，"我补充道，"你必须得保密，要不你爸准找不到你。"

小男孩听完脸色煞白地说："我只能为你们干一小会儿，我爸没准一会儿就来找我，只要你们放我走，我保证什么都不说，谁说谁是乌龟王八蛋。"

之后，小男孩吃惊地看了看躺在地上的爷爷，又说："把你们爷爷抬到哪儿？"

"你帮着抬就是了，少要多问。"山命令道。

接下来小男孩乖乖地让他怎么抬他就怎么抬，不再言语。虽然小男孩不再说话，但我一看他就是个机灵鬼，我们说什么他都认真听往脑袋里记，而且他中间插了一句话，吓了我一大跳，他说："你们想把爷爷抬船上去，因为那里有冰，对不对？"

我们一早就开始搬爷爷，现在都快晌午头了，太阳呆呆地挂在我们头顶上，热得我们大汗淋漓。我感觉剩下的时间不多了，其实我是怕被别人看到，尤其给小叔看到就麻烦了。我没工夫再跟小男孩搭话，随他怎么想怎么猜，反正我们得尽快把爷爷运上船先冻起来再说。

空气又黏又湿，都能让人攥出水来，大海似给太阳蒸发掉了似的。我们一个个热汗淋漓呼哧带喘，我们的爷爷还是保持先前平躺的姿势，浑身没流汗，好像只有他一个人没感觉到热。我们还是每人抓住被褥的角或边，即便多个小男孩加入，也没觉得减轻多少分量，倒是爷爷把我们的胳膊腿脚弄得发软发抖。"再歇会儿吧。"刚走几步，云就嚷歇。我飞快地说："不行！快走，不能歇，要不爷爷就给热死了。"

我的话挺管用，我们没再驻足，而且小男孩真是出了一把力，还劲头十足地说："帮你们把爷爷弄船上其实不太难。"小男孩的话挺给大家股劲的。

小叔的船近在咫尺却让我们走了好长时间。快到时，山先上船把渔网扔下来甩在码头边上。这时，爷爷也被我们抬到了码头边缘。此

遗落是风

时，我忽然觉得平时看上去不怎么高的船樯，一下子如山高，好在我们有渔网就什么都不怕了。随后，我们就事不迟疑地把爷爷胡乱装进渔网，大家便开始拽拉搬抬。工夫不大，我们就把爷爷弄上了码头，移到了船旁。爷爷一靠近船，我就松了口起，因为干舷只比码头高出一臂的距离，只要我们一波人在船上接，一拨人在码头上送，一切就万事大吉了。

"快把爷爷弄上船呀！你们几个男生傻愣着干啥。"云见我们不紧不慢就着急催我们。

"等一下嘛，"昆说，"都留给我们干，你光图轻松哪！"

"要干就一块干！"仑帮腔说。

我正想为云辩解，但从码头迈向船邦的一刹那，竟脚底打滑，一下子从码头和船樯的空档掉进了海里。待我满身是水地爬上岸时，大家都哄笑我说："海啊海，只差一步，爷爷没掉到海里，你却成了落汤鸡，搞什么搞呀。"

<h1 style="text-align:center">7</h1>

我们把爷爷往抬上船时，我看到爷爷身上湿漉漉的，全给汗耨湿了，被褥上沾了大大小小黄褐色的斑迹，还有一大片尿液痕迹。大家伙搬抬时都在很卖力气，可爷爷就像一大块死沉死沉的鹅卵石，当我们把爷爷抬到离船一步之遥的时候，我觉得力气全用光了，全身都没了感觉。

"我们一口气把爷爷抬上去，不能停，要不爷爷就会掉下去。"山大声招呼大家，并且叫大家快点抬。这时，我忽然看到船上有起重机连接的吊杆，忽生一计，"用吊杆吊爷爷吧?""行，"山马上说，"先把吊杆转过来。"我登上船跑去转吊杆，剩下的人把爷爷撂在离船最近的地方。吊杆连接着索具和吊钩，我把吊杆转向山，山伸出一只手拽住索具，另一只手把吊钩钩在装爷爷的渔网上。

"昆仑你俩可别撒手啊，"说着我和山一个去压住吊杆的末端，一个继续去拽索具，爷爷被吊杆装置晃晃荡荡地吊到了船上。接着，

225
复活

昆仑指挥小男孩抓住渔网，一起用力把悬空的爷爷往船中间推。云和朵在一旁喊，"小心，小心。"

当爷爷还差半米落在甲板上时，朵发出一声惊呼："不行啦，爷爷快要掉下来啦，快来人哪！"原来就在昆仑和小男孩推渔网的一瞬间，渔网跑偏，爷爷的头和半个身子从渔网里漏了出来，倒栽葱般地撞在船舷上。爷爷脑袋撞在船舷上发出沉闷的响声，委实下了我们一跳。好在爷爷一直处于昏迷状态，我们赶紧七手八脚地把爷爷重新装回渔网。直到我们把爷爷悬空移到甲板中间的舱口处，才把爷爷放下来，之后我们便围在爷爷身边坐下休息。

同时，我们也让爷爷休息一下，后面我们就考虑该怎样把爷爷运进底舱。此时太阳已西斜，远处天边黑云密布，现在已没有了中午灼热的日光浴，微风偷袭进我们衣领和裤管，很快把我们潮湿的身子吹干。此刻，爷爷双目紧闭，外面的世界好像与他无关。云和我对视一下眼神，从云的眼神里我看到她的凄迷与无望。当大家再次起身要抬爷爷时，朵脱下自己的小褂，盖在爷爷头上。昆和仑差点没笑出声来，山把朵的小褂往下托了托，露出爷爷的眼睛和鼻子。昆和仑终于抑制不住地大笑起来。小男孩也笑了，云紧咬牙关，死死盯了他们一眼。这时，我撩开舱盖，舱底鱼腥味扑面而来，我和山憋住气先后跳进底舱，接着让上面的人把爷爷顺下来，我们在底下接住。当我接住爷爷的身体时，我感到爷爷的心脏跳得飞快，也许他已预感到我们要把他冻起来的缘故，谁要是知道自己马上被冻起来，谁不心跳呢。

越到关键时刻，我越走神，竟然想到爷爷年轻时跑船去日本尿床的事，有一晚他住进横须贺的一家小酒店，睡了一晚，早上醒来发现自己尿床了，这下坏了，脸丢到了国外，还不叫东洋人笑掉大牙。后来爷爷灵机一动想出个妙法，他让服务员送来一壶茶，人家刚走他就把茶泼在了他尿床的位置……我之所以想到这些，完全是因为看到爷爷的被褥全给他尿湿了，这让我为爷爷感觉莫名的难受。山一边和我抱住爷爷往舱里抬，一边高兴地说："海，咱们马上就要大功告成啦。"

直到现在，我还在为我的计划一定能成功而确信无疑。"等爷爷好了咱们就立功了，"我对山说，"反正已经这样了，咱们也没啥退路了。"

"船里有好多冰呀，咱们把所有冰都堆在爷爷身上，爷爷肯定死不了啦。"山说。

天不早了，我们马不停蹄地把一块块冰移开，然后把爷爷放在原先放冰的位置，就开始往爷爷身边堆冰。大块儿沉的冰放在爷爷身体两侧，轻的小块儿则堆在爷爷身上。我们还把爷爷的嘴和鼻子留出来，这时爷爷的脸色苍白的可怕。最后，我们又在冰的上面随意放了几只装鱼的木头箱，和一些无关紧要的网具，这样小叔只要不挪动冰，就不可能发现里面藏着人。

活干完了，我们的身心都松弛下来，不知其他人怎样，反正我的小腿疼得要命，而且身上还非常臭，臭味可能来源于爷爷。朵跟大家一通瞎忙，我看她不时地在闻自己的小手，然后皱个眉头做出想吐的样子。我叫云领朵回家把手洗干净。云朵走后，昆仑山海我们四个就脱个精光，跳进海里去洗海水澡，直到天黑水凉，我们才上岸。云和朵一人换了一身干净衣裳，回来时给我们带来了窝头和咸菜，我们便狼吞虎咽地吃开了。

"小男孩跑哪儿去了？"云问我。

"早跑了，可能找他爸去了。"我说。

"他要是告密怎么办？"云说。

"不会的，小毛孩连话都说不利索告什么密。"我说。

之后我把朵叫过来逗她玩儿，伸出手让她闻。她说："臭鱼味儿，你都没有洗干净。"我也问了问，手指甲里面全是泥，连我自己都恶心……傍晚下了雨，而且下得特别大，雨水是世界上最干净的水，我脱掉衬衣鞋和袜子，站在甲板上去淋雨。云他们都跑到舵楼里去避雨，我一边淋雨一边大喊大叫，他们透过舵楼窗户问我叫什么？我一下子把裤头脱掉朝他们砍去。

"哈哈哈——"传来他们的笑声。

8

当晚我们都睡在小叔的船上。夜里雨不下了，我仰面躺在甲板上看星星，看久了明亮的星星，眼前就仿佛有无数条铺着青石板的小径，直接通往那并不遥远的星辰。夜空里的那些云，仿佛是通往星辰小径两侧的假山石……忽然我的思路又回到我身下那个逼仄暗如坟墓的底舱，爷爷正躺在冰冷的底舱里与魔鬼讨论着死亡？我一边想一边揉着惺忪的睡眼从甲板上爬起来，身边万籁俱寂，云和朵在舵楼里睡熟了。我对山的后背说了声去撒尿。他哦了声，然后说："我也去。"

这一夜出奇的静，刚躺下一会儿我就似梦非梦地见到朵搂着爷爷哭，云也跟着哭，后来哭声传染了大家，我们都哭了，寂静的夜里哭声连成一片。我难过的原因是不想成为杀害爷爷的凶手，哭着哭着我好像睡着了，我想我不能在梦里再折腾了，就在这时，山在背后对我说："你听，是不是云在哭。"的确，云小声的哭声从舵楼里传出来，传来的还有她与朵的对话声："爷爷会不会在咱们睡觉的时候死去。"透过月光照射的窗影，朵冲云使劲地点点头。然后云又说："要是爷爷真死了就感觉不到冷了。"朵喃喃地不知跟云说了些什么。过了一小会儿，我饿得受不了了便朝舵楼里喊："还有吃的吗，我饿了？"云探出窗棂说："朵还剩下半个窝头，你吃吗？""吃！"说完，我跑到舵楼底下伸手去接……我一边啃着窝头一边想起了小叔。

小叔这会儿在哪儿呢？那个被小叔带走的人又是谁？小叔回来要是发现我们的爷爷，再喊来警察，那我们可就完蛋啦……我一夜都在想这些事，不知不觉天亮了，早上起来我对眼前的一切忽然感到陌生与茫然。海风吹乱我的头发，我激灵了一下大脑才恢复知觉。就在这时，我听到海上传来与现实不附的声音，那声音由远及近，我举目观望，远处一艘小炮艇正朝我们这里驶来。

"山，山，快起来，有船来了——"云和朵听见我的喊声，从舵楼里冒出四只眼睛，朝我手指的方向望去。接着，我下意识地回头望

228
遗落是风

望盖住底舱的舱盖，还好，严丝合缝没有任何破绽。在小炮艇开来之前，我和山又迅速检查了我们周围的情况，一切还好，我们放下心来，才由半蹲姿势直起身子。小炮艇还有一段距离时，我佯装镇定地朝小炮艇挥了挥手，我叫山也挥挥手，还叫他露出点笑容，因为我知道对方一定在用望远镜看我们。不管怎样，当时我脑子里一片空白，一无所想。

<h1 style="text-align:center">9</h1>

当人感觉到大难临头时，血一定是往头顶上涌的，所以一瞬间我感到头昏眼花、头重脚轻，呆在原地动不了劲儿。天知道我是如何把云和朵从舵楼里面叫下来的，昆和仑一早跑走了不知去向，现在派上用场的只有云和朵，我叫云朵观察"敌情"，我和山掀开舱盖跳到底舱，因为我很怕这来历不明的炮艇会把我们的船连锅端掉，所以我得救出爷爷跟我们一起走。

底舱还是我们昨天折腾完的样子，只是舱里除鱼腥外还多了一种难以形容的怪味，我和山一齐捂住鼻子，绕冰转了一圈，看它们化了没有。爷爷躺在冰里似乎完好无损，是的，爷爷跟昨天一样眼睛是闭着的，只是离我们远了一点，我们够不到他的鼻子，所以没法知道他还有没有呼吸。我还是以前那种想法，只要爷爷现在没有痛苦，等活过来的时候就不会有痛苦。

"爷爷真是在假死吗？"山问我。

"真中有假，假中有真，这都不懂——鱼冻在冰里能活爷爷就能活。"我信心十足地说。

"那咱们怎样叫爷爷现在活过来？"

"是呀，咱们现在又没有炉子，有炉子暖和了爷爷就能活过来。"

"咱现在该怎么办？"

"看来叫不醒爷爷了，咱们把冰再往他身上摞一些，别人就看不到了，总不会有人来扒冰吧。"

"我想也是。"

小炮艇抵近时，轰隆轰隆的响声比我们家的机帆船声音大多了。小炮艇轰鸣声越来越近，我的心都提到了嗓子眼。接着，穿过舱板听见从小炮艇上传来说话的声音。山手脚麻利地把舱盖盖严，我和山所幸猫在底舱见机行事。

那声音从甲板上面传到下面：

"小姑娘你们在船上干什么哪，就你们两人吗，爸爸妈妈哪？"

"爸妈没在，我们在这里玩，就我们俩，她是我妹妹。"

"哦，刚才我还看见两个男孩朝我们挥手哪，躲起来了吧。"

"没有，是我俩朝你们挥手，就我们俩，你们准是看错了。"

"不会看错的。"

"你们是谁，是好人还是坏人？"

"小姑娘，不要害怕，我们当然是好人哪，我们可是咱们人民海军叔叔那。"

"我们不信，你船上有炮，会开炮打我们的船。"

"小姑娘，我们船上当然有炮啊，但那是打国民党反动派的，是打他们船的，咱们老百姓的船不会打的，而且我的爸爸和爷爷也都是渔民那。"

"哦，那你们来我们这儿干什么？"

"我们是来找人，正好问你们认识不认识。"

我和山猫在底舱听得真真切切，当我听那人说要找人，我的头都大了，该不会是来找爷爷的吧，想到这儿，我浑身惊出一层冷汗。不能再等了，趁云还没回答，我掀开舱盖双手一撑跳上甲板，山也跟着上来，我俩一左一右护在云和朵的两侧。

"你们找谁，跟我说，不关她俩的事。"

"就是嘛，俩小鬼，明明看见你俩挥手，转眼就不见了，俩小鬼躲底舱里啦？"

"明知还问。你们到底是来修军港的还是来找人的？"

"哦，修军港你们也知道啊。"

"当然知道，全村人都搬走了，我们怎么不知道。"

"那你们怎么不搬哪？"

"等奶奶和爸妈回来我们就搬天津去。"

"哦，原来是这样，建军港的事不归我们管，我们是来找人，他叫黄海生，你们认识不认识？"

"当然认识，你找我们小叔干啥？"

"哦，他是你们的小叔那，那可真巧啊。"

"不是，他是我们邻居小叔，他去大队办事情去了，不知道什么时候回来。"

"哦，原来是这样，我再问你，你们看见有一个人跟你们小叔在一起吗？"

海军叔叔的问话让我和山一惊，因为云和朵没见过那人，所以只有我和山张开大嘴支支吾吾起来：

"你怎么知道的？我，我，我们没见过，小叔说不准告诉人，我们也是听别人说的，我们啥也没见过，你说对吧山。"

"我弟弟说的没错，我们啥也没见过，你去问别人吧。"

"呵呵呵呵，两个小鬼，说了谎鼻子就长长，你俩摸摸鼻子。"

我和山摸了摸各自的鼻子，"呵呵，你骗人，没长长。"

"不信你们等着瞧，等你们小叔回来了就长长。"

那人说完，我寻思我们也只能听天由命了，我觉得那人心里什么都清楚。

"好，我相信你们，俩小鬼，咱们军民一家亲嘛，我们走了，你们去玩吧。"

"哦，对了，咱们一家亲，我有好吃的送给你们吃。"

朵听说有好吃的，立马笑开了花，云也露出了笑容，只有我和山傻愣在那，不知他要送给我们什么好吃的，再说，他们要是不走怎么办，会不会发现我们爷爷，那可就糟了。

工夫不大，两个年轻水兵抱着一堆东西从他们船上递给我们。我们把东西撂在甲板上，原来是几只糖水橘子瓣罐头，和用笼屉布裹着的食用冰。"哈哈，太好啦，我们有罐头吃啦，有冰吃啦——"我们个个脸上笑开了花。

海军叔叔也在笑了，山对海军叔叔说：

"能再给我们一些冰吗？"

"可以啊，你们要多少？"

"再来两大块。"山边说边比划冰的大小。

"呵呵，要这么大块的冰啊，你们能啃得动？"

"我们敲碎了吃，你就给我们吧。"

"好，能吃就给。"海军叔叔说着就吩咐一个小水兵去拿。

可想而知，山要冰自然是给爷爷准备的，要是爷爷身上的冰化了，我们可以用这些冰来做补充。小水兵又给我们送来了好多冰，都没有山比划的那么大，但我们还是高高兴兴地收下了。再后来小炮艇开走了，我们一直目送它走远，直到轰隆轰隆的声音消失殆尽。

我一直在想海军叔叔找我们小叔干什么？想着想着，我又开始担心起，小叔要是回来发现我们的爷爷该怎么办，我们怎么解释？……不能再想了，再想冰就要化了，我和山抓紧往船舱里运冰，朵一个人待在边上去吃糖水罐头，朵吃的是那么认真和津津有味。我和山七手八脚地把新冰铺在爷爷的身上。之后我又仔细地看了一下四周，小叔船的底舱与我们家船的底舱略有不同，我们家船的底舱全是打通的，小叔船的底舱却被木板隔出许多隔断，本来逼仄的底舱被隔断隔开后更显逼仄不堪。看着看着，其中有一个隔断引起了我的注意，我看到这个隔断里放着一个上了锁的大号铁皮柜。我想把它打开，却找不到钥匙。山说："算了别看了，能有啥值钱东西。""没值钱东西还上锁？""没值钱东西就不能上锁？""没有就不能上锁！""没有也能上锁！"我和山差点为能不能上锁打起来，后来我们发现不远处还有一个相同的铁皮柜，就没有挂锁头，"诺诺诺，瞧瞧这个吧，好奇心害死人。"我和山打开铁皮柜的门，里面除了一些工具和几只索具外，确实没有什么值钱的东西。"你看，没值钱的东西吧。"再后来，我和山把小叔的底舱侦查了个遍，实在没发现什么好玩和值钱的东西才回到甲板上。

遗落是风

10

　　我们无聊地坐在舱口守着。我们一整天都是在甲板上度过的，天气变得越来越热，热得我们看到的东西都是乌乌涂涂的，我们屁股底下隔着一层薄薄的舱板就是我们的爷爷，当一个人盯一个物件盯久了，就像我一直盯着舱口，就觉得舱口的下面不是底舱，而是一口深不见底的枯井，让人有掉下去的欲望。昆和仑总是神不知鬼不觉来了又走，什么活也不干，云为此跟他俩吵架。昆和仑满不在乎地说这些事他俩管不着，因为不是他俩的主意。我本来想趁安静的时候补一补觉，可他们一吵，就让我烦得要命，其实我潜意识里烦的是，不知小叔回来会怎么样？昆和仑跟云吵完架又没了踪影。朵靠在一堆渔网上，反复再给她的布娃娃穿衣裳、脱衣裳，有时候还莫名其妙地咯咯笑几声。山坐在舵楼顶上，头顶烈日，两腿中间护着一堆鹅卵石，把它们一个个往海里投。山挺生昆和仑的气，气哼哼地嘴里不时冒出脏话。每当太阳轰然升上天空的时候，朵就说有一种怪味儿从舱口钻出来，云说根本没有什么怪味儿，是朵小脑袋瓜瞎想出来的。朵听完，见姐姐不高兴，小眼睛就滴溜乱转欲言又止。后来云说如果你们谁说有怪味儿，就说明你们不爱爷爷。朵就开始哭鼻子，云就牵着朵回家去洗澡。我好像适应了被太阳蒸烤的感觉，一直坚守原位，倒要看看自己有多坚强。

　　下午，朵换了一身干净衣裳回到船上。朵回来后不声不响地坐回原位置嗑自己的手指甲，时不时还抽噎几声，可能是云回家后说了她，她还在委屈。云说昆仑就在葡萄架下面玩掇刀，一点忙也帮不上。接着就呵斥朵不准嗑指甲。山见我愣神看大姐训小妹，山就对云说了些什么，然后又看我，我愣神已出神入化，他们的声音我没听到，却有如看到。

　　不知何时我开始哆嗦起来，不知哆嗦了多久，但我觉得哆嗦得并不厉害，所以没有人发觉，"咱们可以搞个仪式什么的，比如说

复活

……"由于我和山没有阻止大姐训小妹,此时朵泪眼汪汪地看着我们。云越过山的头,冷冷地看着我。突然间,我感到他们的怨气都冲我来了。我起身绕到前甲板去看远方的落日。

"我们应该给爷爷举行个仪式,否则咱们对不住爷爷。"晚上,我嘴里嚼着窝头对大家说。

云的意思是等大人们回来了再说。而且她觉得根本没有举行仪式的必要,爷爷又没死。

"谁说人死了才举行仪式,活着就不能举行?"我想让大家振作起来,重新获得大家的信任。

山把手放在我的肩上,我觉得他的手冰凉,我俩就像一个天上的月亮和一个水中的月亮,彼此心照不宣地看看对方。云和朵回舵楼睡觉前,说:"要不叫昆仑回来,咱们一起商量一下给爷爷举行仪式的事。"我把手扶在自己的头顶,吸了吸鼻子。"他们一回来,咱们就告诉他们仪式的事。"云点点头哄朵睡觉去了。我和山默不作声地坐回原位,后来不知怎地,我慢慢悠悠地哭了起来。"都是我的主意,"我伤心地哭着,感觉受到了众人的欺骗似的,"其实云说的对,应该把爷爷送去医院。""大人们一回来,咱就告诉他们。"山安慰我说。

爷爷的呼吸会不会把冰化掉?我睡得不踏实,夜里总想去看爷爷。我真心想把爷爷从冰里扒出来,跟爷爷说,对不起都是我的错。我是在梦里吗?冰裂开一道细纹,爷爷睁开一只眼,看了看我又合上了。我离那些冰越来越近,我傻乎乎地呼出热气想把冰化成水。当我把最大的一块冰化掉后,又一块冰从天而降般盖在爷爷的身上。天知道这些冰都是从哪里来的?爷爷的眼睛再次睁大,透过冰,爷爷的眼球放大数万倍。天哪,一只两只三只四只……无数只黑眼球白眼球都盯着我看。因为爷爷死了,我想,所以爷爷的眼球变大了,而且都变成了冰晶。我无法相信,冰是水做的,爷爷是有血有肉的人啊,人怎么会变成冰,冰怎么会化成水?难倒真是我错了吗?

"是我杀了你吗,爷爷。"夜里,我的喊声混在了潮汐声里。

"你又在做梦啦,海,快醒醒,醒醒。"山拿个手电筒照我说。

"别乱照,别人会看到的!"

"越来越大了，"他飞快地说，"你猜刚才发生了什么？有一条裂缝，在船舱里。"

"你是说有一条裂缝？"

"是，没错！"

我担心爷爷身上的冰会化掉，果不其然，我的预感得到了现实的验证。山带我来到底舱，山手里的手电筒一照，一道光亮正好打在爷爷身上冰的裂缝上……

"不能等了，明天咱们就给爷爷举行仪式，你看出海前都举行仪式，就是为了保平安，所以咱们也给爷爷举行仪式，准保爷爷平安不死。"为能让云听见，我大声疾呼说。

11

仪式在转天上午举行。连日的烈日被乌云遮住，显得我们的仪式庄严肃穆。山一早把在家里睡懒觉的昆和仑叫回船上。当时情景由我来主持，大家都要按我说的去做，如果有谁反对就给我滚下船，而且爷爷不是他的爷爷。我的想法是要把仪式办得像模像样。仪式前我叫大伙到船头列队，我一个人跑进舵楼，号令大家说："桅杆就是一炷香，咱们每个人叩拜时我就拉一长声汽笛……"

"为什么你去拉汽笛？"昆说。

"哥，应该你去拉。"仑说。

"凭什么让你哥去拉？"朵撅着小嘴跺着小脚说，"应该让我姐姐去拉。"

"没有你们女人的事。"昆说，

"哪家祭拜时让女人参加？"仑说。

朵不服，云说："朵，咱不跟他们矫情，不理他们，爱谁拉谁拉。"

"云，还是你来拉吧，"我说，"要不就没人拉了。"

"好，让她拉就让她拉，下不为例。"仑说。

之后，云和朵上舵楼把我替换下来。再之后昆仑山海我们四个在船头按岁数大小排好队。接下来先磕头的是昆，再之后是仑，因为他俩是嫡孙（大奶奶一脉所生，大奶奶去世的早）；后面是山和我，我和山是庶孙（山和我、大姐云和小妹朵是现在奶奶一脉所生）。云和朵看着我们在下面行礼，她俩在上面拉响汽笛，汽笛声悠扬鸣长，在阴霾天空的衬托下尽显晦涩幽怨。

后来不知是谁挑起的话茬，我们由谁干得多干得少，听谁的不听谁的，变成等大人们回来后，你家分多少房产我家分多少房产，中间，昆和仑还说他们的奶奶是大奶奶，我们的奶奶是小奶奶，我们便回击说他们的奶奶早死了，现在我们的奶奶才是大奶奶……最后，我们四个由口水战变成了拳头战，从船上一直打到船下。

就在我和山要与昆和仑同归于尽时刻，"不好！有人来啦！"朵的小眼贼贼，大老远就瞅见有人来了。

"谁？"我们停下手，跑回船上，半蹲在船舷下面露出半张脸往远处瞧。

"走在前面的是小叔，"山说，"最后面好像是俩民兵，中间的好像是跟小叔走的那人。"

"现在又回来了。"我说。

"可不是。"山说。

"你们说的是谁呀，怎么回事？"云小声问。

"少要多问，"我说，"小叔不让说。"

说完，我命令大家："小叔过来，咱们就装作来他的船上玩，其它什么都不要说，说了咱们可就完蛋啦。"

"我们藏起来吧。"朵害怕地说。

"来不及了，再说这是他的船，咱藏哪儿去。"山说。

"那你们害怕什么呀？"朵又说。

"你说哪？"我说，"你这个小糊涂蛋，怕他看见咱爷爷呗！"

"哦，对了，"朵说，"咱爷爷还在下头呢。"

"少说话，快和你姐姐待着，什么话也不许讲，记住，装哑巴！"

"你只要对我好，我就装哑巴什么也不告诉小叔。"

"小叔走后，我加倍对你好，行不行。"

"行，这还差不多。"

当时的气氛紧张得我都快要憋死了，大家都大气不敢出一声，昆和仑说了句不行了，憋不住了，就跳下船往家里跑。我和山任由他俩逃走，免得他俩走漏风声。到现在为止，我们并没留下什么蛛丝马迹可疑之处，只要我们不说，谁又会知道我们的爷爷就在我们的脚下。而且之前我和山还帮助过小叔，果真让小叔发现了，他也不会害我们的叫警察来抓我们的。

我们眼睁睁地看着小叔和民兵押着那人走过来。

"嗬，你们都在这儿，咋不在家玩儿？"小叔问我们。

"我们，我们……"朵支支吾吾，云一下捂住朵的嘴。

"朵你别瞎说话，我们就在这玩儿，爷爷在家挺好的啥事也没有。"我说。

"知道啥事也没有，那也快回家去，"小叔说，"诶，对了，你俩可立了大功嘞。"

"啥？"山说，"啥大功？"

"那还用问，"我说，"小叔押着那个人准是坏人呗。"

"他干了什么坏事？"山问。

"喏，这个得跟你们保密，"小叔说，"你们不能在这玩儿了，回家去。"

"小叔，你们是要把坏人枪毙吗？"山问。

"快回家去，少要多问。"小叔说。

这时俩民兵已把那人押上船。我和山巴头探脑想看清坏人长啥样，其实帮小叔的那天晚上，我和山压根就没瞅清那人的模样就给小叔领走了。现在我和山终于看清，原来那坏人是个女的，难道女的也有坏人？我和山露出一脸迷惑，问小叔：

"小叔，"山说，"她是个女的，怎么变成女的了？"

"谁说他是男的？"小叔说，"她原来就是女的。"

"女人不能上船！"我说。

"为啥不能上船？"小叔说。

237

复活

"女人上船是要翻船的！"我说。

"嗨，海，你小小年纪还挺封建。"小叔说。

"是爷爷说的。"山说。

"那等我去找你们爷爷问问是不是他说的。"小叔说。

"就在这儿。"朵插嘴说。

"谁就在这儿？"小叔问。

"朵，你净瞎说，爷爷在家呢！"我说。

朵挨我说后一脸哭相，"你不是说我不说你就对我加倍好吗，你骗人！"

"是呀，可是你说了，"我说，"爷爷刚才来了不是，又走了不是。"

"嗯，爷爷刚才来了又走了。"朵带着哭腔承认说。

……

小叔上船后并不着急走，他叫民兵把那人押进底舱。云在一旁搂住朵的小脑袋瓜说："小叔，人，人别押进底舱，那，那里……"小叔没在意云说的话，而是问了句："怎么有股怪味儿，你们闻到没有？"我使劲摇摇头，但我能感觉到自己的脸在火烧火燎地发红发涨。小叔看我的表情很古怪，然后又吸了一口气，"嗯，其实气味也不是很大。"这时，山忽然假模假式地从船尾跑过来，说：

"是一堆臭渔网的臭味，都招苍蝇了。"

小叔嗯了一声就不理我们了。云领着朵走到右舷，避开小叔的视线，然后很长时间没敢说话。

我和山也没敢再说话，小叔觉得我们有点不对劲，就说：

"怎么啦，都打蔫啦？"

"我们不想走。"朵说完，我们都愣住了，小妹在关键时刻说了句让小叔匪夷所思的话。

没等小叔开口，俩民兵就说："你们必须走，我们一会儿有任务。"

而后小叔说："对，你们快回家去，一会儿接我们的船来我们就走，你们也快回家去，待会儿你们的爷爷又该找来了。"

"等我回来给你们带好吃的东西。"小叔补充说。

"糖水罐头。"朵说。

"咦，你咋知道？"

"你看水里。"云说。小叔扒船舷往下一看，海面漂着几只我们吃光的铁皮罐头盒。

"有人来过，"小叔急忙说，"啥时来的？"

"昨天，你不在"山说，"还送给我们好多糖水橘子瓣罐头。"

12

傍晚时分，小叔怎么哄我们我们也不肯回家。太阳落山后，月亮没有出来，天空大块大块的云朵黑压压地堆积在我们头顶上空。小叔和两个民兵在船尾窃窃私语，之后两个民兵下到底舱，我和山也尾随他们钻进底舱。

"去去去，快回家去，不要捣乱。"一个民兵说。

"我们没捣乱，"山辩解说，"其实你们待在上面多好。"

"待在上面坏人谁来看。"另一个民兵说。

"我们帮你们看。"山说。

"那可不行。"一个民兵说。另一个民兵说："这儿这么臭呢？"

"闻见了，是特别臭。"

"我说吧，不让你们待在这儿，多臭啊能熏死人呢。"我得意地说。

"什么臭了，我去看看。"一个民兵说着就要去查看。

"甭去了，臭鱼烂虾呗。"我说。

"不行，你们哪儿也不能看。"山双臂一横拦住他们说。

看完就露馅了。我心里七上八下地想。这时小叔又喊两个民兵上去。我和山才松了一口气，跟着就听见小叔对民兵说，船来了，马上走！我和山急得差点没晕过去。小叔要是把船开走了，我们可怎么办？爷爷可怎么办？奶奶爸爸妈妈他们回来了，问爷爷去哪儿了，我们可怎么交待？

底舱弥漫的臭味越来越重，我和山谁都不敢再去看爷爷。我猜，冰上的那道裂缝恐怕早已裂得不成样子，或者全都化成了水。而此时，我和山无论如何再也想不出更好的点子，我们只得听天由命了。

"山、海，快上来，我们要走了，"小叔在甲板上面喊，"爷爷找你们来了，叫你们快回家。"接着小叔的声音给轰隆轰隆开来的小炮艇的声音盖住了。我和山立马钻出底舱跑上船头，眼见两个民兵接过小炮艇上的水兵丢来的缆绳，正把缆绳往小叔的船柱上戴呢，这明明是要把小叔的船拽走啊。我和山呆若木鸡地看傻了眼。

"那，那，浪，海浪——"山一边喊，手一边指向远处。

一分钟前还平静的海面突然间掀起滔天巨浪。巨浪掀起的高度有如一面城墙的高度。暴风雨跟着就狂泻起来……这一切似乎是在一瞬间发生的。

"小叔，浪太大了，你们走不了了……"我朝小叔喊道。

小叔命令民兵把我们赶下船。小炮艇牵着小叔的船，不消一刻钟的工夫，就在波峰、波谷的颠簸间驶远了。我和山、云和朵被赶下船后，冒着倾盆大雨站在码头上，眼睁睁看着小叔的船把我们的爷爷载向大海的深处。可想而知，当时我们的心情是个啥滋味——无奈与不可名状的恐惧一齐涌上心头。接下来，一连三天我们爸爸妈妈和奶奶还是没有回家，这三天我们每天都来到海边伫足观望——期待、盼望、祈望小叔快点把我们的爷爷送回来……有一天早上，云给我打来一盆洗脸水让我洗洗脸，无意间洗脸盆里映出爷爷的脸，他看着我，我欲哭无泪地说，爷爷，对不起，我们是想让你活，不想让你死……我的泪一滴一滴掉到洗脸盆里，爷爷的脸立马呈现出瓦楞般的模样，在我眼前摇来晃去……之后，我的脉搏越跳越快，我的身体也越转越快，时空打我身边飞快流逝，直到——

云第三次说："我们早该告诉人。"

我说："要是我们告诉人，爷爷还会死吗？"

我必须说，没有人会理解我的用意，不管他们会把我怎样。

云早看穿我的心，我知道她的目光和我，早就穿透葡萄架上的光，穿过那一地野花、那小树林和沙滩，穿越到一望无际的海上。

多年后，我开车带小叔重回海边，那里早已是一片戒备森严的军港。离军港越近，我仿佛越听见山在拼命地呼喊——

"奶奶回来了，爸妈回来了，他们都回来了——"山的喊声带着恐惧和希望。

……

整个事情就这样结束了，我们挨了爸妈的一顿毒打。至于小叔把爷爷拉到哪里，我们一概不知。我们所订立的攻守同盟，形同虚设，一顿毒打之后，我们就全招了，至于爷爷去了哪儿，我们确实不知道。

暮年的小叔告诉我：那天他刚出海就遇到风暴，接着就发现有落水者抓着木板在海上求救。小叔把落水者救上船，开头并不知情，送到大队经审讯后才得知，原来落水者是国民党派遣回大陆，打算刺探我军修建军港情报的特务……后来海军政治部电报要求小叔（小叔船底舱那个上锁的铁皮柜里是一台发报机）将这个特务带回海军政治部审理，这才出现小炮艇来接小叔和特务的情景。小叔从来没有说，但我早就猜到，小叔也是特务，但他是我党我军一名光荣的特务。

诗一般的小说——跋震海的小说

王家斌

忘了是何年何月何日，朋友电话说又冒出个叫彭湃的写海的作家。而且，观其在网上发的诗，不仅海味儿浓，文笔还有其独特的风格。如《瀚海微澜》中"你海底的沉沙，每一粒都象是大海的 | 骨骼，每一波流沙都是大海的河。"；《梦境》中"红鸷鸟填海，我爱精卫 | 我爱长蛇 | 我爱你腰下的七寸 | 我爱至命的周长 | 上帝最爱喜马拉雅的乳房。"；《童年叙述》中"城市拆成你童年的玩具 | 地处荒芜的小岛 | 黑暗矮了半截 | 蒙在厄境里的旷野 | 风暴也驯良 | 雪融化了山川的疮痍 | 海啸剥掉了蓝眼睛的病灶。"——无不显示着迷人的魅力。

于是，就勾起我对彭湃其人的兴趣。但一经深入了解，那所谓的彭湃竟是我儿王震海的笔名，又怎能不让我目怔口呆呢。

这怎么可能呢？但疑惑间又突然想起他童年的一件事。

1 天，我从幼儿园用自行车推着他走回家。为帮他应对即将到来的小学的入学考试，

我帮他作数学和语文的复习：

"1 加 1 等于几？"我问。

"3。"他说。

一巴掌过后再问："1 加 1 等于几？"

"5。"他说。

我鼻子都气歪了。

但事过之后却又想，难道他回答的不对吗？不错，若从数学的角度讲，1 加 1 等于 2，

怕是谁也不能否定的。但用哲学的观点来分析，就未必没有更多的解释了。如，一男一女的结合，其得数就可能是三或更多；如，老子《道德经》的"道生一｜一生二｜二生三｜三生万物"就更玄乎其玄了。当然，前面所说的也仅是感觉。但随着年龄的增长，又发现他的心理思维与同龄的孩子多有不同。如，从儿时的蔫淘变得爱读书。尤其到初高中时，又将目光转向同我一样的文学创作。

当然，若仅靠家庭的影响他也不可能成作家。更何况，他此后的人生经历又如此坎坷与艰难。如，因高考的不顺而未能读想去的中文系。在大学毕业时也只能被分配到一家中日合资的汽车工业公司。虽然公司领导对他很重视，将其发展成党员并提拔成生产计划部的部长，还有望进公司的董事会。但遗憾的是，后因经济下滑汽车工业大调整，不得不另寻出路，在一位企业家的帮助下，创办了一家专营戴尔计算机的代理公司。若回想他这一创业的经历，则是感慨不已了。

如，开始那位企业家的投资仅 30 万元人民币，也只能招三两名员工，在电脑大楼租个三五平方米的柜台。而每卖一台电脑都费尽口舌。慢慢生意作大了，还要想方设法找货源，而商业竞争就更你死我活了。更令人头痛是讨债，一次为清算货款，跟车去太原，只拉回一车抵债的破烂的办公用品。至于公司员工的管理就更复杂。一次为防一个货款不清的员工逃跑，不得不半夜三更将其送往派出所。

而更大的困难是，尽管其创办的公司在业界渐渐有了名气，但由于市场的萎缩和经济的不景气，若想做大是决不可能了。但尽管如此，他的文学创作不仅未停止，反而因商海拼搏的感悟而激发了他创作灵感，也为他第一部诗集《蓝镜》的诞生作了珍贵的积累。另外，他还在商海繁忙中挤出时间考入师范大学，拿到汉语言文学本科的文凭。

也就在这时，他人生以一转折点突然降临了。即，随着社会经济

的整体下滑，作为其公司支柱的投资方也因经济困难而撤资。

何去何从？前途茫茫。生死关头，竟然是文学救了他。即，先是在家人的帮助下找到天津作家协会。经多方的研究，且他已有一定文学基础，终于被调入作协的文学院。并有幸与当前正走红的一些作家朝夕相处了五年。为此，他不仅在文学创作上大有长进，还在各地的报刊发表了大量的作品。后来由上海文艺出版社出版的海洋文学的《我飞越海洋》、《万世沧海》两部长诗集，又将其诗的创作推向一个前所未有的新境界。

但也就在这时，我才得知他已将诗歌创作转向小说。开始，我还认为不可能，但文学院的作家，如肖克凡、王松、龙一皆不仅亦如此说，还证实曾为之作参谋，就不能有所疑虑了。当然，最终使我相信他确实能写小说，则因偶然发现他在大型文学期刊《大家》、《江南》上发表的小说，和著名评论家耿占春为其写的评介。后来，又相继有数十篇小说在省市级文学刊物上发表，不仅相信就他的文笔和人生之阅历，亦很可能成为不错的小说家。另外，读他的小说又总觉得是读他那韵律独特的诗。

诗一般的小说。

既如此这般，那他的这部小说集《遗落是风》也该是一部诗的乐章。

小说中亦幻亦真的 "仪式"

震 海

　　生与死都需要个"仪式"，没有无端端地生，也没有无端端地死，所以"仪式"在小说中尤显重要。

　　小说中的"仪式"既是形式又不是形式，是形式即是与大众小说中有相同的过场，不是形式即是与大众小说中有不相同的心境。而触及小说中"仪式"的中人物的内心，不论伪善，所及眼泪亦都是额外追加的另外一种"形式"，所以人物的眼泪默默地流，假惺惺地流……流在心里还是流在表象，它们都是"仪式"中必备的表现形式，而人物表现的好与坏，便是小说能否取得成功叙述与详尽描写的好与坏。

　　刻画小说中的人物，将主角与配角描写得戏如人生，将人生表述得达到与读者共鸣、相互痴迷的程度，即是"仪式"在小说中应起到的作用。小说中的人物要经历若干场次，或兴师动众，或轻描淡写的"仪式"，才能引出戏如人生的特殊况境、况味。这种将"仪式"架构在小说中的潜在优势，亦是小说中的人、事、情、景、物，水乳交融于一体的桥梁和纽带，也是小说中的人物与读者相互触动、彼此感动的关键所在。不论何种"仪式"，在小说中处于何种位置，都自然而然地能起到承上启下、左右局势，及情及景渲染有嘉的特点和作用。有了这些表现方式，那么作者笔下的人物，人物与作者与读者的关系，才使得一方与另一方不再寂寞；才能让三方心心相悦彼此展开互动；才能在书写与阅读中，扑捉到读者与作者各自心有灵犀、心照不宣的喜怒哀乐；才能纵横驰骋在虚构与真实的彼此世界、框定你我和他我与世无争或有争的生活态度。

我写了一系列关于"仪式"亦真亦幻的小说。小说的载体均是成群结伙的坏孩子、不良少年，他们之间在他们花样年华时期的生活轨迹和初始人生的处世态度。其实，我对他们产生如此兴味，也源于自身，因为我就是他们中间的一员，而我的亲力亲为即是裹同他们的亲身经历，所以，我才能把我们当初那段不堪回首的旧日时光，写的假假真真、扑朔迷离。

我和他们是真实存在的，自然故事的发生与结局也是真切发生过的。而中间的过场也就自然形成让我自由发挥的想象空间。我喜欢自由自在地在自我空间里想象那些空洞或殷实的生活场景与画面。由此我便将某个或数个画面中的场景，假定为一场或数场隆重或轻描淡写的"仪式"，旋即我开始围绕这些"仪式"，移花接木、随手拈来地展开叙述和追索。

无论我故事中讲述、描述的人物、情景与事件是否可靠，也无论故事中的他们与我亦敌亦友，有一点可以肯定的事实是，我曾经的确和他们多多少少发生过关系。在作于前不久自传性的《无情的雪夜》里，苦涩与忧郁地追思起主人公的"我""在那个无情的雪夜，干着一起不可告人的罪恶勾当"，写这个故事的当晚，我亦做了一个同样的梦：

"梦见我和我的哥们们围坐在漆黑的雪夜，雪花从红彤彤的天空中凄凉、孤独地飘落下来，她们像花朵一样与我们邂逅，却被我们无情的践踏与玷污……我们在她们的身上支起篝火，她们奋不顾身地落入火海，炽烈燃烧的雪花，顷刻间没了骨骼，而整个身子也幻化成雾气……在雪花可怜化雾的一瞬间，我仿佛穿过她们燃烧殆尽的五脏六腑，看到并察觉到，坐在我对过、与我朝夕相处的老友们一颗颗灰暗而冰冷的心。连同他们与现实格格不入、不带半点血丝的脸……就这样，他们、雪花与篝火一同印在了我的脑海里。后来，眼前的火堆，恍惚间，一下子把我们与现行世界隔裂成渐行渐远的两个互不相干的空间，在我们这个孤独、无所依靠、毫无生机的空间世界里，我们的青春正迅速凋零和败坏。"

其实，这就是一场"仪式"，梦境里的一切更是一场诡谲的"仪式"。我回溯过去，把过去发生的一切写下来，我不畏惧它们，不惧避迟它们，它们是我过去的糟粕，亦是我过去认知这个世界的原初。我把过去发生过的事件浓缩并炼出精华，可贵的财富不光源于真善美，亦源于罪恶丑。我没有忽视和规避任何过去所犯下过的错误与罪恶，以及那些对我不利的细节和证据，其实它们都能治我于"死罪"，但我却希冀将这些"该死的罪债"重新在小说中述说出来，得到忏悔、赎罪更好，不能得到亦让我有不一样的感悟和体会。

我稀罕虚幻，更偏袒真实。我斥责"说教式的拟现实主义者"不能理解他们独特的表现形式，比如，在一天之内，某个现实主义小说把书中主人公的人生，很严肃而又幽默的在二十四小时内严谨地铺陈开来，这种表现形式似乎是作者革命性的独创，但要知道，小说的严谨不构成反映生活本真的艺术色彩，而切实带有幻觉、冥想所焕发出生活真谛的小说，才更具艺术价值。

我想把小说写得更独特一些，不光倚重过往岁月遗下的痕迹，更偏重形式上的现实主义（因为现实主义在当下，而当下亦最难把控，所以我不得不偏重形式）。我可以把前世纪遗留下来的劣迹，用琐碎的片段加以心里分析，来折射和诟病当下种种沦丧的社会伦理、道德是非与曲直。所以哪怕一个很短小的故事，我所表现的并不是自己，而是整个社会。

也许这样创作的手法和写法并没有多大现实意义，也许作品形式与内容也不过是不伦不类的"双重标准"的现代主义。不论怎样，我还是想独创一种风格，以一种新的视角来看待人性与社会性的多面性。

比如说，《不在仪式中生就在仪式中死》就是这样一部短篇小说。

人性的善恶不是与生俱来的，而是后天现实生活与命运中裹挟给你的真实。我的"仪式"系列小说，就是讲从人性的原初通向恶还是奔向善的阐述。我们所有人，世上所有物，都是向死而生，而我却将小说中的人性与生死，强行将它们逆转，并游离于既符合现实又偏离现实的亦幻亦真的轨道。我毫无顾忌地揭露人性中最难于启齿、最难以表述、人与人心灵最深藏不露的东西。那些潜藏于心底的东西，也许被人认做虚伪，险恶，狡诈、恶心人、下流，但怎么不能说，它们才最真实，最自我，最表里如一、最为人性的本真。

我不想把我的小说格格不入地带给读者，我亦不想当那种新写实风格裹足不前的"移民"。我想以理想主义的方式从人性的丑恶中剥析它们的独白，希冀读者和评论家放弃以某一中心人物为起点展开的现实主义故事架构的理性批判。

因为我们虽然是活生生的人，但我们的故事不是人人都能接受的现实，所以放下本能，不必合理地解释并证明，或夸大自己的偏见，在这些不忠于技巧的创造、实验之下，去品读他人不可言说的真实可感的心境。

作者创作箴言

写小说不一定有自己的经济观点与政治隶属，但必须知道自己的社会思想是一种信仰，自己完全可以把这种信仰客观的当作真理。哪怕自己的信仰是错误的，真理有谬误，其实那也是对的，因为它可以驱动自己深深地掘到人生的根底，不被金钱和政治污染自己的笔尖。我喜欢架构章节独特的小说，追求那些有象征意味的事件，我不想传递出"真实的"讯息，只想再现现代社会与文明本身无序性与多元性的悖谬，它们能够让我有"比肉眼更完全的眼"。